LE PINGOUIN

Victor Zolotarev a recueilli chez lui un pingouin que le zoo de Kiev, au bord de la faillite, n'avait plus les moyens de nourrir. Micha est comme tous les animaux grégaires : sans ses congénères, il est perdu, désorienté et plonge dans la neurasthénie. Dépressif, Victor l'est aussi. Journaliste au chômage, c'est à peine s'il a de quoi survivre. Lorsqu'un patron de presse lui propose d'écrire des « petites croix », des nécrologies pour des personnalités pourtant encore en vie, Victor ne se pose aucune question et fonce. Il rédige avec fougue des notices fleuries, jusqu'au jour où les « petites croix » se mettent à mourir, de plus en plus nombreuses.

S'agit-il de crimes commandés par la mafia ? De règlements de comptes politiques ? Malgré les ballets de limousines, les visites nocturnes dans son appartement, les enterrements somptueux où Micha parade, Victor reste le témoin passif d'un monde déboussolé et sans règles, où domine la loi du plus fort, métaphore de l'ex-Union soviétique.

Né à Saint-Pétersbourg en 1961, Andreï Kourkov vit à Kiev. Très doué pour les langues – il en parle neuf –, il débute sa carrière littéraire pendant son service militaire : il est gardien de prison à Odessa, un emploi idéal pour écrire... Son premier roman paraît en 1991. En 1993, Le Monde de Bickford *est nominé à Moscou pour le Booker Prize (jury anglais et russe) du meilleur roman russe et pour trois autres prix. Andreï Kourkov est aussi un scénariste de talent : son scénario du film de V. Krichtofovisch,* L'Ami du défunt, *a été sélectionné comme l'un des trois meilleurs d'Europe par l'Académie du film européen à Berlin, en 1997.*

DU MÊME AUTEUR

Le Caméléon
Liana Lévi, 2001

Andreï Kourkov

LE PINGOUIN

ROMAN

*Traduit du russe
par Nathalie Amargier*

Éditions Liana Lévi

TEXTE INTÉGRAL

TITRE ORIGINAL
Smert postoronnevo
ÉDITEUR ORIGINAL
Diogenes Verlag AG Zürich

© 1996, by Andreï Kourkov
© 1999, by Diogenes Verlag AG Zürich
All rights but Russian and Ukrainian reserved

Toutes les notes de bas de page sont de la traductrice

ISBN 2-02-047781-5
(ISBN 2-86746-228-2, 1re publication)

© Éditions Liana Lévi, 2000, pour la traduction française

Le Code de la propriété intellectuelle interdit les copies ou reproductions destinées à une utilisation collective. Toute représentation ou reproduction intégrale ou partielle faite par quelque procédé que ce soit, sans le consentement de l'auteur ou de ses ayants cause, est illicite et constitue une contrefaçon sanctionnée par les articles L.335-2 et suivants du Code de la propriété intellectuelle.

www.seuil.com

*À la famille Scharp,
avec toute ma reconnaissance*

1

Ce fut d'abord une pierre qui tomba à un mètre de son pied. Victor se retourna. Au bord de la chaussée aux pavés disjoints, deux types le regardaient, l'air narquois. L'un d'eux se baissa, ramassa un nouveau projectile, et, comme s'il jouait au bowling, le lança vers Victor, en contrebas. Celui-ci fit un bond de côté, et, d'un pas rapide proche de celui des marcheurs de compétition, gagna le coin de la rue, où il tourna, se répétant: «Surtout ne pas courir!» Il ne s'arrêta qu'à proximité de son immeuble. Un coup d'œil à l'horloge publique lui apprit qu'il était vingt et une heures. L'endroit était calme et désert. Il entra dans le hall. La peur l'avait abandonné. La vie des gens ordinaires est si ennuyeuse, les distractions sont devenues hors de prix. C'est pour cela que les pavés volent bas...

Début de soirée. Cuisine. Obscurité. Une simple coupure de courant. Dans le noir, on entend les pas leurs de Micha, le pingouin. Il est là depuis un an. À l'automne dernier, le zoo a offert ses pensionnaires affamés à tous ceux qui voudraient bien les entretenir. Justement, Victor se sentait seul depuis que son amie l'avait quitté, une semaine auparavant. Il y est allé et a choisi un manchot royal. Mais Micha a apporté sa propre solitude, et désormais, les deux ne font que se compléter, créant une situation de dépendance réciproque plus que d'amitié.

Victor dénicha une bougie, l'alluma et la fixa dans un

ancien bocal de mayonnaise qu'il posa sur la table. La nonchalance poétique de la petite flamme le poussa à chercher, dans la pénombre, un stylo et du papier. Il s'assit et posa la feuille entre lui et la bougie. La page blanche devait être remplie. S'il avait été poète, il aurait fait courir une ligne rimée sous sa plume. Mais il n'est pas poète. C'est un écrivain enlisé entre journalisme et prose médiocre. Ce qu'il réussit le mieux, ce sont les courtes nouvelles. Très courtes. Tellement courtes que même si on les lui payait, il ne pourrait en vivre.

Dehors, un coup de feu retentit. Victor tressaillit, se colla à la fenêtre, ne discerna rien et revint à sa feuille blanche. Son imagination lui dictait déjà l'histoire de ce coup de feu. Elle remplissait une page, ni plus, ni moins. Aux derniers accents, tragiques, de sa brève nouvelle, le courant revint. La lampe qui pendait du plafond s'alluma. Victor souffla la bougie. Il sortit un merlu du congélateur et le posa dans la gamelle de Micha.

2

Au matin, il tapa son récit à la machine, dit au revoir au pingouin et se rendit au siège d'un nouveau magazine qui publiait généreusement des articles en tous genres, allant des recettes de cuisine à la présentation des dernières tendances de la variété post-soviétique. Il connaissait assez bien le directeur, avec qui il avait partagé de mémorables beuveries, à la suite desquelles le chauffeur de la rédaction le reconduisait chez lui.

Il fut accueilli avec un sourire et quelques tapes sur

l'épaule. Le directeur demanda ensuite à sa secrétaire d'aller préparer du café, et, professionnel, parcourut aussitôt le récit de Victor.

– Non, mon vieux, lui dit-il enfin. Le prends pas mal, mais ça va pas aller. Soit tu y mets plus de sang, soit tu changes carrément de sujet, tu inventes une histoire d'amour tordue. Pour les journaux, il faut du sensationnel, tu comprends.

Victor prit congé sans attendre le café.

La rédaction des *Stolitchnyé vesti** se trouvait dans les parages. Là, il n'avait aucune chance d'être reçu par le directeur ; il se rendit donc au service culture.

– En fait, nous ne publions jamais de fiction, lui expliqua le responsable, un vieux monsieur plein de bienveillance. Mais laissez-nous votre manuscrit, on ne sait jamais. Ça pourrait passer dans un numéro du vendredi. Pour rééquilibrer. Quand il y a trop de mauvaises nouvelles, les lecteurs veulent quelque chose de neutre. Je vais le lire, promis !

Le petit vieux mit un terme à leur conversation en lui tendant sa carte et regagna son bureau envahi de papiers. C'est alors seulement que Victor se rendit compte qu'il n'avait pas été invité à entrer. Tout leur dialogue s'était déroulé sur le seuil.

---

* *Les Nouvelles de la capitale,* abrégé parfois en *Stolitchnaïa.*

3

Deux jours plus tard, son téléphone sonna.

– Ici la *Stolitchnaïa*, déclara une femme à la diction appliquée et au timbre clair. Je vous passe le rédacteur en chef.

Le combiné changea de mains.

– Victor Alexeïevitch ? s'enquit une voix masculine.

– Lui-même.

– Vous serait-il possible de passer aujourd'hui ? À moins que vous ne soyez déjà pris ?

– Non, non, je peux venir.

– Dans ce cas, je vous envoie une voiture. Une Lada bleue. Mais il me faut votre adresse.

Victor la lui dicta. L'homme, qui ne s'était toujours pas présenté, lui dit : À tout de suite.

« Serait-ce au sujet de mon manuscrit ? se demanda Victor tout en cherchant dans son armoire une chemise convenable. Non, sans doute pas... Qu'est-ce qu'ils en ont à faire ? Quoique, va savoir ! »

La Lada bleue venue se garer devant son entrée était conduite par un chauffeur très courtois, qui l'accompagna jusqu'au bureau du rédacteur en chef.

– Igor Lvovitch, annonça celui-ci en lui tendant la main. Ravi de faire votre connaissance.

L'homme ressemblait plus à un ancien sportif qu'à un journaliste. Peut-être était-ce le cas, mais l'ironie qui brillait dans son regard dénotait davantage l'esprit et la culture que les longues séances d'entraînement en salle.

– Asseyez-vous donc ! Un petit cognac ? proposa-t-il avec un geste ample.

– Non, je vous remercie. Plutôt un café, si vous avez…, demanda Victor en s'installant dans un fauteuil de cuir disposé face à un large bureau.

Le rédacteur en chef acquiesça. Il décrocha son téléphone et commanda deux cafés.

– Vous savez, reprit-il en évaluant Victor d'un regard amical, nous parlions justement de vous récemment, et hier, notre responsable du service culture, Boris Léonidytch, est venu m'apporter votre nouvelle en me demandant d'y jeter un coup d'œil. C'est bien, ce que vous avez écrit… Et là, je me suis souvenu à quel propos nous avions évoqué votre nom, peu avant. C'est pour cela que j'ai eu envie de vous rencontrer…

Victor écoutait et hochait poliment la tête. Après une courte pause, Igor Lvovitch sourit et poursuivit:

– Victor Alexeïevitch, voudriez-vous travailler pour nous?

– Moi? Mais pour écrire quoi? s'enquit Victor, effrayé d'avance par la perspective d'une nouvelle galère journalistique.

Il allait avoir la réponse, mais la secrétaire entra juste à cet instant, un plateau à la main. Elle posa deux tasses de café et un sucrier sur le bureau. Le rédacteur retenait ses paroles comme on retient sa respiration, attendant qu'elle quitte la pièce.

– C'est confidentiel. Nous avons besoin d'un auteur de talent pour rédiger des nécrologies, un spécialiste des histoires courtes. Il faut que ce soit concis et assez original. Vous comprenez? conclut-il en dirigeant sur Victor un regard plein d'espoir.

– Donc, je devrais rester ici, derrière un bureau, au cas où quelqu'un mourrait? interrogea doucement l'intéressé, sur ses gardes, comme s'il avait eu peur de s'entendre répondre «oui».

– Bien sûr que non! Ce sera un travail beaucoup plus intéressant et avec plus de responsabilités que ça! Vous serez chargé de créer de toutes pièces un registre de «petites croix», c'est le nom des nécros ici, au journal. Elles porteront sur des gens encore en vie, allant des députés aux criminels en passant par les artistes les plus connus. Mais ce que je voudrais, c'est que vous tourniez cela de telle manière qu'on n'ait jamais rien lu de pareil au sujet d'un mort. En lisant votre manuscrit, j'ai eu le sentiment que vous en étiez capable.

– Et mon salaire?

– Disons trois cents dollars par mois*, pour commencer. Vous organisez votre temps comme bon vous semble. Mais bien sûr, vous devez me tenir au courant des noms qui vont figurer dans le registre. Pas question qu'un accident qui survient à l'improviste nous prenne au dépourvu! Encore une chose: vous allez devoir choisir un pseudonyme. D'ailleurs, c'est dans votre intérêt.

– Bon. Mais lequel? demanda Victor, s'adressant plus à lui-même qu'à son interlocuteur.

– Celui que vous voulez, mais si vous n'avez pas d'idée pour l'instant, vous pouvez signer «Un Groupe de Camarades».

Victor acquiesça.

---

* En l'absence de stabilité monétaire intérieure, le dollar est officieusement devenu dès la fin des années 1980 la véritable devise de l'URSS.

4

Il était chez lui. Avant d'aller se coucher, il buvait du thé en pensant à la mort. Cela l'inspirait. Il était d'excellente humeur et aurait préféré un verre de vodka, mais il n'en avait pas.

On venait de lui proposer un jeu formidable. Il ignorait encore comment il allait s'acquitter de ses nouvelles obligations, mais cet avant-goût de nouveauté et d'originalité le comblait. Micha, le pingouin, se promenait dans le couloir sombre, cognant de temps à autre à la porte fermée de la cuisine. Victor finit par se sentir coupable et lui ouvrit. Il s'arrêta près de la table. Haut de presque un mètre, il parvenait à embrasser des yeux tout ce qui s'y trouvait. Il fixa d'abord la tasse de thé, puis Victor, qu'il examina d'un regard pénétrant, comme un fonctionnaire du Parti bien aguerri. Victor eut envie de lui faire plaisir. Il alla lui préparer un bain froid. Le bruit de l'eau fit immédiatement accourir le pingouin, qui s'appuya au rebord de la baignoire, bascula et plongea sans attendre qu'elle soit pleine.

Le lendemain matin, Victor passa au journal pour demander quelques conseils pratiques au rédacteur en chef.

– Mes personnalités, je les choisis comment?

– Rien de plus facile : vous n'avez qu'à regarder de qui on parle dans la presse. Vous pouvez aussi en retenir d'autres, on sait bien que la patrie ne connaît pas tous ses héros. Beaucoup préfèrent rester anonymes…

Le soir, lesté de tous les journaux possibles, Victor rentra chez lui et s'installa dans la cuisine.

Dès les premiers articles, il trouva matière à réflexion, et, soulignant les noms des VIP, il commença à les recopier dans un cahier. Ça promettait: rien qu'en lisant quelques journaux, il avait déjà relevé une soixantaine de noms.

Il se fit du thé et se remit à penser, réfléchissant cette fois au genre littéraire qu'il allait pratiquer. Il lui semblait déjà voir comment il allait en faire quelque chose de très vif, mais émouvant aussi, afin que même un simple kolkhozien en arrive à écraser une larme en lisant l'histoire d'un défunt inconnu. Au matin, il sélectionna le héros de sa première «petite croix». Il n'avait plus qu'à demander la bénédiction du «chef».

5

À neuf heures trente, après avoir obtenu la bénédiction d'Igor Lvovitch, bu une tasse de café et solennellement reçu sa carte de presse, Victor acheta une bouteille de Finlandia dans un kiosque et alla solliciter une entrevue auprès d'un ancien écrivain devenu député, Alexandre Iakornitski.

Celui-ci, ravi d'apprendre qu'un journaliste de la *Stolitchnaïa* venait l'interviewer, demanda immédiatement à sa secrétaire d'annuler son prochain rendez-vous et de ne laisser entrer personne.

Confortablement installé dans un fauteuil, Victor posa sa vodka et son dictaphone sur le bureau, tandis que le député s'empressait de disposer deux petits verres de cristal de part et d'autre de la bouteille.

Il parlait avec facilité, sans attendre les questions. Il raconta son action de député, son enfance, son poste de responsable des Jeunesses communistes à l'université. À la fin de la bouteille, il se vanta de ses visites à Tchernobyl : elles semblaient avoir augmenté ses performances sexuelles, et au cas où on ne l'aurait pas cru, sa femme, enseignante dans une école privée, et sa maîtresse, cantatrice à l'Opéra, pouvaient en témoigner.

À la fin de l'entretien, ils tombèrent dans les bras l'un de l'autre. Le député-écrivain avait fait à Victor une impression très vive, peut-être même trop pour une nécro. Mais c'était justement là le « truc » : tous les défunts étaient encore vivants quelques secondes avant leur mort, et sa prose devait leur conserver cette chaleur volatile. Elle ne devait pas être désespérément noire.

Rentré chez lui, il écrivit aussitôt son article, faisant une croix sur le député, en deux pages ardentes qui traçaient le portrait d'un pécheur bon vivant. Il n'eut même pas besoin d'écouter son dictaphone tant ses souvenirs étaient frais.

Le matin suivant, en lisant ce premier texte, Igor Lvovitch fut emballé.

– C'est du grand art! s'exclama-t-il. Pourvu que le mari de cette cantatrice ne dise rien… *Beaucoup de femmes peuvent aujourd'hui déplorer sa disparition, mais, sans les oublier, nous réserverons tout de même notre compassion à son épouse, ainsi qu'à une autre femme, dont la voix, qui s'envolait sous la coupole de l'Opéra national, résonnait pour lui, bien qu'entendue par tous.* C'est beau! Allez, zou! Tu continues comme ça!

– Igor Lvovitch, s'enhardit Victor, je manque un peu d'informations, et si je dois aller interviewer tout le monde, ça va me prendre beaucoup de temps. Peut-être y aurait-il une base de données, au journal?

Le patron eut un sourire.
– Bien sûr qu'il y en a une. D'ailleurs, je voulais t'en parler. C'est le service des crimes qui la gère. Je vais prévenir Fiodor pour que tu puisses y accéder.

6

L'existence de Victor s'était désormais organisée d'elle-même autour du travail. Il y mettait tout son cœur. Heureusement, Fiodor, du service des crimes, lui confiait tout ce dont il disposait. Et c'était considérable : noms des amants et maîtresses des VIP, délits précis commis par ces notables, divers éléments importants de leur vie. C'était auprès de lui que Victor puisait les détails biographiques, qui, telle une pincée d'épices indiennes, transformaient la sèche constatation d'un triste fait en régal de gourmet.

À intervalles réguliers, il en déposait une nouvelle ration sur le bureau du «chef». Tout allait pour le mieux. Ses poches s'emplissaient d'espèces sonnantes et trébuchantes, en quantité modérée, mais en parfaite adéquation avec ses modestes exigences. La seule chose dont il souffrait parfois était le manque de reconnaissance, même anonyme. Ses VIP étaient trop coriaces. Il en avait «achevé» plus de cent, et dans toute cette cohorte, personne n'était mort, ni même malade. Mais ces considérations ne faisaient pas baisser sa productivité. Consciencieux, il lisait les journaux, notait des noms, se plongeait dans des biographies. «La patrie doit connaître ses héros», se répétait-il.

C'était un soir de novembre. Il pleuvait. Micha prenait à nouveau un bain froid. Victor, lui, pensait encore à la longévité de ses notables lorsque le téléphone sonna.

– Je vous appelle de la part d'Igor Lvovitch, dit un homme à la voix rauque. J'aurais besoin de vous parler, j'ai une proposition à vous faire.

Comme il s'était recommandé de son rédacteur en chef, Victor accepta volontiers de le recevoir.

Une demi-heure plus tard, il accueillait un homme d'environ quarante-cinq ans, d'allure soignée, vêtu avec goût. Il avait apporté une bouteille de whisky, et ils s'installèrent aussitôt à la cuisine.

– Je m'appelle Micha, dit l'inconnu.

Cela fit sourire Victor, qui s'en excusa immédiatement:

– C'est aussi le nom de mon pingouin, expliqua-t-il, gêné.

– J'ai un vieil ami très malade, commença le visiteur. Nous avons le même âge et sommes amis d'enfance. Il s'appelle Sergueï Tchékaline. Je voudrais que vous m'écriviez sa nécrologie… Vous seriez partant?

– Naturellement, répondit Victor. Mais j'aurais besoin de connaître sa vie, avec quelques détails intimes, si c'est possible.

– Aucun problème. Je sais tout sur lui. Je peux vous raconter ce que vous voudrez…

– Très bien, allez-y.

– Son père était ajusteur, et sa mère travaillait dans une crèche. Tout petit, il rêvait d'avoir une moto, et après son bac, il a enfin pu s'acheter une Minsk, grâce à quelques petits larcins… Aujourd'hui, il a vraiment honte de son passé. Mais à vrai dire, ce qu'il fait maintenant n'est pas plus glorieux. Nous avons le même travail, nous montons et liquidons des trusts, mais pour moi, ça marche, et pour lui, non. Sa femme vient de le quitter. Il est complètement seul. Il n'a jamais eu de maîtresse, c'est vous dire.

– Sa femme, elle s'appelait comment?

– Léna… En gros, ça va très mal pour lui, sans parler de sa santé…

– Qu'est-ce qu'il a?

– Probablement un cancer de l'estomac et une inflammation de la prostate.

– Et qu'est-ce qu'il aurait voulu par-dessus tout?

– Par-dessus tout? La Lincoln Silver qu'il n'aura jamais…

Ils avaient arrosé leur dialogue au whisky, et le cocktail de mots et d'alcool semblait avoir fait apparaître auprès d'eux un troisième convive, Sergueï Tchékaline, un raté, largué par sa femme, malade, seul avec son rêve impossible de Lincoln Silver.

– Quand est-ce que je pourrai passer prendre le texte? demanda finalement Micha.

– Demain, si vous voulez.

Il partit, et peu après Victor entendit démarrer une voiture. Il regarda dehors et vit s'éloigner une Lincoln argentée, longue et imposante.

Il donna un turbot congelé au pingouin, lui remplit la baignoire d'eau froide, et revint à la cuisine, où il entreprit de rédiger la nécrologie demandée. Entre la salle de bains et la cuisine, une petite ouverture permettait d'entendre le pingouin s'ébrouer. Victor souriait en esquissant un premier brouillon et pensait à lui, qui aimait tant qu'on lui fasse couler des bains froids.

7

L'automne est la saison idéale pour les nécrologies. C'est le temps du déclin, de l'affliction, du repli sur le passé. L'hiver, lui, correspond bien à la vie. Il est joyeux en soi, avec son froid vivifiant, sa neige qui scintille au soleil. Mais il restait plusieurs semaines avant d'y arriver, de quoi accumuler un joli stock de « petites croix » pour l'année à venir. Il y avait beaucoup de travail en perspective.

Il pleuvait à nouveau lorsque Micha, pas le pingouin, l'autre, revint voir Victor. Très content du résultat, il sortit son portefeuille et demanda :

– Ça fait combien ?

L'auteur fit un geste d'ignorance, car il n'avait encore jamais été payé à la pièce.

– Écoute, reprit Micha, un bon travail mérite une bonne rémunération.

Il était difficile de ne pas souscrire à cette affirmation, et Victor acquiesça.

Micha réfléchit un instant.

– Tu dois toucher au moins le double d'une prostituée de luxe… Cinq cents dollars, ça ira ?

Victor n'avait pas apprécié d'entendre sa rémunération calculée à partir de ce genre de tarifs, mais il jugea la somme correcte. Il acquiesça à nouveau et Micha lui tendit cinq billets de cent dollars.

– Si tu es d'accord, je te trouverai d'autres clients ! lui proposa-t-il.

Il était d'accord.

Micha partit. La matinée grise et pluvieuse se poursuivit. La porte de la pièce s'ouvrit, et le pingouin s'arrêta sur le seuil. Au bout d'une minute, il se dirigea vers son maître, s'appuya de tout son corps contre ses jambes et se figea ensuite dans cette position. Victor le caressa affectueusement.

8

Cette nuit-là, à travers son sommeil, il entendit le pingouin insomniaque déambuler dans l'appartement. Il laissait toutes les portes ouvertes derrière lui, et, par instants, on aurait dit qu'il s'arrêtait et poussait de lourds soupirs, comme un vieillard las de l'existence.

Au matin, Igor Lvovitch appela Victor pour lui demander de passer à la rédaction.

Autour d'une tasse de café, ils firent le point sur la liste de «petites croix». Le chef était globalement satisfait.

– Il y a juste une chose que nous avons négligée, dit-il. Tous nos futurs défunts vivent à Kiev. Certes, la capitale attire comme un aimant toutes les personnalités plus ou moins remarquables, mais les autres villes aussi ont leurs gloires locales.

Victor écoutait avec attention, hochant la tête de temps à autre.

– Nous avons des correspondants permanents dans tout le pays. Ils ont déjà récolté les informations nécessaires. Il suffirait d'aller les voir pour prendre tous les renseignements qu'ils auront pu réunir. La poste n'est pas du tout fiable, et on ne peut pas non plus faire passer ce genre de choses par fax. Je voudrais donc vous demander d'y prendre part…

– Prendre part à quoi ? interrogea Victor.

– Il s'agirait de vous rendre dans quelques villes de province pour en ramener ces informations... D'abord Kharkov, puis Odessa, si vous voulez bien. Aux frais de la rédaction, évidemment...

Victor accepta.

Dehors, il s'était remis à bruiner. Sur le chemin du retour, il entra dans un bar, commanda cinquante grammes de cognac* et un double café. Il avait besoin de se réchauffer.

La salle était vide. L'atmosphère disposait à la rêverie, ou, selon l'humeur, à la nostalgie.

Il goûta le cognac. Son parfum familier lui chatouilla les narines. «Il n'est pas frelaté !» pensa-t-il, réjoui.

Cette agréable halte, pause entre passé et avenir avec un bon petit verre et une tasse de café, l'avait rendu romantique. Il ne se sentait ni solitaire, ni malheureux. Il était un client à part entière qui satisfaisait un modeste désir, combattre le froid. Cinquante grammes de vrai cognac avaient suffi pour que la chaleur attendue se répande dans deux directions opposées : elle lui montait à la tête et descendait dans ses jambes. Le cours de ses pensées s'était ralenti.

Il avait longtemps rêvé de devenir romancier, mais n'avait même pas été capable d'écrire une nouvelle. Il avait bien quelques manuscrits inachevés dans ses tiroirs, mais leur destin était d'y rester. Il n'avait pas de chance avec les muses. Pour une raison inconnue, elles ne voulaient pas rester assez longtemps dans son deux-pièces pour lui permettre de mener au moins une

---

* Les alcools forts se mesurent au poids ; 50 g équivalent à un petit verre.

nouvelle à son terme. Telle était l'origine de ses échecs. Avec lui, les muses étaient incroyablement volages. Ou peut-être était-ce lui le coupable : il n'avait pas choisi les bonnes. Désormais, resté en tête-à-tête avec son pingouin, il écrivait tout de même des histoires courtes, pour lesquelles, cette fois, on le payait plutôt bien.

Complètement réchauffé, il quitta le bar. La pluie n'avait pas cessé. La journée était grise et humide.

Avant de remonter chez lui, il acheta un kilo de saumon surgelé, pour Micha.

9

Il ne pouvait partir pour Kharkov sans régler d'abord un problème : trouver quelqu'un à qui laisser son pingouin. Celui-ci aurait sans doute très bien supporté de passer trois jours tout seul, mais Victor s'inquiétait. Il passa en revue les noms de quelques connaissances – car il n'avait malheureusement pas d'amis – mais toutes n'étaient que des relations lointaines, à qui il n'avait pas envie de s'adresser. Il se gratta la nuque et s'approcha de la fenêtre.

Il pleuvait. Devant l'entrée de l'immeuble, un policier discutait avec une dame âgée, une des voisines de Victor. Il se rappela alors la vieille blague du pingouin et du policier*, et cela le fit sourire. Il se dirigea vers la console du

---

* Un policier se promène dans la rue avec un pingouin. Son chef le voit et lui dit : «Que fais-tu avec ce pingouin ! Emmène-le immédiatement au zoo ! »… Deux heures plus tard, il tombe sur le même policier, toujours avec le pingouin. En colère, il lui dit : «Mais je t'avais dit de l'emmener au zoo ! » «On y est allés, lui répond l'autre, et maintenant on va au cirque… »

téléphone, prit son répertoire et chercha le numéro du commissariat de quartier.

– Sous-lieutenant Fischbehn, j'écoute, répondit une voix d'homme très claire.

– Excusez-moi, commença Victor en bégayant et en cherchant ses mots. Je voulais vous demander... J'habite dans votre secteur...

– Vous avez un problème? l'interrompit le policier.

– Non. Ne croyez surtout pas que je sois en train de plaisanter, mais voilà, je dois partir trois jours pour mon travail, et je n'ai personne à qui laisser mon pingouin...

– Je regrette, reprit le policier d'un ton calme et assuré, mais je n'ai pas de place pour le garder, j'habite une pension avec maman...

– Je me suis mal exprimé, s'affola Victor, je voulais juste vous demander si vous pouviez passer chez moi une fois ou deux pour lui donner à manger... Je vous laisserais les clés...

– Ça oui, je peux le faire. Donnez-moi vos nom et adresse, je vais venir. Vous serez là vers trois heures?

– Oui, oui, je serai là.

Victor s'assit dans son fauteuil.

À peine plus d'un an auparavant, le large accoudoir de ce même fauteuil était la place favorite d'Olia, une poupée blonde avec un bout de nez en trompette mignon comme tout et un regard toujours plein de reproches. Elle posait parfois sa tête sur son épaule et semblait s'endormir, plongeant dans des rêves où Victor n'avait sans doute pas sa place. Il n'était admis à exister que dans sa réalité, mais il s'y sentait souvent inutile. Elle était silencieuse et pensive. Qu'est-ce qui avait changé depuis son départ, dont la raison lui demeurait obscure? C'était maintenant Micha, le pingouin, qui était à ses côtés, mais debout. Silencieux lui aussi, pensif peut-être... D'ailleurs, qu'est-ce que «pensif» signifiait? Qu'y avait-il réellement derrière ce regard?

Victor se pencha et chercha à voir ses yeux. Il les examina, en quête d'indices trahissant une pensée, mais n'y vit que de la tristesse.

Le policier arriva à trois heures moins le quart. Il ôta ses chaussures et entra dans la pièce. Son apparence ne collait pas avec son nom*: large d'épaules, cheveux clairs, yeux bleus, il dépassait Victor presque d'une tête. On se serait attendu à le voir dans une équipe de volley plutôt que dans la police, mais c'était pourtant bien lui le responsable du quartier.

– Alors, elle est où la bestiole? demanda-t-il.

– Micha! appela Victor.

Le pingouin sortit de sa cachette, derrière le divan vert foncé. Il s'approcha de son maître, tout en regardant le policier avec curiosité.

– Voilà, c'est Micha, expliqua Victor, avant de se tourner vers le policier. Et vous, pourriez-vous me dire votre nom?

– Sergueï.

Le regard de Victor s'attarda sur lui.

– C'est bizarre, vous n'avez pas du tout l'air juif...

– C'est parce que je ne le suis pas, répondit le policier en souriant. Mon vrai nom, c'est Stepanenko**...

Victor renonça à comprendre et reporta son regard sur le pingouin.

---

* Fischbehn est un nom typiquement juif, Victor s'attend donc à voir arriver un petit brun.
** Nom ukrainien bon teint, cette fois.

– Micha, lui dit-il, ce monsieur s'appelle Sergueï, et c'est lui qui viendra te donner à manger pendant que je ne serai pas là.

Puis il montra au policier où tout était rangé et lui remit un double des clés.

– Ne vous inquiétez pas, dit le fonctionnaire en partant. Tout ira très bien !

10

À Kharkov, il gelait. En descendant du train, Victor comprit tout de suite qu'il ne pourrait pas aller flâner en ville, il n'était pas assez couvert.

Une fois installé à l'hôtel Kharkov, il appela le correspondant permanent de la *Stolitchnaïa*, auquel il se présenta. Ils convinrent de se retrouver dans un café situé sous l'Opéra.

Le soir tombait, il allait être l'heure du rendez-vous, et Victor se décida à sortir. Il suivit la rue Soumskaïa jusqu'à l'Opéra, sentant le froid glacial lui tirer la peau du visage et engourdir ses mains dans les poches de sa veste.

La ville grise était en suspens au-dessus du trottoir, les passants se hâtaient, comme s'ils redoutaient que les immeubles s'écroulent soudain, ou perdent leurs balcons, ce qui était depuis longtemps monnaie courante.

Encore cinq minutes et il s'engouffrerait dans le dédale souterrain couronné par l'Opéra et empli de bars, de magasins et de restaurants. Trouver le café à deux niveaux, avec une estrade, et s'asseoir en haut, contre la rambarde, face à l'estrade. Ah oui, il lui faudrait aussi prendre un verre de jus d'orange et une canette de bière, mais sans l'ouvrir.

Il pressait le pas, bien que le rendez-vous n'ait pas été fixé pour une heure stricte : ils avaient convenu de se retrouver entre six heures et demie et sept heures. C'était le froid qui l'aiguillonnait.

« Je vais prendre quelque chose à manger, pensait-il tout en marchant, un plat chaud avec de la viande... »

Arrivé près de l'Opéra, il vit l'entrée de la civilisation souterraine, et passa d'une obscurité à peine éclairée par les fenêtres de la ville à une autre, brillamment illuminée par les vitrines.

Les plus hautes marches de l'escalier étaient occupées par deux vieilles femmes qui demandaient l'aumône et un ivrogne assez jeune aux traits brouillés.

Les couloirs lumineux menèrent Victor à l'entrée du café qu'il cherchait. Assis derrière la porte vitrée, un Omon* en uniforme était plongé dans un livre. Lorsque Victor entra, il leva la tête.

– Vous allez où ? demanda-t-il d'un ton impérieux, plus militaire que vraiment rude.

– Je viens manger un morceau...

L'homme fit un signe de tête et l'invita à entrer d'un geste de la main.

Victor dépassa le comptoir, où quelques clients aux têtes de caïds buvaient leur bière. Le barman chauve, dont les yeux croisèrent ceux de Victor, grimaça un sourire et sembla rejeter son regard sur le côté, comme s'il lui intimait l'ordre d'avancer sans se retourner.

---

* Membre d'une unité d'élite du ministère de l'Intérieur.

Il avait devant lui un espace vivement éclairé qui paraissait vouloir l'attirer. Il pressa l'allure.

Il s'arrêta devant une petite estrade. Sur les côtés, des tables de bar avaient été disposées en demi-cercle sur deux niveaux. La rangée supérieure n'était que cinquante centimètres plus haut que l'autre.

Il alla au bar, commanda un verre de jus d'orange et une bière.

— Ce sera tout? demanda la serveuse, une grosse blonde fardée.

— Vous avez des plats de viande?

— J'ai du dos d'esturgeon, de l'omelette..., récita la blonde.

— Alors, ce sera tout pour l'instant, soupira Victor. Je verrai après.

Il paya et alla s'installer à une table de la rangée du haut, face à l'estrade. Il avala une gorgée de jus d'orange, ce qui accrut sa faim.

«Tant pis, songea-t-il, je mangerai à l'hôtel, il y a un restaurant.»

Il regarda sa montre: six heures vingt.

Le café était calme. À la table voisine, deux Azéris buvaient une bière en silence.

Il se retourna, parcourut toute la salle du regard, mais soudain un flash partit et l'aveugla un instant. Il cligna des yeux, les frotta, les rouvrit et vit, dans le couloir, un jeune homme qui s'en allait, un appareil photo à la main.

Il regarda à nouveau autour de lui, tentant de savoir qui il avait bien pu prendre. Dans cette partie du café, il n'y avait que lui et les deux Azéris.

«Alors, c'est les Caucasiens...», pensa-t-il en avalant une autre gorgée de jus d'orange dilué.

La soirée avançait. Il ne restait plus que quelques gouttes dans son grand verre, et il lorgnait la canette intacte, se demandant s'il n'allait pas l'ouvrir et en acheter une autre.

Une jeune fille en jean et blouson de cuir s'approcha de sa table. Un bandana serré soulignait la forme parfaite de son crâne. Seule une touffe de cheveux châtains dépassait du nœud, sur sa nuque.

Elle s'assit à côté de lui et le fixa de ses yeux maquillés.

– Ça serait pas moi que tu attends? demanda-t-elle avec un sourire.

Il sortit de sa torpeur et se raidit, mal à l'aise.

«Non, se disait-il fébrilement. Mon journaliste est un homme… À moins qu'il l'ait envoyée à sa place…»

Il examina rapidement la jeune fille, cherchant à apercevoir une sacoche ou une serviette dans laquelle elle aurait pu apporter les documents, mais elle n'avait qu'un minuscule sac à main où même une bouteille de bière ne serait pas rentrée.

– Alors, chéri? T'as le temps ou pas? proféra-t-elle, lui rappelant son existence.

Victor comprit immédiatement que ce n'était pas elle qu'il attendait.

– Merci, répondit-il. Vous faites erreur.

– Je fais rarement erreur, articula-t-elle d'une voix suave tout en se levant. Mais tout peut arriver…

Elle s'éloigna, il soupira de soulagement, et regarda à nouveau la bière, puis sa montre. Sept heures moins le quart. Le correspondant aurait déjà dû être là.

Mais il ne vint pas. À sept heures et demie, Victor but sa bière et quitta le café. Il mangea au restaurant de l'hôtel, puis monta dans sa chambre et appela le journaliste, mais personne ne décrocha.

Ses yeux se fermaient tout seuls. La tiédeur de la chambre l'engourdissait.

Décidant de rappeler le lendemain matin, il se coucha et s'endormit aussitôt.

11

À Kiev, le crachin n'avait pas cessé. Sergueï Fischbehn-Stepanenko, le policier, entra dans l'appartement de Victor. Il enleva ses chaussures. En chaussettes de laine verte, il gagna la cuisine, sortit un saumon du congélateur, le rompit sur son genou et en déposa une moitié dans l'écuelle du pingouin, posée sur un petit tabouret d'enfant.

– Micha! appela-t-il.

Il tendit l'oreille, puis, sans attendre, alla voir dans le salon, et ensuite dans la chambre. C'est là qu'il vit Micha, debout derrière le divan, contre le mur, l'air endormi ou triste.

– Viens, viens manger! lui dit-il doucement.

Micha regarda le policier dans les yeux.

– Allez, viens! l'encouragea-t-il. Ton maître va bientôt rentrer! Il te manque, hein? Allez, viens voir!

Le pingouin se traîna jusqu'à la cuisine, et Sergueï le suivit avec précaution. Il l'accompagna jusqu'à sa gamelle, le regarda attaquer son repas, puis regagna le couloir, la conscience tranquille. Il remit ses chaussures, son imperméable, et sortit sous la pluie fine de la capitale.

«Ce serait bien qu'il n'y ait pas d'alerte aujourd'hui!» pensa-t-il en regardant le ciel bas et sombre.

12

Au matin, Victor fut réveillé par un échange désordonné de coups de feu tirés dans la rue. Il se leva en bâillant et regarda sa montre : huit heures. Il alla à la fenêtre. En bas, il vit une jeep de la police et une ambulance.

Levant les yeux, il remarqua le bleu du ciel et la pâleur jaune du soleil, qui lançait ses premiers rayons par-delà les bâtiments gris de style stalinien. La journée promettait d'être belle.

Il s'assit à la petite table sur laquelle était posé le téléphone et composa le numéro du journaliste.

– Allô? dit une voix de femme. Qui demandez-vous?

– J'aurais voulu parler à Nikolaï Alexandrovitch, s'il vous plaît.

– C'est de la part de qui?

– Du journal... de la *Stolitchnaïa*, bafouilla Victor, troublé par la tension qu'il percevait chez son interlocutrice.

– Quel est votre nom?

Quelque chose ne tournait pas rond, et Victor raccrocha. Sa main tremblait.

«Un café, pensa-t-il. Il faut que je boive un café.»

Il s'habilla et s'aspergea par deux fois le visage d'eau froide à pleines mains, puis descendit au bar de l'hôtel. Au comptoir, il commanda un double express.

– Allez vous asseoir, je vous l'apporte, lui dit le serveur.

Il choisit un angle de la salle et s'assit sur un confortable pouf recouvert de velours, devant une table à plateau de verre. Il tendit la main vers le lourd cendrier, lui aussi en verre plein, et le fit tourner, plongé dans ses réflexions.

L'ambiance était paisible.

Le serveur arriva, posa son café sur la table, et lui demanda s'il désirait autre chose.

Victor fit «non» de la tête, puis leva les yeux et fixa le garçon.

– Dites-moi, c'était quoi cette fusillade, tout à l'heure?

L'homme haussa les épaules en signe d'ignorance.

– Je crois que c'est une prostituée qui s'est fait descendre... Elle avait dû manquer de respect à quelqu'un.

Le café était un peu trop amer, mais Victor en ressentit presque aussitôt l'action bénéfique. Le tremblement qui agitait ses doigts disparut, et les impulsions nerveuses traversant son cerveau s'apaisèrent. Il retrouva son calme et ses esprits.

«Il ne s'est rien passé de grave», s'entendit-il penser. Il était si affirmatif qu'il était impossible de ne pas y croire. «C'est la vie, tout simplement. La vie comme elle va, et rien de plus. Je dois juste appeler le chef et lui demander ce que je fais maintenant.»

Il finit son café, régla, remonta dans sa chambre et appela Kiev.

– Vous avez un billet de retour pour aujourd'hui, lui dit Igor Lvovitch d'une voix posée. Rentrez donc. Vous continuerez à vous occuper de Kiev, et pour la province, on verra plus tard.

Victor s'était installé dans son compartiment. Il ouvrit le numéro du jour de *Viétcherni Kharkov** qu'il venait d'acheter à la gare. En le feuilletant, il tomba sur la page des faits divers, qui énumérait en petits caractères les derniers crimes en date. Sous l'intitulé *Meurtres*, il lut: *Hier, vers dix-sept heures, Nikolaï Agnivtsev, correspondant permanent des* Stolitchnyé vesti, *a été abattu chez lui par des inconnus.*

Il se sentit mal et posa le journal ouvert sur ses genoux. Le train démarra brusquement, et le quotidien tomba sur le sol.

13

Le matin suivant, en montant chez lui, Victor croisa le policier.

– Ah, bonjour! s'écria Sergueï Fischbehn-Stepanenko, ravi de le voir. Vous avez l'air tout pâle…

– Ça s'est bien passé, avec Micha? demanda Victor d'une voix blanche.

– Pas de problème! répondit le policier en souriant. Bien sûr, il s'est ennuyé sans son maître. Et vous n'avez presque plus de poisson au congélateur.

– Merci mille fois!

Il tenta d'afficher un sourire reconnaissant, mais ne parvint à offrir qu'un rictus douloureux et amer.

– J'ai une dette envers vous! On pourrait peut-être se boire une bonne vodka, à l'occasion.

– Merci, c'est pas de refus, acquiesça le policier.

---

* *Kharkov soir.*

Appelez-moi quand vous voudrez, vous avez mon téléphone ! Et si jamais vous avez encore besoin que je vienne surveiller votre pensionnaire, n'hésitez pas ! J'adore les bêtes. Les vraies, bien sûr, pas celles auxquelles j'ai affaire dans le travail…

Micha fut heureux de retrouver son maître. Il était déjà dans le couloir lorsque celui-ci entra et alluma.

– Salut mon grand !

Victor s'accroupit et l'observa. Il lui sembla que Micha avait souri.

Effectivement, des étincelles de joie brillaient dans les yeux du pingouin, qui fit, maladroit, un pas vers Victor.

« Il y a au moins quelqu'un qui m'attend en ce bas monde ! » pensa-t-il. Il se releva, quitta sa veste et passa dans la salle. Le pingouin le suivit en se dandinant.

14

Le lendemain, Victor se réveilla avec la migraine. Il n'avait aucune envie de se lever.

Le réveil indiquait neuf heures trente.

Il se tournait et se retournait, les yeux ouverts, quand il remarqua le pingouin à son chevet.

– Oh zut, soupira-t-il en posant les pieds par terre, je ne lui ai rien donné depuis hier !

Sans prêter attention au bruit douloureux qui résonnait dans son crâne et bourdonnait dans ses tempes, il se débarbouilla et revint s'habiller.

L'air glacé du dehors lui rendit un peu de vigueur. On aurait dit que l'hiver l'avait suivi depuis Kharkov.

«Il faudra que j'appelle le patron, pensait Victor en chemin. Je lui dirai que je suis souffrant. Et il faudra aussi que j'achète des journaux, voir si je peux travailler un peu…»

Au rayon poissonnerie du magasin d'alimentation, il acheta deux kilos de turbot surgelé, puis, après un instant d'hésitation, prit aussi un kilo de poissons vivants.

Revenu chez lui, il remplit la baignoire d'eau froide et y fit glisser les trois carpes argentées qu'il venait d'acheter. Ensuite, il appela Micha.

Celui-ci, après un regard aux poissons qui nageaient dans sa baignoire, se détourna et regagna la pièce principale.

Déçu, Victor haussa les épaules. Il ne comprenait pas son pingouin.

Quelqu'un sonna à la porte.

Il regarda par le judas. Reconnaissant Micha, pas le pingouin, l'autre, il lui ouvrit.

– Salut! dit le visiteur en entrant. J'ai du boulot pour toi! Tu vas bien?

Victor fit «oui» de la tête.

Ils passèrent à la cuisine, et le pingouin rappliqua.

– Ah, mon homonyme! s'exclama Micha, amusé. Salut, toi!

Puis il regarda Victor.

– Pourquoi tu fais cette tête? T'es malade ou quoi?

– Oui, j'ai mal au crâne. Et puis tout cloche…

Il avait une envie irrésistible de se plaindre. Pourtant, une voix intérieure s'élevait contre cette attitude, mais il fallait qu'il se lamente.

– J'écris sans arrêt, et personne ne me lit…

Son ton était plus agressif que pleurnichard.

– Ça fait déjà plus de deux cents pages que je rends, et tout ça pour rien…

– Comment, pour rien ? l'interrompit Micha. Tout ça va dans des tiroirs, comme les manuscrits de nombreux écrivains au bon vieux temps de l'URSS. À cette différence près que tôt ou tard, tes œuvres à toi vont voir le jour… Je te le garantis.

Victor acquiesça aux paroles de son hôte, mais il restait sous l'emprise de son dépit, ce qui l'empêchait de sourire et même de retrouver son calme.

– À ton avis, quelle nécro tu as le mieux réussie ? demanda Micha, affable.

– Celle de Iakornitski, répondit Victor après réflexion.

Il se souvint de sa longue interview arrosée à la vodka finlandaise.

– Ce type qui est à la fois écrivain et député ? s'enquit Micha.

– Oui, c'est ça.

– Entendu. Bon, je t'ai apporté pas mal de trucs intéressants, regarde.

Victor attrapa quelques feuilles et les parcourut. Des noms inconnus, quelques lignes de biographie, des dates. Pour le moment, il n'avait pas la moindre envie de s'y plonger, et il se contenta de hocher la tête en les reposant.

– Téléphone-moi dès que ce sera prêt, lui demanda Micha en lui tendant sa carte.

15

Les premiers flocons tombaient. Victor buvait un café et lisait les papiers que Micha avait apportés quelques jours auparavant. Il s'agissait de deux dossiers, sur le vice-directeur des services fiscaux et la propriétaire du restaurant *Les Carpates*. La vie de ces deux-là était assez haute en couleurs pour produire deux «petites croix» d'anthologie. Avec des personnages pareils, il serait facile d'écrire un roman, pensait Victor. Il tenait là deux méchants du tonnerre! Mais pour écrire un roman, il fallait n'avoir que ça en tête, et Victor était trop occupé. En revanche, il avait de l'argent, un pingouin et trois carpes argentées en train de tourner en rond dans sa baignoire. Mais tout cela compensait-il l'œuvre qu'il n'avait pas écrite?

Se souvenant de l'existence des carpes, il prit un morceau de pain et alla leur donner à manger.

Il réduisait le pain en miettes lorsqu'il entendit une respiration à côté de lui. Il se retourna. C'était Micha. Micha qui regardait, atterré, les poissons en train de nager.

– Ben quoi, t'aimes pas les poissons d'eau douce? demanda-t-il, avant de répondre à sa place:

– Bien sûr, on vient de l'Antarctique, de l'Océan, et on veut rester dans son milieu...

Il regagna le salon et appela le commissariat pour inviter le policier à dîner. Il y aurait de la carpe au menu.

Il neigeait toujours.

Victor posa sa machine à écrire sur la table de la cuisine et se mit, un mot après l'autre, à composer des portraits vivants de futurs défunts.

Le travail avançait lentement, mais sûrement. Chaque mot trouvait sa place et devenait aussi inébranlable qu'un bloc de pierre à la base d'une pyramide égyptienne.

Ce n'est pas de gaieté de cœur que le défunt se résolut à l'assassinat de son frère cadet, qui avait eu par hasard connaissance de la liste des actionnaires d'une usine de machines à laver qui allait être privatisée. Mais le monument funéraire érigé par le défunt en mémoire de son frère est devenu le plus bel ornement du cimetière. Souvent, la vie oblige à tuer, mais la mort d'un proche oblige à continuer à vivre, à vivre malgré tout... Tout est lié. Tout en ce bas monde est uni par un réseau de vaisseaux sanguins. La vie est un tout, et c'est pourquoi la mort d'une petite partie de ce tout laisse de la vie après elle, car la quantité des éléments vivants d'un tout est toujours supérieure à celle des éléments morts...

Le policier Fischbehn-Stepanenko arriva en jean et pull noir sur une chemise de flanelle rayée. Il apportait une bouteille de cognac et du cabillaud surgelé pour le pingouin.

Le repas n'était pas encore prêt. Ils firent cuire les carpes tous les deux, ce qui libéra enfin la baignoire. Victor l'avait vidée et remplie à nouveau d'eau froide, et pendant qu'ils cuisinaient, Micha prenait son bain. Malgré le bruit de friture, ils pouvaient entendre ses clapotis, et souriaient. Ils purent enfin passer à table.

Après un verre de cognac, ils goûtèrent le poisson.

– C'est plein d'arêtes, se désola Victor, comme pour s'excuser au nom des carpes.

– Ça fait rien, répliqua le policier. Tout se paie... Le poisson, plus il a d'arêtes, meilleur il est. Je me souviens, un jour, j'ai mangé de la baleine, c'est un poisson aussi, après tout, eh bien, pas une arête, et pas de goût non plus...

Ils faisaient passer les carpes avec du cognac, jetant des coups d'œil à la neige qui voletait dans la nuit, à peine éclairée par les fenêtres des voisins. Leur dîner avait quelque chose d'un réveillon.

Ils entrecroisèrent leurs bras, burent au tutoiement, et Sergueï demanda soudain :

– Pourquoi tu vis seul ?

Victor fit un geste d'ignorance.

– Ça s'est fait comme ça, répondit-il. J'ai pas de chance avec les femmes. Je tombe que sur des extraterrestres ; calmes, discrètes, elles restent un temps avec moi, puis elles disparaissent... J'en ai eu marre, j'ai pris un pingouin, et je me suis tout de suite senti mieux. Mais il est toujours triste, je me demande ce qu'il a... J'aurais peut-être dû adopter un chien... C'est quand même plus démonstratif, ça aboie quand tu arrives, ça te lèche, ça remue la queue...

– Mais non ! s'exclama Sergueï en balayant l'air de la main. Il faut le sortir deux fois par jour, ça empeste dans tout l'appartement... Vaut mieux un pingouin. Et tu fais quoi, dans la vie ?

– J'écris.

– Pour les enfants ?

– Non, pourquoi ? s'étonna Victor. J'écris pour un journal.

– Ah, ouais..., fit Sergueï. Moi, j'aime pas les journaux. Ça me sape le moral.

– Moi non plus je ne les aime pas. Et au fait, ça te vient d'où, toi, ton nom, Fischbehn ?

Sergueï poussa un profond soupir.

– À une époque, je savais pas quoi faire de ma vie, et j'avais une tante qui travaillait à l'état-civil. Alors un jour, j'ai eu l'idée de devenir Juif pour me tirer d'ici*. Il m'a suffi de déclarer la perte de mes papiers, comme ma tante m'avait expliqué, et elle m'en a fait des nouveaux, avec un autre nom. Après, j'ai vu comment les émigrés vivaient à l'étranger. Ça fait peur. Alors, j'ai décidé de rester, et pour avoir le droit de porter une arme, je suis entré dans la police. Normalement, c'est un boulot sans danger, juste des querelles qui dégénèrent et des plaintes débiles. Bien sûr, c'est pas ce dont je rêvais.

– De quoi tu rêvais ?

La porte de la cuisine s'ouvrit soudain et Micha, le pingouin, apparut sur le seuil, dégoulinant. Il resta quelques instants dans l'encadrement, puis passa devant la table pour rejoindre sa gamelle ; là, il lança un regard interrogateur à son maître : elle était vide.

Victor fouilla dans le congélateur, sortit un bloc de turbots collés par le gel, en défit trois, les coupa en morceaux et les lui posa sous le nez.

Le pingouin pencha la tête vers le poisson et se figea.

– Regarde, s'écria Sergueï, captivé. Il les décongèle, je te jure, il les décongèle !

Victor s'était rassis et le regardait lui aussi.

– Bon, conclut Sergueï, qui se détacha du spectacle et leva son verre. Nous sommes tous dignes du meilleur poisson, mais nous mangeons celui qu'il y a... À l'amitié !

Ils trinquèrent. Victor se sentait bien. Il avait oublié sa mauvaise humeur, oublié à quel point il était mécontent de lui et des autres, oublié ses « petites croix ». C'était comme s'il n'avait plus d'employeur et méditait le roman qu'il écrirait un jour. Il regardait Sergueï et avait envie de

---

* C'est-à-dire pour émigrer en Israël.

sourire. L'amitié ? En fait, il ne l'avait jamais connue, pas plus que les costumes trois-pièces ni la passion véritable. Sa vie était terne et douloureuse, elle ne lui apportait pas de joie. Même Micha était triste, comme si lui aussi n'avait connu que la fadeur d'une existence dénuée de couleur et d'émotion, d'élans joyeux, d'enthousiasme.

– Allez, proposa brusquement Sergueï, on s'en boit un dernier et on va se balader. Tous les trois !

Il était tard. Dehors, le silence régnait. Les enfants dormaient déjà. Les réverbères étaient éteints, et seules quelques fenêtres encore éclairées permettaient de distinguer la première neige.

Victor, Sergueï et Micha se dirigeaient à pas lents vers un terrain vague où s'élevaient trois pigeonniers. La neige crissait. L'air glacé piquait les joues.

– Oh, regarde ! s'exclama Sergueï qui avait accéléré l'allure.

Il se tenait maintenant près d'un homme en manteau bleu marine râpé, étendu dans la neige au pied d'un pigeonnier.

– C'est ton voisin, Polikarpov ! Logement 13. Il faut l'amener dans l'immeuble le plus proche et le coller contre un radiateur, sinon il va geler.

Ils attrapèrent le col du vieux manteau et traînèrent Polikarpov, ivre mort, à même la neige, jusqu'à un bâtiment voisin. Micha se dandinait maladroitement à leur suite.

Lorsque Victor et Sergueï ressortirent du hall, ils le virent nez à nez avec un gros chien errant. Ils semblaient se renifler. En voyant les hommes arriver, le chien s'enfuit.

16

Ce fut le téléphone qui arracha Victor au sommeil.

– Allô! articula-t-il de la voix éraillée de celui qui se réveille.

– Victor Alexeïevitch! Bravo pour vos grands débuts! Je ne vous réveille pas, au moins?

– Peu importe, il est l'heure de se lever! dit Victor en reconnaissant la voix de son rédacteur en chef. Qu'est-ce qui se passe?

– Votre premier article a été publié! Au fait, votre santé, ça va?

– Oui, ça va mieux.

– Alors, venez au journal! Nous fêterons le lancement de votre carrière.

Il se lava, but son thé, puis alla voir son pensionnaire, qui dormait encore, debout, caché dans son coin préféré derrière le canapé vert.

Il regagna la cuisine, déposa un cabillaud dans son écuelle, mit son manteau et partit.

Une neige fraîche recouvrait les trottoirs. Le ciel, bleu pâle, était bas, reposant presque sur les toits des immeubles de quatre étages. L'atmosphère était calme, il ne faisait pas trop froid.

Victor commença par acheter le dernier numéro des *Stolitchnyé vesti*. Il l'ouvrit dans le bus, confortablement installé sur un siège rembourré. Parcourant les titres des yeux, il tomba enfin sur un encadré disposé en haut d'une page et entouré d'un épais filet noir. *Alexandre Iakornitski, écrivain et député, n'est plus. Son fauteuil de cuir, au troisième rang de l'Assemblée, est désormais vide. Bientôt, un autre homme occupera cette place, mais dans le cœur des nom-*

breuses personnes qui l'ont connu, c'est une sensation de vide, de perte irréparable, qui va s'installer.

«Eh bien voilà, pensa Victor. Mon premier article…»

Cela fit resurgir un sentiment oublié depuis longtemps et profondément enfoui: il était content de lui. Pourtant, cela ne le réjouissait pas outre mesure. Il lut son texte jusqu'au bout. Tous les mots étaient à leur place, le rédacteur en chef n'avait rien coupé.

Ses yeux s'arrêtèrent sur la signature: *Un Groupe de Camarades*. On ne savait combien d'auteurs dissimulaient les deux termes de ce pseudonyme, presque un cliché. Il constata, amusé, que même ses deux majuscules avaient été conservées. On le traitait décidément bien comme un écrivain, avec respect, et non comme un vulgaire journaliste.

Il posa le quotidien sur ses genoux et regarda, par la fenêtre, la ville qui venait à la rencontre du bus.

– Regarde, un oiseau!

Une dame, assise juste devant lui, avait levé le bras pour montrer quelque chose à son enfant. Victor suivit machinalement la direction qu'elle indiquait et vit, sous le plafond du bus, un moineau affolé.

17

Le rédacteur en chef l'accueillit avec la même cordialité que s'il ne l'avait pas vu depuis un an. Café, cognac, plus cent dollars dans une élégante enveloppe allongée, il y avait là tout l'arsenal d'une fête.

– Eh bien voilà, dit Igor Lvovitch en levant son verre.

L'affaire est engagée. Espérons que les prochaines «petites croix» ne vont pas tarder à être publiées.

– Comment est-il mort?

– Il est tombé du cinquième étage. Il semblerait qu'il ait été occupé à laver les carreaux, mais étrangement, ce n'était pas chez lui. En outre, il faisait nuit.

Ils trinquèrent et burent leur cognac.

– Tu sais, poursuivit Igor Lvovitch, en veine de confidences, j'ai déjà plusieurs confrères qui m'ont appelé. Ils sont jaloux, ces parasites! Ils disent que j'ai inventé un genre!

Il pouffa de satisfaction.

– C'est à toi qu'en revient tout le mérite, naturellement! Mais ton existence doit rester secrète, et donc, je prendrai sur moi toutes les retombées, positives ou négatives, d'accord?

Victor acquiesça, mais fut intérieurement peiné de ne pas pouvoir se montrer sous les projecteurs de la gloire, fût-elle journalistique. Le rédacteur en chef dut remarquer quelque chose dans ses yeux, car il ajouta:

– T'en fais pas, un jour, tout le monde connaîtra ton vrai nom, si tu le veux... Mais pour l'instant, et dans ton intérêt, il vaut mieux que tu restes un «Groupe de Camarades» anonyme. Tu vas comprendre pourquoi dans quelques jours. Au fait, dans ce que tu rédiges à partir des dossiers que tu prends chez Fiodor, fais bien attention de conserver toutes les phrases soulignées. Moi, je garde bien tes digressions philosophiques, qui, pour être franc, n'ont aucun rapport avec les défunts...

Victor approuva. Il goûta le café, dont la légère amertume lui rappela soudain celui qu'il avait pris à Kharkov, au bar de l'hôtel. Il se remémora ce jour où un échange de tirs nourri l'avait réveillé en sursaut.

– Igor, s'enquit-il, qu'est-ce qui s'est passé à Kharkov pendant que j'y étais?

Le rédacteur en chef versa du cognac dans leurs deux verres, soupira, et leva vers Victor, au ralenti, un regard qui semblait bloqué.

– *Le jeune combattant baissa soudain la tête, son cœur de komsomol d'un seul coup transpercé...*, fredonna-t-il doucement*. Le journal a subi des pertes... Déjà le septième des nôtres qui tombe. On pourra bientôt élever un monument aux morts à la rédaction... Mais ce n'est pas ton problème! Moins on en sait, plus on vit vieux! énonça-t-il avant de le regarder dans les yeux et d'ajouter d'une voix transformée, aux accents las: Mais cela ne te concerne déjà plus. Tu en sais plus que les autres... Enfin...

Victor regretta d'avoir été trop curieux. Le charme de cette joyeuse cérémonie en tête-à-tête s'était évanoui.

18

Vers la fin novembre, l'automne jusque-là bien installé céda la place, et ce fut franchement l'hiver. Les enfants se jetaient des boules de neige. L'air glacial se faufilait dans les cols des manteaux. Les voitures roulaient lentement, comme si elles avaient peur les unes des autres, sur des routes devenues plus étroites. Sous l'effet du froid, tout

---

* Chanson extraite du film de Dovjenko *Chtchors* (1939), qui relate les exploits de régiments rouges en 1919, lors de la guerre civile en Ukraine.

rétrécissait, raccourcissait, se recroquevillait. Seuls grandissaient les amas de neige sur les bas-côtés, grâce à l'ardeur et aux larges pelles des cantonniers.

Ayant mis un point final aux deux « petites croix » commandées par Micha, Victor regarda par la fenêtre. Il n'avait aucune envie de sortir, d'ailleurs rien ne l'y obligeait. Pour dissiper le silence de la cuisine, il alluma la radio posée sur le réfrigérateur. La rumeur légère du parlement s'en échappa en grésillant. Il baissa le son, mit de l'eau à chauffer et regarda sa montre. L'après-midi se terminait, il était cinq heures et demie. Il se dit qu'il était un peu tôt pour finir sa journée.

Il passa dans la grande pièce et téléphona à Micha.

— C'est prêt! lui déclara-t-il. Tu peux venir.

Micha arriva, mais pas seul. Une fillette aux yeux ronds de curiosité l'accompagnait.

— C'est ma fille, expliqua-t-il. Je n'ai pas voulu la laisser seule à la maison.

Il se pencha vers elle, déboutonna son petit manteau de fourrure rousse et lui suggéra:

— Dis à tonton Vitia comment tu t'appelles!

— Je m'appelle Sonia, j'ai déjà quatre ans, récita la fillette en regardant Victor de bas en haut. C'est vrai que vous avez un pingouin?

— Et voilà, on arrive à peine que déjà…, soupira Micha.

Il lui enleva son manteau et l'aida à ôter ses bottes.

— Allez, avance!

Ils entrèrent dans le salon.

— Il est où le pingouin? insista-t-elle en regardant tout autour.

— Il arrive, promit Victor. Je vais te le chercher!

Il passa d'abord à la cuisine, d'où il revint avec les deux «petites croix» toutes fraîches qu'il donna à Micha, puis entra dans la chambre.

— Micha! appela-t-il, regardant derrière le canapé.

Le pingouin était là, debout sur sa couverture, un vieux plaid en poil de chameau plié en trois, et regardait fixement le mur.

— Qu'est-ce que tu as?

Victor se pencha. Le pingouin avait les yeux ouverts. Il se demanda s'il n'était pas malade.

— Alors? questionna Sonia, qui était arrivée sans qu'il l'entende.

— Micha, on a de la visite!

Sonia s'approcha et le caressa.

— T'es malade? interrogea-t-elle.

Il tressaillit, tourna la tête pour la regarder.

— Papa! s'écria-t-elle, il a bougé!

Victor les laissa et regagna la salle. Micha, assis dans le fauteuil, finissait de lire la seconde nécrologie. À son air, Victor comprit que les textes lui avaient plu.

— Extra! C'est touchant, de la façon dont tu écris! On voit bien que c'est des ordures, mais on les plaint quand même... Bon, tu m'offres une tasse de thé?

Ils s'installèrent à la cuisine, et parlèrent de la pluie et du beau temps en attendant que l'eau soit chaude. Une fois le thé infusé et versé dans les tasses, Micha tendit une enveloppe à Victor.

— Ton salaire, dit-il. J'aurai encore une commande un de ces jours. Tiens, au fait, tu te souviens, tu avais fait un truc sur mon copain, Serioga Tchékaline?

Victor hocha la tête.

— Il va mieux. Je lui ai balancé ta prose sur son fax...

Je crois bien qu'il a apprécié... En tout cas, ça lui a fait de l'effet !

– Papa, papa, il a faim ! annonça la fillette depuis la pièce voisine.

– T'as un pingouin qui parle ? demanda Micha en étouffant un rire.

Victor sortit un cabillaud du congélateur et le posa dans la gamelle.

– Sonia, dis-lui que le repas est servi ! cria Victor, enjoué.

– Tu entends ? À table ! dit la fillette de sa petite voix.

Le pingouin fut le premier à entrer dans la cuisine, suivi de Sonia. Elle l'accompagna jusqu'à son écuelle et le regarda manger, fascinée.

– Pourquoi il est seul ? demanda-t-elle soudain en levant la tête.

– Je ne sais pas, répondit Victor. En fait, il n'est pas seul, on est tous les deux.

– Mon papa et moi aussi on est tous les deux...

– Quelle bavarde ! déplora Micha.

Il avala une gorgée de thé et regarda à nouveau sa fille.

– Allez, rhabille-toi, on s'en va !

Sonia tourna la tête et quitta la cuisine.

– Il faudra que je lui offre un chaton ou un petit chien, dit Micha en la suivant des yeux.

– Amène-la quand tu reviendras, elle jouera avec le pingouin, lui proposa Victor.

Dehors, le soir d'hiver avait tout plongé dans un noir d'encre. La radio, à peine audible, parlait de la Tchétchénie. Victor était assis face à sa machine à écrire. Il se sentait seul et avait envie d'écrire un récit ou au moins un conte pour Sonia, mais c'était la mélodie pénétrante et triste de la prochaine «petite croix» qui résonnait dans sa tête.

«Je ne serais pas malade, des fois?» se demanda-t-il en regardant la feuille blanche qui dépassait de la machine. «Je dois absolument me forcer à écrire autre chose de temps en temps, au moins des petits récits, sans quoi je vais devenir dingue.»

Il repensa à la frimousse coquine de Sonia, pleine de taches de rousseur, et à la petite couette attachée par un élastique qu'elle arborait sur le haut du crâne.

Il songea que c'était une drôle d'époque pour un enfant, un drôle de pays, une drôle d'existence, qu'on n'avait pas même envie de chercher à comprendre; juste survivre, pas plus...

19

Quelques jours après, son rédacteur en chef l'appela pour lui demander d'être prudent, de ne pas venir au journal et d'éviter de sortir de chez lui.

Perplexe, il avait toujours le combiné collé à l'oreille alors que son patron avait raccroché depuis une bonne minute. Il se demandait ce qui avait pu arriver, tout en entendant encore sa voix parfaitement calme et sûre, quasi professorale. Il haussa les épaules. Il n'avait pas pris ce coup de fil au sérieux, mais la matinée s'étira et lui sembla durer deux heures de trop. Il consacra un long moment à se raser, puis décida de repasser une chemise, sans raison, car il n'avait pas l'intention de la mettre.

Il sortit vers midi, acheta les quotidiens du jour, passa

au magasin d'alimentation afin de renouveler le stock de poisson pour Micha. Par la même occasion, il prit du saucisson et un kilo de bananes.

Rentré chez lui, il parcourut les journaux, sans y trouver d'explication à l'appel du chef. En revanche, plusieurs nouveaux noms lui sautèrent aux yeux. Dans la foulée, il attrapa son cahier et les nota pour plus tard, car il n'était pas d'humeur à écrire. Il se sentait démotivé. Il était assis à la table de la cuisine, sur laquelle il avait posé le sac contenant ses achats. Il en sortit les bananes.

La porte grinça en s'ouvrant. Le pingouin entra. Il s'arrêta devant son maître et lui lança un regard implorant.

– Tiens! lui dit Victor en lui mettant sous le bec la banane qu'il venait d'entamer.

Micha bascula vers l'avant et en piqua un morceau.

– Ben alors, s'étonna son maître, tu te prends pour un singe? Si tu t'empoisonnes, où est-ce que j'irai te trouver un docteur, moi? Il n'y en a déjà pas assez pour les humains! Je vais te donner un peu de poisson, ça vaudra mieux.

Le silence de la cuisine n'était troublé que par les claquements de bec du pingouin qui mangeait et la respiration de Victor, plongé dans ses pensées. Enfin, après un profond soupir, il se leva et alluma la radio. Une sirène de police retentit. Il se demanda s'il s'agissait d'une dramatique, mais non, c'était un reportage en «direct-live» sur le terrain, et cette fois le terrain était presque au centre-ville, à l'angle des rues de l'Armée rouge et Saksaganski. Il monta le son et tendit l'oreille. Une voix fébrile parlait de taches de sang sur l'asphalte, de trois ambulances arrivées sur les lieux une demi-heure après avoir été appelées, de sept tués et cinq blessés. Selon les premières informations, le député Stoïanov, secrétaire d'État aux Sports, figurait parmi les victimes. En entendant ce nom, Victor eut le réflexe d'ouvrir son cahier et de vérifier sa liste : il y était bien. Il hocha la tête, et, laissant le cahier ouvert, revint coller son oreille à la radio, mais le reporter ne faisait que répéter ce qu'il venait de dire. Visiblement, il n'en savait pas plus. Il promit de reprendre l'antenne une demi-heure plus tard, avec de nouvelles informations, et une femme le remplaça aussitôt, énonçant d'une voix mélodieuse les prévisions météo du week-end.

« C'est samedi, demain », songea Victor en jetant un coup d'œil au pingouin.

À force de travailler chez lui, il ne distinguait plus les jours ouvrables des week-ends : s'il en avait envie, il écrivait, sinon non, mais les jours où il désirait travailler étaient les plus nombreux ; de fait, il n'avait pas d'autre occupation. Il ne parvenait pas à rédiger de récits, ni à commencer une véritable nouvelle ou un roman. Il semblait avoir trouvé le genre qui lui convenait et était tellement conditionné que même lorsqu'il n'écrivait pas de « petites croix », il y pensait, ou du moins avait en tête des phrases au rythme et aux tournures funèbres, dignes de figurer comme parenthèses philosophiques dans ses futures nécrologies. D'ailleurs, il en casait parfois.

Il appela le commissariat.

– Sous-lieutenant Fischbehn, j'écoute ! dit la voix familière et limpide à l'autre bout du fil.

– Allô, Sergueï ? Salut, c'est Vitia.

– Vitia ? répéta le policier, intrigué.

Il n'avait manifestement pas reconnu son interlocuteur.

– Oui, Vitia, le propriétaire du pingouin.

– Ah, il fallait le dire tout de suite ! s'exclama Sergueï, ravi. Alors, quelles nouvelles ? Micha, ça va ?

– Ça va! Dis, demain, tu travailles?
– Non.
– Je viens d'avoir une idée sympa, ça te dit? demanda Victor, plein d'espoir. Mais pour ça il faut un véhicule, n'importe, même une petite jeep de la police.
– Pas de problème, si ton idée tombe pas sous le coup de la loi… Mais c'est pas la peine de prendre une voiture de service, j'ai une Zaporojets*, dit Sergueï en éclatant de rire.

20

Le lendemain, dans le matin glacial, Victor, Sergueï et Micha descendaient d'une Zaporojets rouge garée sur la berge du Dniepr, au bas des jardins de la Laure. Sergueï extirpa du coffre un sac à dos bourré à craquer et le cala sur ses épaules. Ils descendirent l'escalier de pierre qui menait au fleuve gelé.

Le Dniepr était pris par une épaisse couche de glace. Immobiles, tels de gros corbeaux, des pêcheurs étaient installés çà et là, à distance respectable les uns des autres. Chacun avait son trou creusé jusqu'à l'eau.

Choisissant un itinéraire qui évitait de les déranger, Victor, Sergueï et Micha s'éloignèrent de la rive. Ils s'arrêtaient près de tous les trous abandonnés, mais ils étaient déjà gelés ou trop petits.

– Allons vers le golfe, proposa Sergueï. Il y a un coin où les morses** se baignent.

---

* Petite cylindrée, le bas de gamme de la production automobile soviétique.
** Nom donné aux amateurs de bains dans les lacs ou rivières gelés.

Ils traversèrent le Dniepr, puis passèrent une étroite bande de terre, le bout d'une île.

– Là, regarde!

Sergueï tendait le bras pour indiquer quelque chose au loin.

– Tu vois, la tache bleue, c'est ça!

Ils s'en approchèrent, et avant qu'ils aient eu le temps d'examiner le grand trou découpé dans la glace et dont les bords s'ornaient d'une multitude de traces de pieds nus, Micha se précipita et plongea, magistral, sans projeter la moindre éclaboussure.

Victor et Sergueï retenaient leur respiration, regardant les remous du sombre mélange d'eau et de glace.

– Dis donc, ça y voit sous l'eau, les pingouins? s'inquiéta Sergueï.

– Sans doute... s'il y a quelque chose à voir.

Sergueï posa son sac à dos, en tira une vieille couette qu'il étala sur la glace à deux mètres du trou.

– Viens t'asseoir, dit-il à Victor. À chacun ses plaisirs!

Victor s'installa. Sergueï attrapait déjà un sachet, dont il tira un thermos et deux tasses en plastique.

– Commençons par le café!

Il était un peu trop doux, mais avec le froid, il passait bien et procurait un vrai plaisir.

– Je n'ai pas pensé à prendre quoi que ce soit, avoua Victor, navré, en se réchauffant les mains à la tasse où restait un fond de café.

– C'est pas grave, ce sera pour la prochaine fois. Un peu de cognac?

Il en versa dans leurs cafés avant de glisser la flasque dans la poche de sa veste. Il leva sa tasse:

– Allez, buvons à tout ce qu'il y a de bien!

Ils burent, et une douce chaleur envahit leurs corps et leurs pensées.

– Dis, il va pas se noyer? s'alarma Sergueï, désignant le large trou du regard.

– Normalement, non…, répondit Victor, indécis. En fait, j'ignore tout des pingouins… J'ai un peu cherché, mais pas moyen de trouver un livre qui en parle…

– Si un jour j'en vois un, je te l'offrirai! promit Sergueï.

Victor commençait à s'inquiéter. Il regarda autour de lui; le pêcheur le plus proche était à une trentaine de mètres. Assis sur sa mallette, il portait régulièrement à sa bouche une gourde d'un litre.

– Je vais faire quelques pas, dit Victor sans cesser de l'observer.

– Oh non, restons encore un peu assis, protesta Sergueï. Si on reprenait un petit cognac? Micha va bien revenir, où veux-tu qu'il aille? Il ne risque quand même pas de se noyer!

Il y eut un gargouillement dans le trou d'eau, et Victor regarda aussitôt ce qui se passait. Le mélange d'eau et de glaçons remuait.

– À la santé de Micha! s'exclama Sergueï en levant sa tasse pleine de cognac. Les humains sont nombreux, mais les pingouins sont rares. Il faut en prendre soin!

Ils portaient le cognac à leurs lèvres lorsque le silence glacé fut troublé par un cri. Ils se retournèrent et virent, à une cinquantaine de mètres, un pêcheur qui avait bondi loin de son trou et faisait des gestes effrénés dans sa direction. Deux de ses collègues s'étaient déjà approchés, abandonnant leurs petites cannes.

– Qu'est-ce qui lui arrive? se demanda Sergueï à voix haute.

Victor avait cessé de prêter attention à l'incident. Il sirotait son cognac et songeait que chaque journée apportait quelque chose de nouveau et de totalement imprévu. Il se disait qu'un jour, ce seraient des ennuis, peut-être même la mort.

– Regarde, regarde ! s'exclama Sergueï en lui tapant sur l'épaule.

Victor s'arracha à ses réflexions ; suivant le regard de Sergueï, il tourna la tête et vit Micha qui venait vers eux, depuis l'île.

– Où a-t-il bien pu ressortir ? s'étonna Sergueï.

Le pingouin s'approcha pour s'arrêter au bord de la couette.

– Il prendrait peut-être un cognac, lui aussi ? plaisanta Sergueï.

– Viens, viens là, Micha ! l'encouragea Victor en tapotant la couette.

Il fit gauchement quelques pas, regarda d'abord Sergueï, puis son maître.

Sergueï fouilla à nouveau dans son sac et en sortit une serviette, dans laquelle il enveloppa le pingouin.

– C'est pour qu'il attrape pas froid ! expliqua-t-il à Victor.

Micha resta cinq minutes ainsi emmailloté, puis il se secoua pour faire tomber la serviette.

Victor entendit des pas dans leur dos. Il se retourna et reconnut le pêcheur qu'il avait observé.

– Alors, ça mord ? lui demanda Sergueï.

L'homme fit «non» de la tête, sans quitter le pingouin des yeux.

– Dites, articula-t-il enfin, vous avez vraiment un pingouin ou c'est moi qui pars du ciboulot ?

– C'est vous…, lui répondit Sergueï, avec une sincérité parfaite.

– Oh la vache ! lâcha le pêcheur, épouvanté.

Il agita maladroitement les bras, tourna les talons et regagna son emplacement. Victor et Sergueï le suivirent des yeux.

– Ça va peut-être l'inciter à boire un peu moins, conclut Sergueï, optimiste.

– Mais enfin, t'es pas de service ! s'indigna Victor. Pourquoi tu terrorises les ivrognes ?

– Déformation professionnelle, rétorqua Sergueï avec un sourire radieux. T'as faim ou on se prend encore un petit cognac ?

– Encore un petit, allez !

Le pingouin s'était mis à danser impatiemment d'une patte sur l'autre et à se battre les flancs de ses semblants d'ailes qui lui servaient de nageoires.

– Qu'est-ce qu'il a, il veut aller aux toilettes ? dit Sergueï, amusé, en dévissant le bouchon.

Micha repartit sur la glace, et, trottinant d'un air comique, se jeta une nouvelle fois dans l'eau.

21

Dans la nuit du dimanche au lundi, Victor fut réveillé par le téléphone, qui sonna longtemps avant de le tirer complètement du sommeil, mais ne le fit pas lever. Il attendit que l'importun perde patience, en vain. Même le pingouin se réveilla et poussa un cri.

Victor finit par quitter son lit et se dirigea vers l'appareil d'un pas mal assuré.

«Quelle plaisanterie stupide», pensa-t-il en décrochant.

– Allô, Vitia? attaqua le chef d'un ton impatient. Désolé de te réveiller, j'ai un boulot urgent pour toi! Tu m'entends?

– Oui.

– Un coursier va venir t'apporter une enveloppe. Il attendra dans une voiture, en bas de chez toi. Tâche de me faire ça au plus vite, c'est une «petite croix» pour le numéro qui sort ce matin!

Victor jeta un œil au réveil posé sur le guéridon: une heure et demie.

– OK, répondit-il.

Il enfila un peignoir bleu pâle et alla se débarbouiller à l'eau froide. Puis il passa à la cuisine, posa sa bouilloire sur le gaz et sa machine à écrire sur la table. Il se pénétra du silence de la cour endormie, regarda l'immeuble d'en face, où seules deux fenêtres étaient éclairées.

Les insomnies des autres le laissaient indifférent. Il était maintenant bien réveillé, la tête juste un peu lourde.

Il prit une feuille blanche, l'engagea dans la machine et tendit à nouveau l'oreille au silence de la nuit.

Un bruit monta: une voiture se garait devant chez lui. Une portière claqua.

Toujours assis, il attendait calmement que l'on vienne sonner à sa porte, mais au lieu de cela, quelques instants plus tard, on frappa doucement.

Un homme d'une cinquantaine d'années, l'air endormi et les yeux rouges, lui tendit une grande enveloppe en kraft. Il ne franchit pas le seuil.

– J'attendrai en bas, dans la voiture. Si je dors, frappez à la vitre, lui dit-il.

Victor acquiesça.

Il regagna sa chaise, ouvrit l'enveloppe, en tira un papier et un programme de théâtre.

Ioulia Andreïevna Parkhomenko, née en 1955. Soliste de l'Opéra national depuis 1988. Mariée, deux enfants, lut Victor sur la feuille tapée à la machine. *Opérée d'un sein en 1991. En 1993, appelée à la barre en qualité de témoin au sujet de la disparition d'Irina Fiodorovna Sanoutchenko, artiste de l'Opéra national avec qui elle était en conflit ouvert. En 1995, a refusé de partir en Italie avec le reste de la troupe, ce qui a failli compromettre la tournée.*

À la fin, une main avait ajouté: *A énormément souffert de la mort de l'écrivain et député Alexandre Nikolaïevitch Iakornitski, un ami très proche. Elle avait fait sa connaissance en 1994, lors de la fête privée organisée par les députés pour célébrer l'indépendance de l'Ukraine au palais Mariïnski; elle y avait été invitée pour chanter quelques airs.* Ces lignes-là étaient soulignées en rouge, et Victor se souvint immédiatement des recommandations faites par Igor Lvovitch lors de leur dernier entretien.

Il relut plusieurs fois le passage manuscrit. Les informations étaient maigres, mais ses pensées prenaient déjà le rythme du texte à rédiger.

Il regarda le programme et vit une photo en couleurs de son héroïne sur la deuxième page: une belle femme, mince, les joues rouges, sans doute maquillées. Des yeux en amande, des cheveux châtains qui tombaient sur ses épaules en une ondulation régulière. Son costume de scène lui allait très bien.

Il se concentra sur sa feuille blanche.

«Pour les Arabes, le blanc est la couleur du deuil», songea-t-il en approchant ses doigts du clavier.

Tout ce qui vit sur Terre a sa propre voix. La voix est le symbole de la vie, un signe de joie ou de tristesse. Elle peut enfler, se briser, s'éteindre, devenir un murmure à peine audible. Dans le chœur de notre existence, il est difficile de distinguer la voix de chacun, mais lorsque l'une se tait, on a l'impression que c'est la fin de tout bruit, de toute vie. La voix qu'il ne nous sera désormais plus donné d'entendre était aimée du plus grand nombre... Elle s'est tue de manière subite et prématurée. Le monde a été envahi de silence, mais pas de celui que recherchent les amateurs de calme. Ce silence soudain, comme un trou noir dans l'univers, ne fait que souligner l'aspect éphémère de tout bruit et l'infinité des pertes passées et à venir...

Victor se leva, se fit du thé et revint à sa table avec une tasse pleine.

La voix de Ioulia Parkhomenko ne résonnera plus. Mais aussi longtemps que se dresseront les murs du palais Mariinski, aussi longtemps que les ors de son plafond refléteront la magnificence de l'Opéra national, elle demeurera parmi nous, poussière d'or dans l'air que nous respirons. Sa voix dorera le silence qu'elle a laissé derrière elle.

«Ça fait beaucoup d'or», pensa-t-il en s'arrêtant. Il reprit la biographie, relut pour la énième fois la partie soulignée.

«Comment le loger là-dedans, Iakornitski?» se demanda-t-il. «L'amour? L'amour...»

Il réfléchit, avala une gorgée de thé, se relut, et poursuivit:

Tout récemment, Ioulia elle-même avait subi une perte cruelle. La voix de celui qu'elle aimait s'était éteinte, brusquement, avec un cri, plongeant vers le gouffre où, selon la loi de la gravité propre à la mort, tout ce qui a fini de vivre, de lutter, ou qui a simplement perdu, tombe un jour...

Victor cessa de taper et saisit le programme, qu'il regarda de plus près. Il esquissa alors un sourire.

Il y a peu, en jouant la Tosca de Puccini, c'est sa propre tragédie qu'elle a interprétée, jusqu'aux derniers instants, où elle se jette du haut de la forteresse. Peu importe la façon dont elle est morte. Même si ce n'est pas comme cela, nous qui entendions le chant de sa vie devrons maintenant affronter une dure épreuve: nous habituer au silence et y chercher les paillettes d'or de sa présence passée. Faisons donc silence tous ensemble afin de pouvoir mieux distinguer sa voix, nous la rappeler et la conserver longtemps dans nos mémoires, jusqu'à ce que nos voix à tous se mêlent au silence et à l'éternité...

Il se redressa, reprit haleine comme s'il venait de courir un cent mètres, se massa les tempes pour chasser la tension causée par ce travail nocturne si urgent. Il l'avait mené à bien, c'était terminé.

Il prit le texte, le relut et eut pitié de la cantatrice morte ou tuée dans des circonstances mystérieuses.

Il regarda par la fenêtre. La voiture était effectivement garée en bas.

Il se leva, s'apprêtant à sortir, mais il se figea soudain, médusé: planté sur le seuil, le pingouin l'examinait. Ses yeux brillaient d'un feu vif, sans rien trahir de ses envies. Il se contentait de surveiller son maître. Sans passion et sans raison.

Victor, après un lourd soupir, se fraya un passage entre lui et le montant de la porte, jeta une veste par-dessus son peignoir et descendit, serrant son texte dans sa main.

Le coursier dormait, la tête sur le volant. Victor frappa à la vitre. L'homme se frotta les yeux. Sans un mot, il ouvrit la portière, prit la feuille que lui tendait Victor, démarra et partit.

Victor remonta chez lui. Sa nuit était fichue. Il n'avait plus sommeil, tout son corps était maintenant animé d'une vigueur inutile.

Il dénicha des somnifères dans son armoire à pharmacie, en avala deux, but un peu d'eau tiède qui restait dans la bouilloire et alla se recoucher.

22

Le lendemain matin, à dix heures, nouvel appel du chef, content de la «petite croix». Il s'excusa encore d'avoir troublé le sommeil de Victor et lui dit qu'il pourrait repasser à la rédaction sous quelques jours, l'essentiel étant de bien avoir sa carte de presse sur lui, car des Omons gardaient désormais l'entrée et tous les étages.

Dehors, l'hiver que le gel faisait croustiller suivait son cours. Tout était plutôt calme.

Debout dans sa cuisine, tenant sa cafetière sur le feu, Victor se demandait ce qu'il allait faire de sa journée. Compte tenu de sa nuit passée à travailler, il pouvait très bien s'accorder un peu de repos, mais un jour de congé devait être consacré à une foule d'activités encore plus intéressantes qu'une journée ordinaire. C'est pourquoi il décida de boire son café, puis de descendre chercher des journaux au kiosque, et ensuite seulement de choisir comment s'occuper.

C'est avec les journaux sous le nez qu'il but sa seconde tasse. Il commença par lire, à l'avant-dernière page des *Stolitchnyé vesti*, son œuvre de la nuit, diffusée à cinq cent mille exemplaires. Chaque mot était à sa place, le patron n'avait touché à rien. Il comprit alors que celui-ci devait dormir au moment où le texte avait été monté, puis imprimé. Il reprit sa lecture à la première page, tout entière occupée par un long éditorial intitulé: *La guerre continue, c'est une simple trêve*. Alternant avec des photos qui rappelaient celles de l'assaut de Grozny, les colonnes de texte s'alignaient militairement. Sans le vouloir, Victor se mit à lire, et plus il avançait, plus l'article le captivait. Il découvrit que pendant qu'il menait une vie sans histoires, c'étaient presque de vrais combats qui se déroulaient à Kiev: «deux clans mafieux» réglaient leurs comptes, du moins selon le journal, qui dénombrait dix-sept morts, neuf blessés et cinq explosions. Parmi les victimes, on trouvait le chauffeur du rédacteur en chef, trois policiers, un businessman arabe, plusieurs personnes non identifiées et une cantatrice de l'Opéra national.

Après avoir lu les autres journaux, Victor se rendit compte que cette guerre y prenait beaucoup moins de place, mais que le décès de la cantatrice y était raconté avec plus de détails. Son corps avait été retrouvé, tôt le matin, dans la gare de départ du funiculaire. Elle avait été étranglée avec une ceinture en cuir. Par ailleurs, son mari, un architecte, avait disparu, et leur appartement avait été mis à sac: on y avait sans aucun doute cherché quelque chose.

Il resta pensif. La mort de la soliste semblait sans rapport avec la guerre des clans. C'était un crime annexe. «Peut-être que son mari introuvable y a participé? Ou peut-être est-ce ma faute?» Cette idée l'épouvanta soudain. «Je l'ai bel et bien citée dans la nécro de Iakornitski, même si je n'ai pas dévoilé son nom. Sans doute l'allusion était-elle transparente pour beaucoup de gens... Et si, pour son mari, cela avait été la goutte d'eau qui fait déborder le vase? »

Il poussa un profond soupir et se sentit aussitôt épuisé par les hypothèses qu'il échafaudait.

– C'est idiot, murmura-t-il pour lui-même. Pourquoi son mari aurait-il retourné tout leur appartement?

23

Étrangement, la journée avait été assez productive. Trois nouvelles «petites croix» reposaient désormais sur la table. La nuit d'hiver était noire. Dans la cuisine, une tasse de thé fumait.

Victor parcourut les textes qu'il venait de rédiger. Ils étaient un peu succincts, faute d'informations: cela faisait longtemps qu'il n'était pas allé au siège du journal et la documentation de Fiodor lui manquait. Mais ce n'était pas très grave. Tant que les nécros n'étaient pas publiées, il pouvait les retravailler à loisir.

Il but son thé, éteignit la lumière de la cuisine. Il s'apprêtait à se coucher lorsqu'il entendit frapper à sa porte.

Il s'immobilisa un instant dans le couloir, l'oreille aux aguets. Puis, abandonnant ses pantoufles, il alla regarder, pieds nus, par le judas. Micha, pas le pingouin, l'autre, se tenait sur le palier.

Victor lui ouvrit.

Dans ses bras, il portait Sonia, endormie. Il entra sans prononcer un seul mot, hochant simplement la tête en guise de bonjour.

– Où je peux la poser ? demanda-t-il en désignant sa fille des yeux.

– Là-bas, chuchota Victor en lui indiquant de la tête la porte de la grande pièce.

Il partit l'allonger sur le canapé et regagna le couloir en tâchant de ne pas faire de bruit.

– Allons dans la cuisine, dit-il à Victor.

Celui-ci ralluma la lumière.

– Fais chauffer de l'eau !

– Je viens juste de préparer du thé.

– Je reste jusqu'à demain matin, déclara Micha d'une voix hésitante. Sonia va passer quelque temps chez toi, d'accord ? Jusqu'à ce que ça se tasse…

– De quoi tu parles ?

Sa question resta sans réponse. Les deux hommes étaient assis de part et d'autre de la table, mais Micha occupait la place habituelle de Victor, qui tournait maintenant le dos à la cuisinière. Il lui sembla voir passer un éclair hostile dans les yeux de son hôte.

– Un petit cognac ? proposa-t-il pour détendre l'atmosphère, qui l'oppressait comme un nuage noir.

– Ça marche.

Victor servit deux verres. Ils burent en silence.

Perdu dans ses pensées, Micha pianotait sur la table. Il regarda autour de lui, et, remarquant un tas de journaux récents posés à côté, sur l'appui intérieur de la fenêtre, il les attrapa. La vue du premier lui arracha une grimace, et il les reposa.

– C'est marrant, la vie, soupira-t-il. On veut faire plaisir, et résultat, on est obligé de se transformer en sous-marin…

Victor se concentrait sur les moindres paroles de son

hôte, mais leur sens lui échappait, comme s'il avait voulu saisir une toile d'araignée emportée par le vent.

– Encore un petit, lui demanda Micha.

Après son second cognac, il alla voir si sa fille dormait bien, puis revint à la cuisine.

– Tu aimerais sans doute savoir ce qui se passe ? dit-il d'une voix lente mais déjà plus sereine, en regardant Victor droit dans les yeux.

Celui-ci ne répondit pas. Il n'avait plus envie de savoir quoi que ce soit, il voulait dormir, et la conduite étrange de Micha commençait à le fatiguer.

– Tu es au courant, pour la fusillade et les explosions ? interrogea Micha en montrant les journaux.

– Et alors ?

– Tu connais le responsable de tout ça ?

– Non.

Micha fit précéder sa réponse d'un sourire las et mauvais.

– C'est toi.

– Moi ? Comment ça, moi ?

– Pas que toi, bien sûr... Mais sans toi, ça ne serait pas arrivé.

Il fixait Victor sans ciller, mais ce dernier avait l'impression qu'il regardait au loin, à travers lui.

– J'ai vu que tu étais mal, l'autre jour, et je t'ai demandé pourquoi. Tu m'as expliqué. On a été sincères, et c'est justement cette spontanéité puérile qui m'a plu en toi... Tu voulais que tes trucs passent dans le journal, encadrés de noir. Ça se comprend. Tu te souviens, je t'ai demandé ton chouchou parmi les futurs macchabées... J'ai juste voulu te faire plaisir... Sers-moi un autre petit verre.

Victor se leva et remplit leurs deux verres. Il regarda ses mains: elles tremblaient.

– Tu veux dire…, articula-t-il, stupéfait, que Iakornitski, c'est toi qui l'as…

– Pas moi, nous…, corrigea Micha, mais ne t'inquiète pas, il l'avait amplement mérité… Le problème, c'est que sa mort a laissé orphelins pas mal d'amateurs de privatisations à qui il avait déjà soutiré des acomptes… En outre, il conservait des papiers qui assuraient sa sécurité, des dossiers sur ses collègues de l'Assemblée… La vie doit être dure pour eux, au pouvoir… C'est comme à la guerre…

Il fit une pause qui se prolongea. Il regardait par la fenêtre. Victor, fébrile, tentait d'assimiler ce qu'il venait d'entendre.

– Dis, demanda-t-il enfin, le meurtre de sa maîtresse, j'y suis aussi… pour quelque chose?

– T'as pas compris, prononça calmement Micha, qui avait adopté un ton d'instituteur. Nous avons enlevé la carte qui soutenait tout le château, et ce qui s'est passé ensuite n'est que la conséquence logique: l'édifice entier s'écroule. Il faudra attendre que la poussière retombe…

– Moi aussi il me faudra attendre? demanda Victor, non sans angoisse.

Micha haussa les épaules.

– Chacun sa merde, dit-il en se versant un nouveau cognac. Mais ne t'en fais pas. Je crois que tu es bien protégé… C'est pour ça que je suis venu te trouver toi…

– Protégé par qui?

Micha écarta les mains en signe d'ignorance.

– Je t'ai dit ce que je savais. Je le sens, c'est tout. Si tu n'étais pas protégé, tu ne serais plus là…

Micha devint songeur.

– Si je te le demandais, tu me rendrais un service? s'enquit-il au bout d'une minute.

Victor hocha la tête.

– Va te coucher, je vais rester encore un peu à la cuisine… réfléchir…

Victor gagna sa chambre, s'allongea. Il n'avait plus envie de dormir. Il tendait l'oreille au silence de l'appartement, que rien ne venait troubler. Tout le monde semblait plongé dans un profond sommeil. Soudain, une voix d'enfant, indistincte, monta de la pièce. Victor écouta mieux. «Maman… maman… maman…», bredouillait Sonia dans son rêve.

«C'est vrai ça, elle est où sa maman?» pensa-t-il.

Il finit par s'endormir.

Un moment plus tard, le pingouin quitta son abri, derrière le divan vert foncé, et se dirigea lentement vers la porte de la salle, restée entrouverte. Il traversa la pièce, s'arrêtant un instant près de la fillette endormie, qu'il regarda attentivement. Il passa dans le couloir, poussa la porte suivante et pénétra dans la cuisine.

Devant lui, à la place habituelle de son maître, il vit un inconnu, la tête appuyée sur la table. Il dormait.

Le pingouin le regarda plusieurs minutes depuis le seuil, où il se tenait, immobile. Puis il fit demi-tour et regagna sa couverture.

24

Le réveil posé sur la table de nuit indiquait sept heures. Dehors, obscurité et calme régnaient encore. C'est la migraine qui réveilla Victor. Il resta allongé sur le dos à regarder le plafond et à se repasser la conversation de la veille. Malgré son mal de tête, il avait désormais trouvé quelques questions à poser à son visiteur du soir.

Il se leva doucement, s'efforçant de ne pas faire de bruit. Il enfila son peignoir et passa dans la salle.

Sonia dormait encore. Elle était soigneusement enveloppée dans l'imperméable gris de Victor, jusque-là accroché au portemanteau de l'entrée.

Rassemblant tout son courage, il traversa le couloir et s'arrêta devant la porte ouverte de la cuisine.

Il n'y avait plus personne. Un mot avait été laissé sur la table : *Il faut que je parte. Je te laisse Sonia, tu en réponds sur ta tête. Lorsque la poussière sera retombée, je réapparaîtrai. Micha.*

Ce papier le prit au dépourvu. Maintenant assis, le regard perdu dans ces deux lignes manuscrites, il tentait de chasser de son cerveau les questions qu'il avait voulu poser.

Une pâle aurore grise tentait de vaincre la nuit d'hiver.

Le divan grinça, arrachant Victor à ses pensées. Il alla voir ce qui se passait.

Assise, Sonia se frottait les yeux. Elle écarta enfin ses petits poings de son visage, et, apercevant Victor, lui demanda :

– Il est où mon papa ?

– Il est parti…, répondit-il en la regardant. Il a dit qu'il fallait que tu restes ici en attendant son retour…

– Ici, avec le pingouin ? s'écria-t-elle, ravie.

— Oui, confirma-t-il sans chaleur.
— Hier, on a eu nos fenêtres toutes cassées, raconta Sonia. Il s'est mis à faire très froid.
— Chez vous ?
— Oui, dit-elle sur le ton de la confidence. Ça a fait un grand bruit, bou-oum, comme ça !
— Tu veux manger quelque chose ?
— Oui, mais pas de la bouillie !
— De toute façon, je n'en ai pas, confessa le maître de maison. Je mange assez peu.
— Moi c'est pareil, dit-elle avec un sourire. Où on va aujourd'hui ?
— Où on va ? répéta-t-il, perplexe. Je n'en sais rien... Tu veux aller où, toi ?
— Au zoo, avoua-t-elle.
— Bon, d'accord. Mais je vais d'abord travailler un moment. On ira d'ici deux petites heures.

25

À midi, Victor donna un poisson au pingouin et fit frire des pommes de terre pour Sonia et lui.
— Demain, j'irai faire de grosses courses ! promit-il à la fillette.
— Mais moi je n'ai pas un gros appétit, répondit-elle en attirant à elle une grande assiette.
Victor réprima un rire. C'était la première fois que la vie le confrontait à une enfant, et il l'observait, discret et intrigué, comme s'il avait eu le même âge qu'elle. La spontanéité de Sonia, ses réponses décalées, sans être

complètement incongrues, le faisaient sourire. Tout en mangeant, il la regardait du coin de l'œil. Elle avalait les frites avec plus de curiosité que d'appétit, examinant chaque petit dé qu'elle piquait avec sa fourchette. Elle était assise face à lui, et, entre son dos et la gazinière, Micha le pingouin s'affairait autour de sa gamelle.

À un moment, elle se retourna et y déposa un morceau de pomme de terre. Le pingouin la regarda, étonné, et inclina la tête sur le côté de façon comique. Elle éclata de rire. Micha conserva cette attitude quelques instants, puis se pencha sur son écuelle et mangea la frite qu'elle lui avait offerte.

– Il aime ça!

Elle était heureuse d'en informer Victor.

Après le thé, il l'habilla et ils partirent pour le zoo.

Une neige fine tombait, le vent leur soufflait sans arrêt en plein visage. Quand ils sortirent du métro, il lui enveloppa la tête dans sa petite écharpe, ne laissant que les yeux découverts.

Sur la grille du zoo, une pancarte annonçait que les conditions météo hivernales ne permettaient au public de voir qu'une petite partie des animaux.

Les visiteurs étaient rares. Victor, suivant la flèche qui indiquait les tigres, emmena Sonia sur un sentier enneigé. Ils passèrent un enclos agrémenté d'un panneau avec le dessin d'un zèbre, qui décrivait ses caractéristiques et son comportement, en lettres tracées au pochoir.

– Ils sont où les fauves? demanda Sonia en regardant autour d'elle.

– Plus loin, répondit Victor en lui faisant un sourire.

Ils dépassèrent encore plusieurs enclos vides, tous

équipés de panneaux représentant leurs occupants habituels, avant d'arriver à un pavillon.

À l'intérieur, des cages aux solides barreaux abritaient deux tigres, un lion, un loup et d'autres carnassiers. Face à l'entrée, un avertissement: *Ne donner aux animaux que de la viande fraîche ou du pain, à l'exclusion de toute autre nourriture.* Victor et Sonia n'avaient ni l'un ni l'autre.

Ils longèrent les cages, s'arrêtant brièvement devant chacune.

– Et les pingouins, ils sont où? interrogea Sonia.

– Sans doute pas par ici... Quoique... Viens, on va regarder, on ne sait jamais!

Il tenta de se souvenir à quel endroit il avait trouvé Micha. Il lui sembla que c'était un peu plus loin, après le terrarium et la caverne en ciment des ours bruns.

Arrivés là, ils virent un vaste enclos désert avec un lac gelé au centre. Le panneau accroché aux grilles montrait des pingouins.

– Voilà, tu vois, ils ne sont plus là..., dit Victor.

– Que c'est dommage, soupira Sonia, déçue. On aurait pu amener Micha pour qu'il se trouve des amis.

– Mais tu vois bien qu'il n'y a plus de pingouins ici, répéta Victor en se penchant vers elle.

– Et y a quoi d'autre?

Ils passèrent encore une heure à parcourir les sentiers, allèrent admirer les poissons, les serpents, deux milans pelés et un lama solitaire au long cou. Ils se dirigeaient vers la sortie lorsque Victor aperçut soudain une plaque: *Centre de documentation scientifique.*

– Sonia, entrons un instant, suggéra-t-il. Peut-être qu'on apprendra quelque chose sur les pingouins.

– Oh oui!

Le Centre était une maisonnette sans étage. Ils frappèrent à l'unique porte et entrèrent.

Assise à un bureau, une femme aux cheveux gris, bien qu'encore jeune, lisait une revue.

– Excusez-moi, dit Victor.

– Oui? répondit-elle en levant les yeux. Je peux vous renseigner?

– En fait, commença-t-il, il y a un peu plus d'un an, je vous ai pris un manchot, ici, au zoo… Vous n'auriez pas des livres sur le sujet?

– Non. Les manchots, c'était Pidpaly qui s'en occupait. Quand on les a eu tous donnés, il a été licencié, et il a emporté tout ce qu'il y avait comme documentation. Un sale vieux…

– Pidpaly? répéta Victor. Où pourrais-je le trouver?

– Demandez au service du personnel, dit la dame en haussant les épaules. Au fait, vous ne voudriez pas prendre un serpent? ajouta-t-elle en examinant Sonia avec intérêt. À partir de janvier, on démantèle le terrarium.

– Non, merci. Ça se trouve où, le service du personnel?

– À gauche de l'entrée principale, derrière les toilettes.

Ils sortirent. Laissant Sonia à la grille, Victor entra dans les bureaux et demanda l'adresse de Pidpaly. Il plia la feuille en deux, la rangea dans son portefeuille. Puis il reprit Sonia par la main, et ils se dirigèrent vers le métro.

26

Le lendemain matin, Victor décida d'aller rendre visite à son chef. D'une part, il voulait depuis longtemps lui apporter ses derniers textes, et d'autre part, il avait envie de lui avouer ce qui s'était passé avec Iakornitski, ou plus simplement de lui expliquer pourquoi cela était arrivé.

– Tu peux rester seule à la maison? demanda-t-il à Sonia après le petit déjeuner.

– Oui, papa m'a appris: il ne faut ouvrir à personne et ne pas répondre au téléphone. Et il ne faut pas s'approcher des fenêtres. C'est ça?

– C'est parfait, la félicita Victor en soupirant. Sauf qu'ici, tu peux t'approcher des fenêtres.

– C'est vrai? s'écria-t-elle, réjouie.

Elle courut aussitôt coller son nez à la porte vitrée qui donnait sur le balcon.

– Alors, qu'est-ce que tu vois?

– L'hiver!

– Je reviens vite, lui promit-il.

Il lui fallut montrer trois fois sa carte avant d'arriver au bureau du patron.

– Alors, ça va? lui demanda Igor Lvovitch.

– Ça va…, articula Victor, pas très sûr. J'ai apporté de nouvelles «petites croix»…

– Fais voir ça, dit le chef en avançant la main. Tiens, de la part de Fiodor, ajouta-t-il en lui tendant un épais dossier.

– Igor…, commença Victor qui avait rassemblé tout son courage. Voilà… je… en fait… il se trouve que je suis responsable de la mort de Iakornitski.

— Allons bon! ironisa le chef. Tu te prends pour un caïd ou quoi?

Victor le regarda, pétrifié.

— T'en fais pas, je suis au courant de tout…, dit Igor Lvovitch d'une voix déjà plus affable.

— Et pas plus?

— Si, beaucoup plus. De toute manière, Iakornitski était cuit… Ne t'inquiète donc pas! Évidemment, il aurait mieux valu que tu ne t'occupes que de ton travail.

Victor le regardait, ahuri, retourné par ses paroles que quelque chose l'empêchait de comprendre.

— Alors il n'y a rien de grave?

— C'est grave, l'élimination d'un clan qui noyautait le gouvernement? Détends-toi. Tu n'y es pour rien, et si tu y as contribué, ce n'est que par la bande. Buvons plutôt un petit café!

Il décrocha son téléphone et demanda deux tasses à sa secrétaire. Puis, se mordillant les lèvres, il réfléchit un instant avant de fixer à nouveau Victor.

— Tu n'as ni femme, ni copine, c'est ça?

— C'est ça, je n'en ai plus…

— Dommage, dit le chef avec un geste de la tête mi-sérieux, mi-badin. Les femmes renforcent le système nerveux des hommes. Et il serait grand temps que tu soignes tes nerfs! Allez, ne fais pas attention, je plaisante.

La secrétaire apporta les cafés.

Victor prit une demi-cuillerée de sucre, mais le breuvage était malgré tout trop fort et laissait un goût amer sur la langue. Cela lui rappela à nouveau Kharkov.

— Et Odessa, je vais devoir y aller? s'enquit-il soudain.

— Non. Il y a quelqu'un qui est tout à fait opposé à ce que nous traitions la province… Mais nous avons largement de quoi faire sur place. Rassure-toi! Regarde, moi: mon chauffeur vient d'être tué, et malgré tout je suis tranquille comme Baptiste! La vie ne mérite pas qu'on tremble pour elle. Crois-moi.

Victor le regarda, étonné. Assis dans son fauteuil directorial, vêtu d'un costume de luxe, avec une cravate française agrémentée d'une lourde épingle en or, Igor Lvovitch déclarait ne pas tenir à sa vie... Il ne pouvait être sincère.

– Il faudra qu'on se boive une bonne bouteille avant le Nouvel An, non? T'es d'accord?

– Ce sera avec plaisir, répondit Victor.

– Excellent.

Le chef se leva.

– Tu vas recevoir mon invitation un de ces jours!

27

Stépan Iakovlévitch Pidpaly habitait au rez-de-chaussée d'un immeuble stalinien gris près du métro Sviatochino. Victor frappa des pieds devant la porte pour faire tomber la neige de ses chaussures et sonna.

Un œil insistant l'examina à travers le judas, puis une voix chevrotante demanda:

– Qui cherchez-vous?

– Je viens voir Stépan Iakovlévitch.

– Qui êtes-vous?

– C'est le zoo qui m'a donné votre adresse, expliqua Victor. Je viens pour les manchots...

Il trouva sa phrase complètement idiote, mais la porte

s'ouvrit quand même. D'un geste, un homme en survêtement de laine bleu marine, pas rasé, moins âgé que ne l'avait laissé imaginer sa voix, l'invita à entrer.

Il pénétra dans une vaste pièce dont le centre était occupé par une vénérable table ronde et ses chaises.

– Asseyez-vous, dit le maître de maison, sans un regard pour son visiteur. Vous vous intéressez aux manchots? articula-t-il en observant Victor bien en face, tout en attrapant à tâtons un vieux mégot sur la nappe sale.

Il passa la main sous la table et la reposa dessus, vide.

– Je suis désolé de vous déranger, je voulais juste savoir si vous aviez des livres sur la question…

– Des livres? répéta Pidpaly, peiné. Pourquoi voulez-vous des livres? J'ai mes propres travaux, pas encore édités… Voilà plus de vingt ans que j'étudie les manchots…

– Vous êtes zoologue? s'enquit Victor avec un respect appuyé.

– Plutôt pingouinologue, mais naturellement, c'est une spécialité que vous ne trouverez pas dans le registre scientifique officiel… En quoi ces animaux vous intéressent-ils? demanda le vieil homme d'une voix radoucie.

– J'en ai un à la maison… mais je ne sais rien sur eux. J'ai peur de faire des choses de travers…

– Vous en avez un chez vous? C'est merveilleux! Comment l'avez-vous eu?

– Je l'ai pris au zoo, il y a un an, quand ils ont distribué leurs petits animaux.

Pidpaly se rembrunit.

– Il est de quelle espèce?

– Je crois que c'est un manchot royal. Il s'appelle Micha, il est grand, à peu près haut comme votre table…

– Micha!

Pidpaly serra les lèvres et se gratta la barbe.
– Celui de notre zoo ? reprit-il.
– Oui.
– Eh bien, ce n'est pas malin de votre part ! Pourquoi êtes-vous allé prendre le seul qui était malade ? Il y en avait sept, je m'en souviens bien ; Adélie, Zaïtchik, ceux-là étaient plus jeunes, en pleine forme…
– Qu'est-ce qu'il a, Micha ?
– Une dépression et un cœur en mauvais état. Je pense que c'est une malformation congénitale. Voilà donc où il a atterri, soupira-t-il, navré.
– Mais qu'est-ce qu'on peut faire pour lui ? Ça se soigne ?
– Ben voyons ! se moqua Pidpaly. Même les humains, on ne les soigne plus, maintenant, et vous voudriez qu'on soigne un manchot ! Vous comprenez bien que pour un animal de l'Antarctique, notre climat est une catastrophe. Le mieux pour lui serait de retrouver sa banquise. Ne soyez pas vexé, j'ai l'air de délirer, mais si j'étais lui et que je me retrouve sous nos latitudes, je me pendrais ! Vous ne pouvez pas imaginer le martyre que ça représente d'avoir deux couches de graisse et des centaines de vaisseaux sanguins destinés à se protéger des températures les plus extrêmes, alors qu'on vit dans un pays où il fait parfois quarante l'été, et moins dix l'hiver, au mieux, et c'est rare ? Hein ? Vous comprenez ? Son organisme chauffe, il se consume de l'intérieur. La plupart des manchots en captivité sont dépressifs. On m'a toujours répété qu'ils n'avaient pas de psychisme, mais moi, j'ai démontré le contraire ! Et à vous aussi je vais le démontrer ! Et leur cœur ! Quel cœur serait capable, dans ces conditions, de supporter une pareille surchauffe ?

Victor l'écoutait avec attention. Le vieil homme s'animait de plus en plus et agitait désormais les bras au rythme de son discours. De temps en temps, il s'interrompait pour poser une question rhétorique et faisait une petite pause afin d'aspirer une goulée d'air. Victor n'en avait jamais autant entendu sur les manchots, leur durée d'incubation, leur organisme, leur parade nuptiale... Il finit par sentir la migraine approcher et voulut arrêter le volubile scientifique.

– Dites, vous me prêteriez vos manuscrits pour que je les lise ? plaça-t-il, profitant d'une nouvelle question rhétorique. Ce que vous avez écrit sur les manchots...

– Bien sûr, prononça lentement le vieil homme, mais à la condition expresse que vous me les rameniez !

Il passa dans l'autre pièce. La porte ouverte permit à Victor de distinguer un large bureau. Pidpaly, penché, fouillait dans un tiroir. Il se redressa enfin et se retourna, tenant un épais classeur.

– Voilà, dit-il en le posant sur la table de la salle. Il est évident que tout ne va pas vous intéresser, mais si vous y trouvez quelque chose qui peut vous être utile, ça me fera très plaisir !

– Je pourrais peut-être vous rendre un service, moi aussi ? demanda Victor, conscient de la nécessité de remercier le pingouinologue, sans toutefois savoir de quelle façon.

– Eh bien, glissa Pidpaly à mi-voix, le jour où vous me rendrez mon manuscrit, soyez gentil de m'apporter deux ou trois kilos de patates...

79

28

Deux semaines s'étaient écoulées. Sonia s'habituait à l'appartement et ne demandait presque plus où était son père. Victor s'était fait à elle, comme au pingouin auparavant, mais, en revanche, il pensait souvent au père de la fillette. Il aurait bien voulu savoir ce qui lui était arrivé et s'il était encore en vie, tout simplement.

L'hiver se poursuivait. Parfois, le soir, lorsque les rues étaient sombres et quasi désertes, Victor amenait Sonia et Micha en promenade. Ils arpentaient le terrain vague près des trois pigeonniers. La neige crissait sous leurs pas et il arrivait que des chiens errants accourent sentir le pingouin, mais ils n'aboyaient jamais, se contentant de renifler cet étrange animal qui n'avait pas la moindre réaction. Sonia les chassait, bras en avant et joues gonflées. Ils s'enfuyaient, et elle était contente.

Victor avait lu les travaux de Pidpaly. Il n'y avait pas compris grand-chose, mais avait tout de même découvert quelques renseignements utiles. Il avait marqué les pages importantes et en avait fait des photocopies dans la librairie d'à côté, avant de placer le manuscrit bien en évidence dans la cuisine pour penser à le rapporter au plus vite à son auteur.

Ses articles avançaient aussi. Il avait déjà rédigé tout ce que son chef lui avait demandé à partir du dossier remis lors de leur dernière entrevue. Douze nouvelles « petites croix » occupaient désormais l'appui de la fenêtre, attendant leur heure. Elles lui avaient donné du fil à retordre : les biographies des futurs défunts comportaient tellement de passages soulignés que cela ne correspondait plus au genre qu'il avait élaboré et perfectionné par la suite. Il avait été contraint d'accélérer son rythme et d'insérer les faits soulignés comme brèves données biographiques. Du coup, ses nécrologies finissaient par ressembler à des actes d'accusation.

Pour la première fois, il songea qu'une seule de ses «petites croix», l'imprévue, avait eu pour héroïne une vraie victime, sans mention d'un passé trouble ni de faits avérés: Ioulia Parkhomenko, la cantatrice. Mais il eut soudain un doute, se rappelant l'allusion à son rôle dans la disparition d'une autre artiste de la troupe... Et son amour pour feu Iakornitski... Il conclut qu'il n'existait pas de gens irréprochables, sans péchés, ou bien leur mort passait inaperçue et on n'écrivait pas leur nécrologie. Cela lui parut convaincant: «Généralement, ceux qui méritent une nécro ont atteint une position enviable, ils ont lutté pour parvenir à leurs fins, et dans ces conditions, il est difficile de rester pur et honnête. En outre, aujourd'hui, toute lutte se résume à une bataille pour des biens matériels. Les idéalistes fous n'existent plus en tant que classe. Restent les pragmatiques forcenés...»

Sergueï, le policier, avait appelé à plusieurs reprises, et, le dimanche précédent, ils étaient retournés faire un pique-nique sur le Dniepr gelé, avec Sonia cette fois. Ils avaient passé une bonne journée et le pingouin avait nagé tout son content. Allongés sur la couette, Victor et Sergueï avaient bu du café au cognac. Ils avaient acheté du Pepsi et des bonbons pour Sonia. Tous trois surveillaient le trou dont Micha jaillissait comme un possédé. Il planait sur un bon mètre et atterrissait sur la glace, burlesque, avant de se précipiter vers la couette. Sonia, appliquée, l'essuyait avec la serviette, puis il clopinait à nouveau vers l'eau.

Ils étaient restés presque jusqu'à la nuit et avaient dû se dépêcher de traverser la surface bleutée du Dniepr pour regagner la Zaporojets, garée, comme la première fois, au bas des jardins de la Laure.

Une semaine banale avait ensuite commencé, mais Victor sentait qu'il avait de nouveaux soucis: il était devenu responsable de Sonia, ce qui avait eu pour effet d'améliorer l'ordinaire. Il achetait maintenant des yaourts à divers parfums importés d'Allemagne, des fruits frais, et les repas du pingouin étaient agrémentés de crevettes surgelées dont il raffolait.

– Pourquoi t'as pas de télé? demanda Sonia un beau jour. T'aimes pas les dessins animés?

– Non, répondit Victor.

– Moi oui! avait rétorqué la fillette d'un ton grave.

Le Nouvel An approchait. Les vitrines s'ornaient d'arbres de Noël décorés de jouets. Sur le Krechtchatik*, on construisait le plus grand sapin du pays à partir de branches coupées. Les gens semblaient plus détendus et les journaux ne parlaient presque plus de tirs ni d'attentats, comme si tous les Kiéviens, indépendamment de leur profession, étaient partis en congé.

Victor avait déjà acheté un cadeau pour Sonia, qu'il avait caché dans l'armoire. C'était une poupée Barbie. Ensemble, ils avaient choisi un petit sapin avec un socle. Ils l'avaient paré de guirlandes et de vieux jouets récupérés dans le débarras.

– Tu crois au Père Noël? avait demandé Victor.

---

* Boulevard principal de Kiev.

– Oui, lui avait répondu Sonia, étonnée. Pourquoi, t'y crois pas, toi?
– Si...
– Attends le bon soir et tu verras, il va t'apporter quelque chose! lui avait-elle promis.

29

Un jour, la laissant à la maison, il acheta un peu de nourriture et se rendit chez Pidpaly.

Celui-ci portait encore son survêtement bleu et était pieds nus.

– Tout ça pour moi? s'extasia le pingouinologue, considérant les cadeaux comestibles que Victor lui apportait. Pourquoi avez-vous... il ne fallait pas...

Victor avait déposé le manuscrit au fond du sac à provisions, sous la nourriture. Il le lui tendit en lui disant:

– Merci infiniment.

– Vous y avez trouvé des informations utiles?

– Oui, beaucoup.

– Asseyez-vous, asseyez-vous donc... je vais faire du thé, proposa Pidpaly, soudain tout affairé.

Il lui tendit un petit bol et servit du thé vert, puis sortit on ne sait d'où une boîte de sucre, débité en morceaux inégaux, comme Victor n'en avait vu que dans les vieux films.

Il en prit un, le croqua et avala un peu de thé, puis loucha à nouveau sur la boîte.

– Le sucre, ça se conserve, fit remarquer le maître de maison, qui avait suivi son regard. Il y a longtemps, j'en avais acheté trois pains, et il m'en reste encore... Avant, tout avait plus d'allure et de goût! Vous vous souvenez de ces fougasses à la viande, les Stolitchnyé?

Victor fit non de la tête.

— Vous avez manqué l'époque de l'abondance, déplora le vieil homme. Chaque siècle offre environ cinq années de faste, puis tout s'écroule... je crains que vous ne viviez pas jusqu'au prochain tour, et moi encore moins... Mais moi, j'aurai profité de celui qui vient de passer... Comment se porte votre manchot?

— Plutôt bien. Vous m'avez parlé de leur psychologie, vous vous rappelez?

— Oui, bien sûr...

— Ils comprennent quelque chose à ce qui les entoure?

— Évidemment. Ils saisissent tout de suite l'état d'esprit des gens et des autres animaux. En outre, ils sont très rancuniers. Mais ils se souviennent aussi du bien qu'on leur fait. Vous devez savoir que leur esprit est beaucoup plus complexe que celui d'un chien ou d'un chat. Ils sont plus intelligents et plus secrets. Ils savent dissimuler leurs sentiments et leur affection.

Victor finit son thé, puis nota son téléphone sur une feuille.

— Si vous avez besoin de quelque chose, n'hésitez pas à m'appeler! dit-il en tendant son numéro à Pidpaly.

— Merci, merci. Vous aussi, n'hésitez pas à appeler, à passer me voir...

Le vieil homme se leva. Victor s'aperçut à nouveau qu'il n'avait pas de chaussures.

— Vous n'allez pas attraper froid? s'inquiéta-t-il.

— Non, dit Pidpaly, sûr de lui. C'est parce que je fais du yoga... J'ai un livre avec des photos, et tous les yogis indiens sont pieds nus...

– Oui, mais en Inde, il n'y a pas d'hiver, et les chaussures là-bas sont très chères, dit Victor en ouvrant la porte. Au revoir !

– Passez de bonnes fêtes ! lui souhaita le scientifique alors qu'il s'éloignait déjà.

30

Quelques jours avant le Nouvel An, Victor, qui s'était réveillé aux aurores, aperçut trois gros paquets-cadeaux aux couleurs vives sous le sapin dressé dans la grande pièce. Il regarda Sonia, qui dormait encore, et se demanda qui pouvait bien les avoir apportés : elle ou le Père Noël ?

Il se débarbouilla, alla à la cuisine et vit une enveloppe posée sur la table.

– Qu'est-ce que c'est que ça ? J'ai déjà mal dormi, et maintenant cette enveloppe…

Il se souvint d'avoir rêvé qu'il se cachait pour échapper à quelqu'un, en pleine nuit, dans un appartement inconnu. Il se dissimulait et, tendu, écoutait le silence sans cesse troublé par des pas à peine audibles et des grincements de portes.

L'enveloppe était cachetée. Il en déchira le bord avec des ciseaux.

Joyeuses fêtes ! était-il écrit en lettres bien dessinées, presque d'imprimerie. *Merci pour Sonia ! Ses cadeaux et les tiens se trouvent sous le sapin, et celui de mon homonyme est dans le congélateur. J'espère que le Nouvel An te libérera de tes soucis. Je regrette de ne pouvoir passer. À bientôt. Micha.*

«Mais qui donc est entré ici?» se demanda Victor, stupéfait, regardant autour de lui comme s'il s'attendait à voir quelqu'un.

Il se rendit dans le vestibule pour vérifier si la porte était bien fermée. Tout était comme à l'habitude, deux tours de clé donnés de l'intérieur.

Il haussa les épaules et revint à la cuisine. Cet incident inexplicable autant qu'indéniable le laissait désemparé. La serrure de la porte n'était plus la garantie de sa tranquillité et ne l'aurait évidemment pas sauvé en cas de danger.

Il n'était pas terrorisé, simplement ébahi.

Dehors, une neige cotonneuse flottait, oblique, poussée par des rafales de vent.

31

À son réveil, Sonia se réjouit bruyamment des cadeaux posés sous le sapin.

– Tu vois bien! Le Père Noël existe! Et peut-être qu'il va revenir?

Victor eut un sourire plein de sous-entendus et hocha la tête.

Après le petit déjeuner, elle voulut ouvrir les paquets, mais il l'arrêta dans son élan.

– Il y a aussi un cadeau pour moi dans le lot, lui dit-il en s'accroupissant près d'elle. Et on n'est que le 29 décembre! Il faut tenir encore deux jours!

Elle accepta de patienter, à contrecœur.

Pendant qu'elle jouait avec le pingouin dans la chambre, lui racontant une histoire, Victor se fit un café.

Assis à table, une tasse à la main, il regardait par la fenêtre.

L'année touchait à sa fin; et elle lui avait apporté de bien étranges surprises. D'ailleurs, elle se terminait bizarrement. Les sentiments et les pensées se bousculaient dans sa tête. Sa solitude s'était mitigée de dépendance. Telle une vague, l'inertie de son existence l'avait porté sur une île surprenante où on lui avait confié des obligations et de l'argent pour les remplir. Il était pourtant resté en dehors des événements et de la vie elle-même, ne cherchant pas à comprendre ce qui se passait autour de lui. Du moins jusqu'à l'arrivée de Sonia. Mais à présent, comme s'il avait laissé filer le moment où il était encore possible de saisir ce qui se produisait, les choses étaient devenues dangereusement énigmatiques. Son monde se réduisait désormais au pingouin et à la fillette, mais lui semblait si vulnérable qu'il se sentait incapable de le protéger en cas de problème. Non pas parce qu'il n'avait pas d'arme et ignorait tout du karaté, mais parce que cet univers miniature était trop friable, privé d'affection, de sentiment d'unité, de femme. Sonia était la fille d'un autre, provisoirement confiée à ses soins, le pingouin était malade et neurasthénique, et il n'était pas obligé de lui exprimer sa reconnaissance comme l'aurait fait un chien, en remuant la queue à chaque poisson congelé...

Le téléphone sonna, interrompant ses réflexions. Il passa au salon, décrocha. C'était le chef.

– Je viens pour une petite demi-heure, ça ira? demanda-t-il.

– Très bien, répondit Victor.

Il alla jeter un coup d'œil dans la chambre. Sonia et le pingouin, debout face à face, s'observaient.

– Tu as compris ce que je t'ai dit? interrogeait-elle, impérieuse.

C'est seulement à cet instant que Victor se rendit compte qu'ils étaient presque de la même taille.

– Bon, poursuivit Sonia, après je vais te faire un nouveau costume d'une autre couleur…

Victor sourit et s'éclipsa. Son patron arriva une heure plus tard. Il secoua longuement la neige de son grand manteau vert foncé avant d'entrer.

– Joyeuses fêtes! dit-il en posant un lourd sac par terre.

Ils s'installèrent à la cuisine. Du sac, Igor Lvovitch sortit une bouteille de champagne, un citron, quelques conserves et plusieurs paquets.

– Amène les couteaux et la planche à découper, ordonna-t-il.

Ensemble, ils tranchèrent le saucisson, le fromage et la baguette, et Victor sortit deux coupes.

– T'as un chat ou quoi? s'enquit le chef en apercevant, sur le petit tabouret près de la cuisinière, une écuelle où traînait une tête de poisson.

– Non, un pingouin.

– Tu rigoles!

– Pas du tout! Viens voir.

Il l'entraîna dans la chambre.

– Et ça, c'est qui? s'étonna le patron en découvrant la fillette. Je te croyais célibataire!

– Ça, c'est Sonia! s'exclama l'enfant en examinant l'inconnu. Et lui, dit-elle en désignant le pingouin, c'est Micha…

– C'est la fille d'un ami, chuchota Victor pour éviter qu'elle entende.

Igor Lvovitch hocha la tête. Ils retournèrent à la cuisine.

– Si j'avais su, j'aurais amené mon gamin… Il n'a jamais vu de pingouin ailleurs que dans les livres…

– Viens avec lui, la prochaine fois.

– La prochaine fois? répéta le chef, pensif. Bien sûr… Ça fait déjà un an qu'il vit en Italie avec ma femme… Là-bas, c'est plus tranquille.

Il ouvrit le champagne, renversa la tête pour regarder le plafond et maintint le bouchon afin qu'il ne saute pas. Il remplit les deux coupes.

– Joyeuses fêtes!

– Joyeuses fêtes! répliqua Victor en levant son verre.

– Qu'est-ce que tu fais pour le réveillon? demanda le chef après une première gorgée.

– Rien…

Igor Lvovitch hocha la tête, attrapa un bout de salami avec sa fourchette et reporta son regard sur Victor, l'air soudain préoccupé.

– Tu sais, commença-t-il, j'ai des nouvelles qui cadrent mal avec les fêtes… Mais bon, c'est comme ça…

Victor le fixa, nerveux.

– Il y a quelqu'un qui te cherche. Des gens ont tenté de soutirer des renseignements à plusieurs personnes de la rédaction au sujet de l'auteur des «petites croix». Heureusement, à part Fiodor et moi, personne ne sait rien…

– Et pourquoi on me cherche?

Il avait reposé sa coupe sans la finir.

– Vois-tu…, le patron hésita, cherchant ses mots. Tu t'es vraiment bien acquitté de la tâche confiée par le journal… c'est-à-dire que tu as su placer dans les nécros tout ce que j'avais souligné. Et presque à chaque fois, outre l'énumération des péchés du défunt, il y avait une piste indiquant à qui pouvait profiter sa mort. Quelqu'un a dû deviner que c'était un jeu... qu'on cherchait à les faire s'affronter... Mais malgré tout, nous avons déjà fait du bon travail... et nous allons continuer. Il faudra juste changer de tactique.

– Nous, c'est le journal? demanda Victor, perdu, tentant de se rappeler qui lui avait déjà parlé de «faire s'affronter» des clans.

– Pas uniquement, répondit Igor Lvovitch avec douceur. C'est moins le journal que quelques personnes qui s'efforcent de nettoyer un peu le pays... Ne t'en fais pas, notre service de sécurité traque déjà ceux qui te pourchassent. Mais avant que nos gars arrivent à les trouver, il faudra que tu te caches...

– À partir de quand? demanda-t-il, interloqué.

– Le plus tôt sera le mieux, répliqua le chef d'une voix égale.

Victor, accablé, avait baissé la tête.

– N'aie pas peur. C'est dangereux d'avoir peur. Pense plutôt à trouver une bonne cachette... D'ailleurs... je ne veux pas savoir où tu seras. Appelle-moi toi-même de temps à autre. Ça marche?

Machinalement, Victor acquiesça.

– Bon, maintenant trinquons pour que tout aille bien pour moi!

Le chef remplit à nouveau les coupes.

– Si c'est le cas, tu t'en sortiras sans dommage toi aussi. Je te le promets!

Victor se força à porter le verre à ses lèvres.

– Bois, bois donc, l'encouragea son patron. On n'échappe pas à son destin. Bois tant qu'il y a du champagne!

Victor avala une bonne gorgée et sentit immédiatement les bulles lui chatouiller le nez. Il faillit s'étouffer.

– Si je ne tenais pas à toi, je ne serais pas venu ici aujourd'hui, lui dit Igor Lvovitch en le quittant.

Il remit son long manteau.

– Appelle-moi d'ici une semaine! Il n'y aura pas de travail avant, tu peux te trouver une bonne planque et faire le mort.

La porte claqua, les pas s'éloignèrent, et Victor se pénétra du silence, le silence inquiet d'un processus de réflexion que le champagne ingurgité perturbait considérablement. Toujours debout dans le vestibule, il tentait encore de comprendre comment le Père Noël nocturne était entré, avec sa lettre et ses cadeaux choisis par Micha, pas le pingouin, l'autre.

– Tonton Vitia! appela Sonia depuis la salle. Tonton Vitia! Le pingouin m'a bousculée!

Victor tressaillit et courut les rejoindre.

– Qu'est-ce qui se passe? demanda-t-il en découvrant, allongée sur le sol, la fillette qui esquissait un sourire coupable.

– Rien, y a rien.

Debout près d'elle, le pingouin la regardait aussi.

– J'ai voulu voir ton cadeau, et il m'a poussée, avoua-t-elle enfin. Mais j'ai pas défait les miens, c'était juste que le tien…

– Allez, relève-toi! ordonna Victor en lui tendant la main.

Elle s'exécuta.

– Je peux sortir me promener?

– Non, trancha-t-il d'un ton sévère.

– Juste un moment, rien qu'un petit peu…

Il songea qu'il était encore tôt et qu'il y avait beaucoup d'enfants en bas.

– D'accord, mais pas longtemps, et reste près de l'immeuble !

Il lui mit son manteau et lui entoura la tête de son écharpe. On ne voyait plus que ses yeux. Elle partit, et il s'assit à la table de la cuisine. Il avait besoin de penser. Les sujets ne manquaient pas. Chaque jour lui apportait son lot de surprises, et il était difficile de les qualifier d'agréables.

32

Il fut brusquement saisi d'un accès de panique. Il était encore à table ; la bouteille de champagne était vide et le saucisson fini. Sa légère griserie était passée, libérant sa tête et ses jambes.

Il regarda par la fenêtre. La neige, qui tombait moins dru, permettait de distinguer plusieurs des enfants de l'immeuble qui jouaient dans la cour, construisant un château.

Il grimpa sur le tabouret, passa la tête par le vasistas et cria :

– Sonia, dépêche-toi de rentrer !

Les enfants s'interrompirent et levèrent les yeux vers lui, mais pas un ne bougea.

Victor les regarda plus attentivement, et vit que Sonia n'était pas parmi eux. Il mit à la hâte sa parka, sa toque de fourrure, et descendit à toutes jambes. Il examina la cour, aperçut d'autres enfants qui se tenaient un peu à l'écart et courut les rejoindre. Toujours pas de Sonia.

Dans son dos, il entendit démarrer une voiture. Il se

retourna et vit une vieille Mercedes quitter l'immeuble d'en face. Quelque chose le poussa à se jeter sur elle. Il se précipita, manquant de perdre l'équilibre, la rattrapa au tournant qui débouchait sur la rue et là, ses jambes le lâchèrent. Il tomba, mains en avant, sur le coffre. Il regarda à l'intérieur, rencontra le visage surpris du conducteur, qui s'était retourné. Il n'y avait que lui dans la voiture. Victor se remit debout et regagna son bâtiment.

«Stupide, j'ai été stupide de la laisser sortir après ce que m'a dit le chef», pensait-il.

En haut de l'escalier, il vit Sonia appuyée à sa porte.

– Où étais-tu? s'écria-t-il.

– Chez Ania, ma copine du rez-de-chaussée, répondit Sonia d'un ton fautif. Elle m'a montré sa poupée Cindy.

Le premier mouvement de Victor fut de la punir, mais il se calma progressivement.

– Tu as faim?
– Micha a déjà mangé?
– Non.
– Alors on va déjeuner tous ensemble! déclara-t-elle, d'un ton joyeux.

33

Après le repas, Victor téléphona à Sergueï Fischbehn-Stepanenko pour lui demander de venir de toute urgence. Ils s'enfermèrent à la cuisine, laissant Sonia et le pingouin dans le salon. Victor avait d'abord pensé inventer une histoire, mais cela lui parut finalement idiot. Puisqu'il voulait une aide, à quoi bon tromper celui qui pouvait la lui fournir? Il eut le plus grand mal à exposer les choses de manière cohérente, ce qui n'empêcha pas Sergueï de comprendre très vite de quoi il retournait.

– J'ai une datcha, dit-il. Elle est dans un lotissement du ministère de l'Intérieur. Il y a une cabine téléphonique, et la maison est bien équipée, avec cheminée, télé, des réserves de nourriture dans la cave... Après tout, personne ne nous empêche d'aller y passer le réveillon...

– Mais toi, tu avais quoi comme projets? s'enquit Victor, délicat.

Sergueï haussa les épaules.

– J'avais rien de prévu. Tu sais combien j'ai d'amis, dit-il avec un sourire.

– Et ta maman?

– Elle supporte pas les fêtes de fin d'année, d'ailleurs elle déteste les fêtes en général... Tu veux partir quand?

– Le plus tôt sera le mieux! Ce soir, c'est possible?

Sergueï regarda dehors. La nuit tombait.

– Pas de problème, mais je dois d'abord passer chez moi prendre les clés.

Il se leva.

– Je reviens dans une heure, t'as qu'à préparer tes affaires en attendant.

Il partit, Victor ferma la porte d'entrée et gagna le salon. Il s'agenouilla près de la fillette.

– Sonia, on va aller chez des gens.

– Et quand est-ce qu'on revient?

– Dans quelques jours.

– Et si le Père Noël repasse et qu'on soit pas là?

– Il a les clés. Il laissera ses cadeaux sous le sapin...

– Et là où on va, y aura un sapin?

– Non, dit Victor en secouant la tête.

– Alors je reste ici ! décréta Sonia.

Il poussa un lourd soupir.

– Écoute, reprit-il d'une voix plus ferme, quand ton papa rentrera, je me plaindrai, je lui dirai que tu n'as pas été sage.

– Moi aussi je me plaindrai ! menaça-t-elle. Jamais tu me lis des histoires, jamais tu m'achètes des glaces.

Il ne sut que répondre. Ces reproches lui semblèrent justifiés.

– D'accord, dit-il après un silence. Tu as raison. Mais on nous attend... Si tu veux, on peut emporter le sapin...

– Et Micha, il vient aussi ?

– Bien sûr.

– Alors ça va.

Ils dépouillèrent le sapin de ses guirlandes et jouets, avant de l'envelopper dans du papier.

– On prend aussi les cadeaux ! ordonna Sonia.

Victor, docile, les glissa dans un sac.

– Attends ! se récria-t-elle soudain. Et si le Père Noël arrive et qu'il n'y a plus rien, où il va poser ses paquets ?

Victor se figea. Aucune réponse pertinente ne lui venait à l'esprit, et il se sentait las.

– On pourrait dessiner un sapin sur le mur pour qu'il sache que c'est là qu'il faut mettre les cadeaux ? suggéra Sonia qui réfléchissait à voix haute. Tu as de la gouache verte ?

– Non. Mais je crois que le mieux, c'est de lui laisser un mot à la cuisine, pour qu'il pose ses cadeaux sur la table.

Sonia médita un instant.

– Sous la table, c'est mieux !

– Pourquoi ?

– Pour qu'on les voie pas tout de suite...

Ils optèrent pour cette solution. Victor écrivit le billet, que Sonia déchiffra, une syllabe après l'autre. Elle acquiesça et le lui rendit.

Une voiture klaxonna. Victor regarda en bas et, dans l'obscurité précoce du soir d'hiver, il distingua la Zaporojets qu'il connaissait bien.

Il commença par emporter le sapin, ficelé avec une corde à linge, puis le sac qui contenait jouets et cadeaux, les provisions sorties du frigo et du congélateur, et enfin, il descendit avec Sonia, en portant le pingouin, qui pesait son poids.

– J'ai amené deux couvertures, annonça Sergueï. Le temps que la maison se réchauffe, on va se geler...

Le pingouin et Sonia furent installés derrière. Lorsque la voiture démarra, Micha se serra contre la fillette, comme effrayé par le bruit. Victor regarda dans le rétroviseur et les vit tous les deux, presque enlacés. Il donna un léger coup de coude à Sergueï et les désigna d'un geste. Sergueï régla le rétroviseur afin de pouvoir observer la drôle d'idylle nouée sur la banquette arrière. Les deux hommes se regardèrent. Sergueï eut un sourire fatigué et appuya sur l'accélérateur.

34

Une guérite marquait l'entrée du lotissement. Deux sentinelles vêtues de treillis en sortirent, tournèrent autour de la voiture en examinant les passagers. Sergueï baissa sa vitre.

– Datcha numéro 7, dit-il.

– C'est bon ! répondit l'un des cerbères.

Ils roulèrent jusqu'à une maisonnette de briques au toit pointu. Sergueï descendit. Avant de l'imiter, Victor se retourna et vit que Sonia dormait.

– Attends une seconde, je désamorce le piège, prévint Sergueï.

– Quel piège ?

– Contre les voleurs.

Sergueï se pencha sur le perron, déplaça quelque chose ; Victor entendit grincer des planches.

– C'est fait, on peut entrer, dit-il en l'invitant d'un geste.

Il ouvrit la porte de la véranda, alluma la lumière, qui se répandit aussitôt en une flaque jaune sur la neige devant la maison et sur la voiture. Sonia s'éveilla et se frotta les yeux. Elle regarda le pingouin, qu'elle avait tenu au creux de son bras droit durant tout le trajet. Il était calme. Sentant qu'elle ne dormait plus, il se tourna aussi vers elle, croisant son regard.

Peu après, ils étaient tous assis dans une petite pièce froide, devant une cheminée éteinte ; seule l'ampoule du plafond offrait sa lumière, créant plus l'illusion du confort qu'un confort véritable.

Sergueï apporta des brindilles, les arrangea dans le foyer en une hutte miniature où il fourra un journal enflammé.

Peu à peu, le bois prit feu et irradia sa chaleur.

Le pingouin, d'abord réfugié dans l'angle opposé de la pièce, s'anima soudain et s'approcha de la cheminée.

– Tonton Vitia, c'est quand qu'on va dresser le sapin ? demanda Sonia en bâillant.

– Demain matin.

Un divan et un fauteuil faisaient face à la cheminée, et un lit était accolé au mur de gauche. Sonia fut installée sur le divan, plus proche du feu, et emmitouflée dans les deux couvertures. Elle ne tarda pas à s'endormir tandis que Victor, Sergueï et Micha continuaient à veiller devant les flammes pétillantes. Sergueï rajoutait des bûchettes. Le silence régnait, seulement troublé par les grésillements du bois dont le feu chassait l'humidité.

Victor était assis tout au bout du divan, Sergueï occupait le fauteuil, et le pingouin restait debout; la nature ne l'avait pas doté de la faculté de s'asseoir.

– Demain, il faudra que j'aille travailler, articula Sergueï. Puis j'achèterai du champagne, de la viande, et je reviendrai.

Victor hocha la tête.

– C'est si tranquille, cet endroit, dit-il, rêveur. On pourrait s'enfoncer dans le silence et écrire…

– Personne t'en empêche, l'encouragea Sergueï.

– C'est la vie qui m'en empêche, fit Victor après un bref silence.

– Tu te l'es compliquée tout seul… Viens dans la véranda, on va s'en griller une.

Victor ne fumait pas; il le suivit tout de même. La pièce s'était légèrement réchauffée, et la véranda leur sembla glaciale, mais cela les revigora.

– Dis-moi, commença Sergueï en lâchant un jet de fumée vers le plafond bas, vu l'histoire dans laquelle tu es allé te fourrer, comment tu peux entraîner une gamine avec toi?

– En fait, j'ai l'impression que son père est en aussi mauvaise posture que moi… Je ne sais même pas où il se trouve… Qu'est-ce que je dois faire?

Sergueï, perplexe, haussa les épaules.

– Tiens donc, on n'est pas seuls! dit-il au bout de quelques instants, observant l'extérieur.

Devant leurs yeux, deux petites fenêtres brillaient dans l'obscurité.

– Un peu de liqueur, ça te dirait? proposa soudain le maître de maison.

– Volontiers!

Ils passèrent dans la minuscule cuisine glacée, seulement occupée par un meuble supportant une plaque électrique et une petite table avec deux tabourets. Sergueï ouvrit une trappe dans le plancher et posa dans la main de Victor une lampe qu'il venait de prendre dans le meuble.

– Éclaire le trou! lui demanda-t-il.

Victor s'exécuta. Guidé par le faisceau, Sergueï descendit, puis lui passa deux bouteilles qui avaient contenu du champagne et que fermaient maintenant deux tétines de caoutchouc. Il ressortit.

Ils restèrent dans la cuisine, se servant la liqueur de cerise dans des verres à facettes. Ils écoutaient la quiétude de la nuit, buvaient sans hâte.

Sergueï alla remettre du bois dans le feu.

– Sonia dort bien? lui demanda Victor.

– Oui.

– Et le pingouin?

– Il surveille la cheminée…, répondit-il avec un petit rire. Alors, on trinque à l'année qui vient?

Victor soupira, saisit son verre. Il était froid.

– Tu sais, poursuivit le policier, j'avais un copain boucher qui disait toujours: «Buvons pour que ça ne soit pas pire. Mieux, ça a déjà été.»

35

Au matin, Sergueï repartit pour Kiev. Victor alla remplir un seau d'eau au tuyau qui parcourait les jardins. Il mit la bouilloire à chauffer et jeta un coup d'œil dans la pièce. Pendant la nuit, le feu s'était éteint, mais sa chaleur, ainsi qu'un parfum de bois, emplissait encore la salle. Sonia, toujours endormie, souriait. Le pingouin, comme désemparé, regardait le tas de cendre noire qui s'était formé dans l'âtre.

Victor tapota sa cuisse pour attirer son attention. Micha tourna la tête et regarda son maître, qui entrouvrit la porte de la véranda et lui fit signe.

– Viens, allez, viens, chuchota-t-il.

Le pingouin porta encore son regard sur la cheminée, puis s'approcha de Victor.

– Tu as faim? Bien sûr que oui! Viens voir dehors!

D'un sac, il sortit deux turbots qu'il déposa sur la plus haute marche du perron.

– Bon appétit!

Dès qu'il fut à l'extérieur, Micha tourna la tête d'un mouvement brusque, explorant les alentours. Il descendit marcher dans la neige, décrivit un cercle. Il se dirigea vers les arbres, mais, heurtant la conduite d'eau, rebroussa chemin. Ses empreintes, qui se rejoignaient, telles des traces de skis courbes, avaient fractionné la neige intacte en figures irrégulières. Il finit par regagner le perron, le contourna et, s'en servant comme d'une table, attaqua son repas.

Victor, heureux de l'avoir vu s'animer, alla se faire du

thé à la cuisine. Sonia dormait encore, et il n'avait pas envie de la réveiller. Il s'assit à table avec une tasse pleine. Près de lui, sur l'appui intérieur de la fenêtre, trônaient les deux bouteilles de liqueur, l'une à moitié vide, l'autre encore pleine. Le silence lui soufflait des pensées romantiques, et il se prit une fois de plus à rêver aux livres qu'il n'avait pas écrits, et à son passé. Il eut soudain l'impression d'être à l'étranger, hors de portée de son ancienne existence. Son étranger à lui était ce coin tranquille, cette Suisse de l'âme reposant sous la neige de la sérénité. Ici, tout était empreint de la crainte de déranger, au point que les oiseaux s'abstenaient de chanter ou de pépier, même s'ils en avaient très envie.

La porte de la véranda grinça. Victor alla voir ce qui se passait et rencontra le regard du pingouin. Celui-ci inclinait la tête d'un air comique, et son maître comprit qu'il se plaisait à la datcha. «Bonne chère et climat glacial», songea-t-il, ravi de la bonne humeur de son protégé.

Sonia s'éveilla peu après, arrachant aussitôt Victor au silence et à la méditation. Il fallut d'abord lui préparer un petit déjeuner, puis arranger le sapin, comme promis.

Ils y passèrent plus d'une heure. Enfin, il fut paré de ses guirlandes et de ses jouets, et se dressa dans toute sa modeste splendeur au milieu d'une clairière au sol de neige piétinée. Le pingouin se tenait à proximité et n'en perdait pas une miette.

Sonia recula vers le perron et jeta un nouveau coup d'œil sur leur travail.

– Ça te plaît? s'enquit Victor.

– Beaucoup! s'extasia-t-elle.

Ils parcoururent le petit jardin avant de rentrer. Victor ralluma le feu, pendant que Sonia, qui avait déniché un crayon et un cahier, occupait le fauteuil et se mettait à dessiner, appuyée sur ses genoux.

Vers cinq heures, alors que la nuit tombait et que la lampe inondait à nouveau la pièce tiède de sa lumière jaune, Sergueï arriva. Il monta deux sacs à provisions dans la véranda avant d'aller garer sa voiture derrière la maison, libérant l'espace entre le seuil et le sapin.

– Voilà des nouvelles fraîches! claironna-t-il en fourrant un paquet de journaux dans les bras de Victor. J'ai pris deux bouteilles de champagne et une de vodka au poivre, au cas où on s'enrhumerait. Ça suffira?

– Oh que oui! le rassura Victor en dépliant un premier journal.

Les titres le ramenèrent immédiatement à la réalité: *Un banquier assassiné*, *Attentat contre un député*. Il parcourut les deux articles et fit appel à sa mémoire. Le nom du banquier ne lui disait rien, il n'avait donc pas rédigé de «petite croix» sur lui. En revanche, il avait écrit celle du député, qui était seulement blessé, mais à la tête.

– Dis, mon vieux, je t'ai pas porté les journaux pour que tu fasses la gueule! protesta Sergueï.

D'un geste vif, Victor déposa ses quotidiens devant la cheminée et les désigna du menton:

– Ils serviront à allumer le feu.

– Bien dit! Si tu ne peux pas lire les nouvelles le cœur léger, ne les lis pas du tout, énonça doctement Sergueï. Et toi, qu'est-ce que tu fais? demanda-t-il en se tournant vers Sonia.

– Je dessine un poêle.

– Montre-moi ça!

Il attrapa le cahier, détailla son œuvre longuement et prit un air perplexe:

– Pourquoi il est noir, ton feu?

– Pas noir, gris! corrigea la fillette. C'est parce que j'ai trouvé qu'un seul crayon dans tes affaires!

– C'est que tu as mal cherché! Enfin, peu importe, demain on regardera ça tous ensemble, il doit y en avoir plein d'autres, ma nièce en avait apporté.

Ils préparèrent un copieux repas avec des pommes de terre frites, puis envoyèrent Sonia au lit.

– Je ne dormirai pas, avertit-elle. Je vais regarder la cheminée, et si le feu s'éteint, je vous appellerai!

Ils acceptèrent.

Assis à la cuisine, les deux hommes reprirent leurs verres de la veille, posés sur l'appui de la fenêtre. Sergueï les remplit et posa la bouteille vide sur le sol.

– Encore un jour et ce sera fini, dit-il. Ensuite, tout sera pareil, sauf l'année…

Vers deux heures du matin, ils étaient toujours à la même place, la plaque électrique allumée et poussée à fond pour réchauffer un peu la pièce. La seconde bouteille était déjà bue, mais les deux amis se sentaient inexplicablement lucides, et seule une paresse passagère empêchait Sergueï de descendre faire un petit tour à la cave, ce qui semblait pourtant vital.

Soudain, au dehors, une explosion retentit. Les vitres tremblèrent. Les deux hommes sursautèrent.

– On va voir? proposa Victor, indécis.

Sergueï se leva, regarda dans la pièce: Sonia marmonnait en dormant; les braises finissaient de se consumer.

Revenu à la cuisine, il fit un signe de tête à Victor, et ils sortirent sur le perron. Le pingouin, immobile, se tenait sur la plus haute marche. Son maître se pencha vers lui.

– Je crois qu'il dort, murmura-t-il.

Des voix se détachaient nettement dans le silence, et même s'ils n'arrivaient pas à distinguer les mots, le ton trahissait une certaine agitation. On entendait crisser la neige sous les pieds de personnes dissimulées par l'obscurité. Seuls, tous les cent mètres, le long de l'allée principale, des lampadaires projetaient leur cône de lumière, mais ces oasis de clarté ne faisaient qu'épaissir les ténèbres, comme si elles les avaient poussées à enserrer plus fermement les espaces illuminés.

– On y va, déclara Sergueï, décidé.

– Oui, mais où ? demanda Victor en regardant autour de lui. C'est où que ça s'est passé ?

– Là, pas loin…

Ils prirent l'un des sentiers qui délimitaient les jardins, et s'arrêtèrent au bout d'une centaine de mètres pour tendre l'oreille.

– C'est là !

Sergueï agitait le bras du côté d'où leur parvenait un bruit de voix amplifié par la nuit.

En approchant, ils virent quelqu'un qui tenait une puissante torche dont le faisceau balayait lentement le sol couvert de neige.

– Un gars d'ici ! dit une voix rauque.

– Ça, c'est pépé Vania, le gardien, chuchota Sergueï.

Ils firent encore quelques pas.

– Vania, qu'est-ce qui se passe ? interrogea Sergueï.

– Bah, comme d'habitude, répondit le gardien, en dirigeant la lueur de sa torche à accumulateurs, semblable à une valisette, sur un corps qui gisait par terre.

Examinant le tableau, Victor se rendit compte que la neige était rouge autour du cadavre qui n'avait plus qu'une jambe, et dont un avant-bras, arraché avec la manche de la veste matelassée, avait atterri un peu plus loin.

Deux gars se tenaient à proximité, un grand en survêtement et un barbu à peine plus petit, qui portait une veste en duvet. Ils se taisaient.

On entendit quelqu'un courir, martelant impitoyablement la neige. Essoufflé, un type en treillis s'arrêta près d'eux. Il tenait un pistolet.

– Qu'est-ce qui se passe ? demanda-t-il en reprenant sa respiration.

– Ben, ça...

Le gardien dirigea à nouveau la lumière vers le corps, qui reposait face contre terre.

– C'est un gars d'ici. Il venait cambrioler, et il a sauté sur une mine...

– Ah ah, ahana le treillis en rangeant son pistolet. Donc, tué lors d'une tentative d'effraction...

Soudain, un chien surgit de l'obscurité, fouettant l'air de sa queue, et se précipita vers le gardien, tourna autour de lui, puis alla renifler le cadavre étendu sur la neige. Il s'écarta ensuite et, brusquement, attrapant l'avant-bras arraché par la mine, s'enfonça dans la nuit.

– Droujok, au pied ! cria le gardien, enroué. Au pied, sale bête !

L'écho renvoya son appel guttural, ce qui sembla l'effrayer. Il se tut.

– On appelle les autorités compétentes ? demanda le type en treillis.

– Qu'est-ce qu'on en a à foutre ? répliqua le barbu. On est pas venus là pour jouer les témoins, non ? On va pas se gâcher le réveillon !

– Alors, quoi qu'on fait ? demanda le gardien, sans s'adresser à personne en particulier.

– Y a qu'à le recouvrir de neige, tasser un peu, puis on verra... quand le Nouvel An sera passé..., répondit le treillis après une brève réflexion.

Victor sentit qu'on lui heurtait la jambe par derrière, et il fit un pas précipité vers l'avant, pensant que Droujok était revenu après avoir dissimulé son futur repas dans un endroit sûr. Il se retourna et vit le pingouin.

– Qu'est-ce que tu fais ici ? s'exclama-t-il en se mettant à genoux. Je pensais que tu dormais...

– C'est quoi que t'as là ? s'enquit l'homme au treillis. Un pingouin ? Nom de Dieu ! C'est bien un pingouin !

– La classe ! rigola le gars en survêtement. Ça, c'est classe !

Un instant plus tard, tout le monde avait oublié le cadavre et se pressait autour de Micha.

– Il est apprivoisé ? demanda le barbu.

– Pas vraiment, répondit Victor.

– Et c'est quoi son nom ? voulut savoir le gardien.

– Micha.

– Ah ! Micha, Michania, siffla-t-il d'une voix douce, avant de faire face à toute l'assistance : C'est bon, vous pouvez y aller ! Je vais le recouvrir de neige moi-même... Si y avait une bouteille...

– T'en fais pas, y en aura une, lui promit le barbu. Passe demain matin, on te filera ce qu'il faut !

Victor, Sergueï et le pingouin reprirent le sentier en sens inverse.

– Toutes les datchas sont minées, ou quoi ?

– Non, expliqua Sergueï, pas toutes. Pour la mienne, j'ai un autre système, plus humain.

– C'est quoi?

– Une sirène de bateau. Si on la déclenche, ça réveille tous les villages alentour!

La neige crissait sous leurs pas. Au-dessus d'eux, le ciel était clair, pur, émaillé d'étoiles glacées, mais sans lune. C'était sans doute pour cela que la nuit semblait plus sombre que d'habitude, privée de son astre.

– Voilà, c'est la maison.

Sergueï s'arrêta près du seuil, regarda ses deux compagnons qui le suivaient.

– Oh, vous avez déjà décoré le sapin! s'étonna-t-il. Je ne l'avais pas remarqué en arrivant... Super!

La porte de la véranda grinça, puis le lotissement replongea dans le silence.

La pièce principale était chaude. Dans la cheminée, les flammes avaient laissé place à une cendre incandescente. Sonia souriait à ses rêves.

Les deux hommes n'avaient pas sommeil, et ils retournèrent s'enfermer à la cuisine.

36

Le matin suivant, ils s'attelèrent aux préparatifs de la fête. Ils commencèrent par descendre une vieille télé du grenier, l'installèrent dans la pièce et firent les réglages nécessaires. Par chance, c'était l'heure des dessins animés; Sonia se cala dans le fauteuil, face à l'écran.

Dans la cave, ils allèrent pêcher un bocal de trois litres où concombres, tomates et poivrons baignaient de concert dans la saumure. Ils remontèrent aussi deux nouvelles bouteilles de liqueur et quelques kilos de pommes de terre.

– Bon, maintenant, il faut s'occuper de la viande et préparer assez de bois pour la flambée de ce soir, déclara Sergueï en se frottant les mains de satisfaction.

Le temps s'écoulait avec une lenteur extraordinaire. En son dernier jour, l'année ne semblait plus avoir de raison de se presser.

Quand la viande fut tranchée et mise à mariner, les bûches coupées et entassées en une belle petite pyramide à côté du sapin, et les autres tâches courantes exécutées, les aiguilles indiquaient seulement midi.

Il faisait soleil et il gelait. Le pingouin se tenait immobile sur le perron, examinant avec intérêt une volée de bouvreuils qui s'égaillait dans la neige.

– Un petit verre ? proposa Sergueï.

Ils s'assirent à la cuisine.

– À l'accélération du temps !

Le policier leva son verre pour trinquer avec Victor. Le toast fut efficace, le temps se mit à passer plus vite. Après le repas, tout le monde, hormis le pingouin, fit la sieste. Même Sonia ne protesta pas lorsque Sergueï coupa la télé et déclara qu'il fallait dormir.

À leur réveil, il faisait déjà sombre. Il était cinq heures et demie.

– On a bien écrasé ! dit Sergueï en sortant sur le perron.

Il se sentait un peu bouffi et se frotta le visage avec de la neige pour se réveiller. Il devint aussitôt rouge comme une écrevisse.

Désireux de se ragaillardir aussi, Victor l'imita.

Sonia, qui les avait suivis, s'étonna du spectacle de ces

deux grands qui ne craignaient pas le froid, puis regagna son canapé.

Elle regarda la télé jusqu'à vingt et une heures, pendant qu'ils jouaient aux cartes, alignant des réussites. Ils arrêtèrent brusquement pour sortir préparer le feu destiné à cuire les brochettes du réveillon.

– C'est quoi le point commun entre le pingouin et la télé ? demanda Sonia en passant la tête par la porte de la véranda.

Sergueï et Victor se regardèrent.

– Ils dorment debout tous les deux ? tenta Victor.

– Non, répondit la fillette. Ils sont tous les deux noir et blanc !

Sur quoi elle referma la porte.

Le feu ne tarda pas à prendre. Sergueï enfila les morceaux de viande sur les tiges de métal. Victor resta à proximité.

– Les brochettes, on les mange cette année ou l'an prochain ? plaisanta-t-il.

– On commence cette année, et on finit l'an prochain, répliqua Sergueï. On en a deux kilos !

Lorsque tout fut prêt, ils reprirent leur place devant la télé pour regarder *Le Bras de diamant**, toujours aussi drôle. Sonia s'endormit peu avant la fin, et les deux amis décidèrent de ne pas la réveiller avant minuit. Ils portèrent la table de la cuisine dans la véranda, ainsi que la plaque, allumée. Pendant qu'elle réchauffait l'air, Sergueï et Victor mirent une vieille nappe et dressèrent le couvert. Ils posèrent le champagne et une bouteille de Pepsi

---

* Comédie soviétique diffusée à de très nombreuses reprises, jouée par des acteurs extrêmement populaires et dont beaucoup de répliques sont connues par cœur par le public.

de deux litres au centre, ouvrirent des conserves de poisson, coupèrent du saucisson et du fromage. C'était une vraie table de fête.

– Et maintenant, on s'occupe de Micha! ordonna Sergueï, apportant une table basse qu'il disposa près de l'autre.

Il sortit ensuite un grand plat.

– Pauvre Micha! soupira-t-il. Il ne sait pas ce que c'est de manger chaud et de boire sec! On pourrait peut-être lui servir une goutte, pour rire?

– Ça va pas, non? s'indigna Victor, très sérieux.

– Excuse, je blaguais! C'est quelle heure?

Victor regarda sa montre.

– Presque onze heures.

– Moscou trinque déjà*. On peut passer à table! On réveille Sonia ou on se met d'abord en train?

– On se met en train, décida Victor en allant prendre la bouteille de liqueur entamée à la cuisine.

Ils burent, et il alla réveiller la fillette, qui exigea immédiatement qu'on lui allume la télé, ce qui fut fait. Finalement, la voix du présentateur, qui leur parvenait, indistincte, dans la véranda, mettait de l'ambiance.

– Pourquoi Micha il a rien? demanda Sonia en regardant le pingouin qui se tenait près d'eux.

Victor plongea la main dans un sac et en sortit un gros paquet enveloppé dans du papier coloré.

– En fait, c'est pour son Nouvel An, mais on va considérer que dans l'Antarctique, il est déjà plus de minuit! déclara Victor en dépiautant le cadeau.

---

* Il y a une heure de décalage horaire avec Kiev; malgré l'indépendance, la référence à l'ancienne capitale soviétique demeure un réflexe.

Il en extirpa un autre paquet, cette fois dans son emballage d'origine qu'il fallut découper avec un couteau. Il fit glisser son contenu dans le grand plat posé sur la table basse, ce qui provoqua une minute de silence. Tout le monde était hypnotisé par le cadeau de Micha. Il y avait de quoi : un petit poulpe, une étoile de mer, une poignée de crevettes royales, un homard et divers autres spécimens de la faune des mers ou des océans étaient en train de se décongeler sur le plateau. Le pingouin, lui, s'approcha de la table et regarda ce qu'on venait de lui offrir. Il semblait aussi stupéfait que les humains.

– Eh ben, t'es drôlement généreux ! soupira enfin Sergueï. Moi, je n'ai jamais goûté à des choses pareilles !

– Ce n'est pas moi qui suis généreux…, murmura Victor. C'est le papa de Sonia qui a laissé tout ça…

Il se tourna vers la petite fille, qui n'écoutait pas ; penchée vers le pingouin, elle lui montrait du doigt l'étoile de mer.

– Ça, c'est une étoile ! disait-elle, et ça, je sais pas.

Elle désignait le homard.

Ils se mirent à table. Le pingouin, qui n'avait pas attendu de signal, dévorait les crevettes. Les douze coups de minuit, retransmis par la télé, leur parvinrent depuis la pièce. Sergueï attrapa le champagne, le secoua après avoir ôté le fil de fer du bouchon, qui sauta avec bruit. Le breuvage fut versé dans des verres à facettes. Victor servit du Pepsi à Sonia.

Dans un bruit de pétarade, des fusées colorées de feux d'artifice volèrent au-dessus des datchas. Elles retombaient non loin, illuminant les jardins enneigés de vert ou de rouge. Parmi les détonations de fête, on entendit plusieurs coups de feu.

– C'est un TT*, précisa Sergueï, connaisseur.

La nouvelle année était là. Dehors, le feu éclairait le sapin décoré. Des fusées continuaient à partir de divers coins alentour, et dans la véranda, la fête battait son plein. Sergueï et Victor se grisaient de champagne, Sonia de Pepsi. Personne ne s'occupait plus du pingouin, toujours affairé devant la table basse. Il avait fini les crevettes et examinait maintenant le poulpe.

Le feu finissait de se consumer. Ils mirent les tisons dans un petit brasero, sur lequel ils firent griller les trois premières brochettes.

– Et mes cadeaux, s'inquiéta soudain Sonia, où ils sont mes cadeaux?

Victor plongea à nouveau dans le sac et en sortit les deux paquets déposés par Micha, pas le pingouin, l'autre, et son cadeau à lui, la poupée Barbie, qu'il n'avait pas enveloppée.

– Non, pas comme ça! protesta Sonia. On va tout poser sous le sapin!

Il obtempéra.

– Et puis toi aussi tu avais un cadeau! lui rappela la fillette.

Il regagna la véranda, palpa son cadeau, et brusquement, à sa forme et à son poids, resta pétrifié. Sans le sortir du sac, il défit le papier de couleur qui l'entourait et sentit du métal froid sous ses doigts. Il n'avait plus de doute: Micha lui avait offert un pistolet. Ses mains se mirent à trembler. Sans regarder, il replaça le papier autour de l'arme et tira la fermeture éclair.

– Alors, ton cadeau, il est où? lui cria Sonia. On doit les ouvrir tous ensemble!

---

* Pistolet soviétique.

– Je l'ai oublié! lui répondit-il. Je l'ai laissé à la maison…

Elle eut un geste de dépit et le regarda comme font les adultes qui toisent un enfant qui vient de commettre une bêtise.

– C'est du propre! Un grand comme toi! Tu l'as oublié!

Victor était revenu près du sapin. Il se plaça à côté de Sergueï, qui, accroupi devant le brasero, tournait les brochettes.

– Allez, montre-nous tes cadeaux! cria celui-ci à la fillette.

Elle se glissa sous le sapin et s'assit dans la neige. Ils entendirent un bruit de papier déchiré, Victor s'approcha et se pencha vers elle.

– Alors, qu'est-ce que le Père Noël t'a apporté? demanda-t-il, sa frayeur apaisée, tentant de paraître sincèrement curieux.

– Un jouet.

– Lequel? Fais voir!

– Une horloge parlante. J'en avais déjà vu des comme ça. Écoutez!

«Il est exactement une heure», prononça une voix de femme au timbre métallique.

– Et ça, c'est quoi? insista Victor.

– Ça, je sais pas, balbutia-t-elle, en retournant son deuxième cadeau.

Arrachant bruyamment l'emballage, elle quitta le pied de l'arbre, un paquet à la main. Elle s'approcha de Victor et le lui tendit.

– C'est quoi? lui demanda-t-elle.

Dans ses menottes, il aperçut une énorme liasse de dollars maintenue par des élastiques. Il la prit.

– C'est quoi ? répéta Sonia.

– De l'argent..., articula-t-il à voix basse, regardant les dollars, estomaqué.

– C'est quoi, du fric ? s'enquit Sergueï qui s'était approché.

Il se pencha pour mieux distinguer ce deuxième cadeau et se figea, abasourdi.

– C'est que des billets de cent ! chuchota-t-il.

– Alors, maintenant, moi aussi je peux acheter des choses ? interrogea Sonia.

– Oui, répondit Victor.

– Une télé, je peux ?

– Tu peux.

– Et une maison pour ma Barbie ?

– Aussi...

– Bon, tu me le rends ? Je vais le poser à l'intérieur.

Sonia reprit la liasse des mains de Victor et monta à la véranda.

Sergueï regarda fixement Victor, droit dans les yeux.

– C'est son père qui a laissé ça, répondit ce dernier à sa question muette.

Sergueï mordilla sa lèvre inférieure et retourna s'accroupir près du brasero.

– Dommage que je n'aie pas eu un papa aussi prévenant, murmura-t-il.

Victor ne l'écoutait pas. Un nouveau poids lui écrasait le cœur. Les cadeaux offerts par Micha lui conféraient des obligations, du moins lui semblait-il. Il se souvint du premier mot qu'il avait laissé. *Tu en réponds sur ta tête...* « Des bêtises, pensa Victor. Un délire de Nouvel An... Qu'est-ce que je pourrais bien faire d'un revolver ? Et elle, pourquoi lui avoir donné une telle somme ? »

– Tu m'entends?

Sergueï venait de lui toucher l'épaule.

– J'ai l'impression qu'on vient de t'embaucher comme précepteur... Et c'est elle qui va te payer.

Il sourit.

– Les brochettes sont cuites! On peut continuer...

Victor fut heureux d'être ainsi détourné de ses pensées. Il se leva. Sergueï avait déjà emporté la viande.

Victor passa dans la salle pour appeler Sonia, mais elle s'était endormie, la liasse de dollars devant elle, sa petite main posée dessus.

S'efforçant de ne pas faire de bruit, il ressortit et ferma la porte. Il s'attabla dans la véranda, puis regarda le pingouin, qui s'était éloigné de son plateau.

– Alors, ces brochettes, on se les fait à la vodka? proposa Sergueï en ouvrant la bouteille.

– Ouais!

Victor tendit son verre.

Après cent grammes de vodka au poivre et une brochette chacun, ils sentirent la fatigue les envahir et allèrent se coucher.

«Il est exactement trois heures», énonça la voix féminine de l'horloge parlante.

37

Vers onze heures du matin, Victor fut réveillé par des coups frappés à la vitre.

– C'est vos voisins! cria une voix joyeuse et enrouée. Bonne année!

Il se leva, s'approcha de la fenêtre et aperçut deux gars et leurs copines. Il avait l'impression de connaître les jeunes gens, et se rappela presque aussitôt où il les avait vus : après l'explosion nocturne de la mine, eux aussi étaient près du corps du voleur. Ils affichaient maintenant des visages bouffis, et les filles qui les accompagnaient n'avaient pas l'air très frais non plus.

– Ohé ! cria le barbu en frappant contre la vitre. Tu fais voir ton pingouin ?

Il leva le bras, montrant la bouteille de champagne qu'il tenait.

Victor alla secouer Sergueï.

– On a des invités !

– Quels invités ? marmonna Sergueï.

Il lui fallut deux bonnes minutes pour reprendre ses esprits.

Bientôt, tout le monde fut installé à table, dans la véranda. Il y avait beaucoup de restes de la veille, et dehors, sur le brasero éteint, les brochettes encore crues avaient gelé.

Ayant observé le pingouin à satiété, les jeunes mangèrent, burent, et se mirent à raconter des blagues. Ces réjouissances commençaient à fatiguer Victor, qui souhaitait qu'elles se terminent vite. Il n'eut pas longtemps à attendre : l'une des filles, ivre, se mit à pleurnicher et déclara qu'elle avait sommeil. Les voisins ne tardèrent pas à partir.

Sergueï, encore un peu hagard, se massa les tempes et regarda Victor.

– Demain, faut que je retourne travailler…, articula-t-il, chagrin.

Victor devint songeur. Il ne pouvait rentrer chez lui, et il était encore trop tôt pour appeler le chef.

– Si je reste quelques jours de plus, ça ira ? demanda-t-il.

– Tu peux même t'installer complètement, dit Sergueï avec un geste large. En quoi ça dérange ? Au contraire, ça évite qu'un crétin essaye de venir cambrioler...

En dépit de son mal de crâne, il regagna Kiev dans la soirée.

– N'hésite pas à téléphoner, la cabine se trouve au bout de l'allée principale, près de la maison du gardien, expliqua-t-il en partant. Je vais dire aux sentinelles que vous restez ici... Fais attention aux dollars. Cache-les bien.

Victor acquiesça.

La Zaporojets partit dans un ronflement de moteur. Le silence retomba. Seul le bruit de la télé, à peine audible, parvenait de la pièce principale : Sonia regardait un film. Victor alla s'asseoir près d'elle, sur le canapé.

– Si je prenais soin de ton argent, hein ? Qu'est-ce que tu en penses ?

– Tiens ! Mais le perds pas ! dit-elle en lui tendant la liasse de billets.

Il la rangea dans le sac qui contenait déjà le pistolet, et le descendit à la cave.

38

Les jours suivants furent calmes, sans événement notable, hormis le passage de la police locale, venue récupérer le corps du voleur malchanceux. Vania, le gardien, leur avait demandé de ne pas sortir de la maison :

– Ça vous intéresse, vous, de témoigner ?

Victor avait convenu que c'était inutile. Lorsque la police fut partie, le vieux vint leur signifier la «fin d'alerte».

– C'est bon, dit-il.

– Et le propriétaire de la datcha, il va avoir des ennuis? s'enquit Victor.

– Y vient de passer. C'est un colonel! Il a dit que la mine, elle était pour lui, pas pour un voleur... C'est pas compliqué. Eh quoi, c'est rare qu'on pose des mines de nos jours? répondit l'homme en ricanant.

Sonia passait le plus clair de son temps devant la télé. C'est seulement quand l'émission était par trop ennuyeuse qu'elle sortait ou s'amusait avec le pingouin dans la véranda.

Victor ne supportait plus cette inactivité forcée. Il avait envie de faire quelque chose, n'importe quoi, même d'inutile, mais il n'y avait rien à faire dans la datcha, et il traînait, passant la tête dans la pièce, s'asseyant lui aussi devant la télé, ou il restait à la cuisine; il y avait ramené la table et la plaque électrique.

Enfin, n'y tenant plus, il alla appeler son chef, en demandant à Sonia de rester dans la maison.

Ce fut une secrétaire qui décrocha.

– Bonjour, j'aurais voulu parler à Igor Lvovitch.

– Tania, tu peux raccrocher.

Victor reconnut sa voix.

– J'écoute.

– C'est moi, Victor... Je peux rentrer à Kiev?

– Pourquoi, tu étais parti? demanda le chef, feignant l'étonnement. Bien sûr que tu peux rentrer. Tout est réglé. Dès que tu reviens, tu passes me voir, j'ai des trucs à te montrer!

Ils échangèrent encore quelques mots, puis Victor

appela Sergueï pour lui demander de venir le chercher dès que possible. Quand il regagna la datcha, il était de meilleure humeur. Le Nouvel An lui semblait enfin une fête, même si c'était déjà du passé. La neige qui crissait sous ses pieds le mettait désormais en joie. Il regardait autour de lui et remarquait des choses auxquelles il n'avait jusqu'alors pas prêté attention, comme la beauté des arbres nus, semblables à des sculptures, les bouvreuils qui sautillaient dans la neige entre les traces de chats ou de chiens. Un souvenir de ses cours d'histoire naturelle, qu'il croyait oubliés, remonta des profondeurs de sa mémoire. De nombreuses années auparavant, il avait appris à reconnaître les empreintes des animaux, et il se rappela très nettement les illustrations de son livre de classe, qui montraient le passage d'un lièvre. « Le lièvre fuit ses prédateurs en effectuant des bonds désordonnés », martela la voix de sa première institutrice, resurgie du passé.

39

Victor jeta le sac qui contenait le pistolet et l'argent au fond de son armoire et fila à la rédaction, laissant Sonia et le pingouin dans l'appartement.

Le chef l'accueillit avec un sourire repu. Il le fit asseoir dans le fauteuil, lui offrit du café, lui posa maintes questions sur son réveillon, repoussant visiblement la partie officielle de leur entretien. Enfin, lorsqu'ils eurent terminé leur café et qu'il apparut stupide de vouloir combler la pause qui suivit par un vain bavardage, Igor

Lvovitch sortit une grande enveloppe de son tiroir. Regardant Victor dans les yeux, il en tira plusieurs photos qu'il lui tendit.

– Regarde, c'est peut-être des amis à toi.

Il vit deux jeunes gens bien habillés. Des cadavres. Âgés d'environ vingt-cinq ans, ils reposaient sur le plancher d'un appartement, dans une attitude soignée, dociles, sans bras ou jambes partant dans tous les sens ni grimace de peur ou de souffrance. Leurs visages étaient sereins et indifférents.

– Alors, tu les reconnais pas ?
– Non.
– C'est eux qui te cherchaient... Tiens, en souvenir !

Il lui tendit deux autres photos, où Victor se découvrit, attablé au café de Kharkov, sous l'Opéra, et dans une rue, encore à Kharkov.

– Des jeunes avec de petits moyens, déclara le chef. Un seul pistolet pour deux, avec un silencieux... En tout cas, ils ne t'ont pas trouvé... Mais les négatifs de ces photos-là, ajouta-t-il avec un signe de tête en direction des clichés que tenait Victor, sont toujours quelque part dans Kharkov... Je ne pense pas qu'ils enverront encore des hommes à tes trousses, mais sois prudent.

Pour finir, le chef lui remit un dossier à transformer en nouvelles «petites croix».

– Allez, remets-toi doucement au boulot ! lui dit-il en lui tapant sur l'épaule, et il l'accompagna vers la porte.

40

En janvier, l'hiver fut paresseux. Il se contenta de vivre sur ses réserves de neige de l'année précédente, qui recouvraient toujours le sol grâce à des gelées persistantes. Les décorations du Nouvel An ornaient encore les vitrines, mais l'atmosphère de fête s'était déjà dissipée, laissant les gens seuls face au quotidien et à l'avenir.

Victor s'était attelé à une nouvelle série de nécros. C'était maintenant le chef lui-même qui lui confiait les documents, car Fiodor avait démissionné juste avant les fêtes.

Son registre de «petites croix» ne cessait de s'étoffer. Le dernier dossier contenait des biographies de directeurs d'usines et de présidents de sociétés. Presque tous étaient accusés de détournement de fonds et de transfert de capitaux vers des banques occidentales. Certains, bravant les interdictions, vendaient des matières premières stratégiques, d'autres se débrouillaient pour écouler à l'étranger, sous couvert de troc, les équipements de leurs propres usines. Les faits cités étaient innombrables, mais, heureusement, le rédacteur en chef n'en avait souligné qu'une petite partie. Pourtant, Victor peinait.

Ses envolées philosophiques s'étiolaient, l'inspiration lui faisait défaut; chaque «petite croix» lui demandait désormais plusieurs heures de concentration face à sa machine à écrire, et même si, finalement, il était satisfait, la fatigue pesait lourd sur ses épaules et ne lui laissait plus de forces pour se consacrer à Sonia ni au pingouin. Par chance, dès leur retour chez lui, il avait cédé à la fillette et acheté une télé couleur. À présent, ils se retrouvaient tous les soirs dans le salon pour la regarder, mais c'était toujours Sonia qui maniait la télécommande.

– C'est ma télé! répétait-elle.

Victor était contraint de le reconnaître: c'était bien grâce à son paquet de dollars que le poste avait été acheté.

Le pingouin aussi manifestait de l'intérêt pour ce nouvel objet. Il lui arrivait de se coller à l'écran et de ne plus bouger, empêchant Victor et Sonia de regarder leur émission. D'ordinaire, la fillette se levait et l'entraînait gentiment dans la chambre, où il aimait étudier son reflet dans le miroir. Victor s'étonnait de la facilité avec laquelle elle le «manœuvrait». Au fond, cela n'avait rien de surprenant, puisqu'elle passait bien plus de temps avec lui que Victor. Plusieurs fois, en fin d'après-midi, elle l'avait même emmené toute seule se promener dans le terrain vague près des pigeonniers.

Un soir, quelqu'un sonna à la porte. Victor regarda par le judas et, découvrant un parfait inconnu, il prit peur. Il se remémora aussitôt le cliché des deux gars assassinés qui l'avaient recherché. L'homme, âgé d'une quarantaine d'années, poussa un bruyant soupir et sonna à nouveau. Le son vibra juste au-dessus de la tête de Victor, qui retenait sa respiration.

Une porte couina dans son dos, et la voix sonore de la fillette s'éleva dans le silence:

– Ouvre, t'entends bien qu'on sonne!

La sonnerie retentit de plus belle, accompagnée d'un coup de poing contre la porte.

– Qui est là? demanda Victor, nerveux.

– Ouvre, ne crains rien!

– Qui voulez-vous voir?

– Toi, pardi, qu'est-ce que tu crois! De quoi tu as peur? Je viens te parler de Micha!

Victor avança la main vers la poignée, tentant de comprendre lequel des deux Micha était l'objet de cette visite. Probablement pas le pingouin, tout de même... Il se décida enfin à ouvrir.

Un homme maigre au nez pointu et aux joues mal rasées entra. Il portait une méchante veste en duvet fabriquée en Chine et un bonnet noir tricoté.

Il sortit de sa poche un papier plié en deux ou en trois et le tendit à Victor.

– C'est ma carte de visite, dit-il avec un rire forcé.

Victor déplia la feuille et la rapprocha de ses yeux. Un frisson lui parcourut l'épine dorsale: c'était son propre texte, la « petite croix » de Sergueï Tchékaline, le meilleur ennemi de Micha.

– Alors, on fait les présentations? suggéra froidement l'inconnu.

– C'est vous, Sergueï? demanda Victor.

Il jeta un coup d'œil à Sonia, qui se tenait toujours dans l'encadrement de la porte.

– Va dans la salle! lui ordonna-t-il d'un ton sévère, avant de reporter son regard sur le visiteur.

– Oui, c'est moi Sergueï. On pourrait peut-être s'asseoir, on a des choses à se dire...

Victor l'amena à la cuisine. Sergueï prit immédiatement la place favorite du maître de maison, qui ne put que s'asseoir en face.

– J'ai de mauvaises nouvelles, commença le visiteur. Malheureusement, Micha est mort... Et je suis venu récupérer sa fille... Ça ne rime plus à rien de la cacher. Compris?

Ce discours ne parvenait à Victor qu'avec beaucoup de lenteur, et par bribes. Il n'arrivait pas à établir de lien entre les deux énoncés, le fait que Micha soit mort et que cet homme veuille lui prendre Sonia. C'était comme si une migraine fulgurante l'avait terrassé; il porta la main à son front et sentit qu'elle était glacée.

– Comment est-il mort? interrogea-t-il soudain, regardant la toile cirée devant lui.

Son visage exprimait un total désarroi.

– Comment? répéta Sergueï, surpris. Comme tout le monde… tragiquement…

– Et pourquoi sa fille devrait-elle partir avec vous? demanda Victor après une courte pause qui lui avait laissé le temps de remettre de l'ordre dans ses idées.

– J'étais son ami… C'est mon devoir de m'occuper d'elle.

Victor fit un signe de dénégation, le regard droit. Le visiteur le fixait, étonné.

– Non, affirma Victor d'une voix soudain plus ferme. C'est à moi qu'il l'a confiée…

– Écoute, dit l'homme d'un ton las, malgré tout le respect que je dois à tes protecteurs, tu te trompes. D'ailleurs, comment peux-tu prouver que Micha t'a chargé de quoi que ce soit?

– J'ai un mot écrit de sa main, répondit calmement Victor. Je peux le sortir.

– D'accord, fais voir!

Il passa dans la salle et fouilla parmi les amas de papiers empilés sur l'appui intérieur de la fenêtre, à la recherche du message où Micha promettait de refaire surface lorsque la poussière serait retombée. Il jeta un coup d'œil à Sonia, captivée, avec le pingouin, par une retransmission de patinage artistique, et entendit brusquement claquer la porte d'entrée. Il alla regarder dans le vestibule, puis dans la cuisine. Son visiteur était parti sans dire au revoir. En abandonnant sur la table sa propre nécrologie, écrite par Victor.

Quelques instants plus tard, un bruit de moteur monta de la rue. Victor regarda par la fenêtre et aperçut, à la lueur d'un réverbère, une limousine identique à celle que conduisait Micha.

– Qu'est-ce qu'il voulait le monsieur? demanda Sonia en passant son nez à la porte de la cuisine.

– Te prendre, murmura Victor sans se retourner.

– Qu'est-ce qu'il voulait? redemanda-t-elle, car elle n'avait pas entendu.

– Rien de spécial, il venait me parler…

Elle retourna à sa télé, et il s'assit à table pour réfléchir. Il pensa à son existence, dans laquelle Sonia jouait déjà un certain rôle, qui semblait mineur, mais l'obligeait tout de même à s'occuper d'elle. Pourtant, cela se limitait à la nourrir, parfois à lui parler. Elle n'était qu'une présence dans sa vie, comme Micha dans son appartement. Toutefois, l'apparition de cet homme qui s'apprêtait à la lui enlever l'avait effrayé, et cette peur avait fait naître en lui une résolution inattendue. Le visiteur avait à nouveau évoqué une protection, dont Victor ne savait rien. Tout cela semblait montrer que sa vie s'était dédoublée; il en connaissait une moitié, mais l'autre restait une énigme. Que cachait-elle? En quoi consistait-elle? Il se mordit la lèvre inférieure. Les devinettes étaient la dernière chose qu'il avait envie d'affronter. Le rédacteur en chef, avec son crayon rouge, l'avait habitué à ce que les faits essentiels, à partir desquels il pouvait développer n'importe quel texte, n'importe quelle idée, soient déjà en exergue. Ce soir-là, il avait du mal à distinguer, parmi les pensées qui dansaient dans sa tête, laquelle était digne d'être soulignée.

41

Bizarrement, quelques jours plus tard, il avait oublié la visite de Sergueï Tchékaline. Il était tout entier absorbé par le travail, surtout après un coup de fil de son chef, qui l'avait courtoisement pressé. Dans les brefs intervalles entre deux «petites croix», il buvait du thé et pensait qu'il lui faudrait s'occuper un peu mieux de Sonia, l'amener à des spectacles de marionnettes, par exemple. Mais toutes ces louables intentions étaient repoussées, dans l'attente de moments où il serait plus libre. Les seuls plaisirs qu'il lui offrait étaient des glaces et autres friandises, qu'il achetait désormais en grande quantité. Les courses devenaient sa seule occasion de respirer un peu d'air frais, glacial. Plus il sortait, plus Sonia et Micha étaient contents. La joie de la fillette était bruyante, contrairement à celle du pingouin. Elle l'appelait de plus en plus souvent «tonton Vitia», ce qui lui plaisait bien, mais surtout, elle ne se plaignait pas de devoir passer presque tout son temps à l'intérieur. Le soir, devant chaque nouvel épisode de série mexicaine, Victor, peu soucieux de ce qu'il regardait, se sentait bien, détendu. Cet hiver-là lui plaisait. Le travail et la télé chassaient vite les mauvaises impressions.

– Tonton Vitia, pourquoi Alejandra elle a une nounou? demanda un jour Sonia en pointant l'écran.

– Sans doute parce que ses parents sont riches.

– Et toi, tu es riche?

Il haussa les épaules, indécis.

– Non, pas vraiment...

– Et moi?

Il se tourna vers elle.

– Et moi, je suis riche? répéta-t-elle.

Il hocha la tête.

– Oui. Tu es même plus riche que moi...

Le lendemain, au cours d'une de ses «pauses-thé», cette conversation lui revint en mémoire. Il ignorait combien coûtait une nounou, mais l'idée qu'il pouvait en engager une pour s'occuper de Sonia lui apparut soudain comme une révélation.

Le soir, son ami policier arriva avec une bouteille de vin rouge. Ils s'installèrent à la cuisine. Il tombait une neige humide dont les flocons collaient à la vitre.

Sergueï était assez agité.

– Tu sais, expliqua-t-il, on m'a proposé un poste à Moscou... C'est dix fois mieux payé qu'ici. Et on m'offre un logement de fonction.

Victor était dubitatif.

– Tu vois quand même comment c'est, là-bas. Sans arrêt des coups de feu, des explosions...

– Ici aussi... De toute façon, je m'engage pas dans les Omons... Je serai juste policier, pareil que maintenant... Qu'est-ce que tu en penses, rien que pour un an, le temps de mettre un peu de fric de côté?

– À toi de juger...

– Mouais..., soupira Sergueï. Et toi, tes ennuis, c'est terminé?

– Je crois que oui.

– Tant mieux, dit Sergueï.

– Dis-moi, commença Victor en regardant son ami d'un air interrogateur, tu ne connaîtrais pas une jeune fille bien ? Je cherche une nounou pour la petite... Une fille en qui je pourrais avoir confiance et qui ne prendrait pas trop cher ?

Sergueï réfléchit.

– J'ai une nièce... elle a vingt ans, elle est au chômage... Tu veux que je lui en parle ?

Victor hocha la tête.

– Tu lui donnerais combien par mois ?

– Une cinquantaine de dollars ? hasarda Victor.

– OK.

42

Le lendemain, il eut la surprise de recevoir un coup de fil du vieux pingouinologue.

– Allô, c'est Pidpaly, dit une voix faible. Victor ! C'est bien toi ?

– Oui, c'est bien moi.

– Viens me voir, s'il te plaît. Je suis malade...

Abandonnant son travail, il partit pour Sviatochino.

Le vieil homme était pâle, ses mains tremblaient. Ses yeux, enfoncés dans leurs orbites, étaient cernés de jaune.

– Entre, entre donc, dit-il, heureux de voir Victor.

Celui-ci pénétra dans la salle à manger. Il y faisait chaud, étouffant.

– Qu'est-ce qui vous arrive ? s'inquiéta Victor.

– Je ne sais pas... J'ai mal au ventre, et ça fait trois nuits que je ne dors plus..., se plaignit le scientifique en s'asseyant à la table.

– Vous avez appelé un médecin ?

– Non, dit-il avec un geste résigné. Pour quoi faire ? Qu'est-ce que je suis pour eux ? Qu'est-ce qu'ils pourraient tirer de moi ?

Victor prit le téléphone et demanda une ambulance.

– Ça ne sert à rien ! Ils vont venir et repartir aussi sec, je les connais…

Il réitéra son geste désabusé.

– Restez assis, je vais préparer du thé ! lui intima Victor, qui se dirigea vers la cuisine.

La table était couverte de vaisselle sale et de reliefs de repas. Des mégots baignaient au fond des tasses. Victor en prit deux, les remplit d'eau qu'il vida, avec les cendres, dans l'évier. Il les rinça encore et mit la bouilloire à chauffer.

Le temps passait. Le thé était prêt, et les deux hommes attendaient, assis dans la grande pièce, immobiles et silencieux. Un sourire faible et ironique errait sur les lèvres de Pidpaly. De temps à autre, il regardait Victor.

– Je te l'ai dit, l'autre fois, que j'avais profité du meilleur qui puisse arriver dans une vie…, articula-t-il, sentencieux, d'un filet de voix sifflante.

Victor ne répondit pas.

Enfin, on sonna à la porte. Un médecin auxiliaire entra, accompagné d'un brancardier.

– C'est qui le malade ? demanda le médecin, écrasant le bout de la cigarette qu'il venait d'éteindre entre les doigts de sa main droite.

– C'est lui ! dit Victor en désignant le vieil homme de la tête.

– Où avez-vous mal ? interrogea-t-il en examinant son visage.

– Au ventre… juste là, dit Pidpaly en indiquant un endroit précis de la main.

– Vous voulez du No-Shpa*? demanda le médecin, en jetant un coup d'œil au brancardier dont le regard aigre se promenait sur les murs.

– Non, ça ne sert à rien, expliqua Pidpaly. J'en ai déjà pris…

– C'est que nous n'avons rien d'autre…, expliqua l'homme en écartant les bras, impuissant. Allez, on s'en va!

Il se tourna vers la porte en faisant signe au brancardier.

– Attendez! s'écria Victor.

Le médecin le fixa d'un œil intrigué.

– Qu'est-ce qu'il y a?

– Vous pourriez l'emmener à l'hôpital.

– On peut toujours l'emmener, mais une fois là-bas, qui va s'en occuper? répondit-il avec un soupir presque sincère.

Victor tira de sa poche un billet de cinquante dollars** et le lui tendit.

– Il y aurait peut-être moyen qu'on s'en occupe quand même?

Le médecin se troubla et regarda à nouveau le vieil homme, comme pour évaluer son prix.

– À l'hôpital Oktiabr, on va bien voir…

Il s'approcha de Victor, de côté, et saisit gauchement le billet vert qu'il fourra dans la poche de sa blouse sale.

Victor se pencha sur la table, trouva un stylo et un bout de papier. Il nota son téléphone.

– Tiens, tu m'appelleras pour me dire comment il va, et où il est…

Le médecin acquiesça.

---

* Cachets contre les maux d'estomac.
** Équivalent d'un salaire mensuel de médecin.

– On y va! lança-t-il au vieil homme.

Pidpaly s'anima soudain, entra dans la cuisine d'une démarche mal assurée et revint en faisant tinter un objet dans sa main tremblante.

– Vitia... prends les clés, tu fermeras tout à l'heure...

Les soignants attendirent patiemment qu'il soit habillé, puis ils l'emmenèrent, plus comme un détenu que comme un malade.

Resté seul dans cet appartement étranger, Victor passa un moment assis à table, respirant l'air vicié et saturé de poussière, qui exhalait une odeur irritante d'humidité chaude. Il se sentait mal à l'aise. Il finit par se lever, mais n'avait pas envie de partir. Ce logement lui paraissait un ensemble de vestiges attachants, avec quelque chose qui provoquait une authentique pitié. La vulnérabilité de son propriétaire avait sans doute imprégné les murs, et tout avait un air désarmé, orphelin.

Avant de sortir, il lava la vaisselle et rangea un peu. «Quand il reviendra, il passera au moins quelques jours dans un appartement à peu près en ordre...», pensa-t-il en fermant la porte à clé.

Le soir, le médecin, dont il ignorait le nom, lui téléphona.

– Le vieux ira pas loin, il a un cancer, annonça-t-il.
– Il est où?
– Hôpital Oktiabr, service de cancérologie, salle 5.
– Merci, dit Victor, et il raccrocha.

Il était triste. Il posa les yeux sur Sonia, qui capta son regard et demanda:

– On ira se promener dans le terrain vague ce soir?
– On va commencer par dîner, répondit-il en se dirigeant vers la cuisine.

43

Quelques jours plus tard, on lui apporta un dossier de la part de son rédacteur en chef. En examinant ces nouveaux papiers, Victor comprit que, cette fois, il allait s'occuper de militaires, de haut rang qui plus est. Ces « aspirants » aux « petites croix » étaient une vingtaine, dont les CV combinaient harmonieusement nostalgie du régime soviétique et trafic d'armes. Ils contenaient aussi, à l'envi, du transport d'émigrants clandestins entre l'Ukraine et la Pologne avec des hélicoptères de l'armée, ou des disparitions d'avions de transport qu'ils avaient donnés en location. La suite était encore plus croustillante. Mais quelque chose distinguait ces hommes-là des précédents.

Victor posa les papiers et se mit à réfléchir. Il regarda dehors ; l'hiver se poursuivait. Il reprit les feuilles, et eut une illumination : tous ces généraux, colonels et commandants avaient des mœurs conjugales irréprochables, tous étaient de bons maris et de bons pères.

Relisant leurs biographies, il se concentra sur le travail à fournir. Il mit de l'eau à chauffer et installa sa machine à écrire, rangée sous la table.

Il tapa durant environ deux heures, jusqu'à ce que la sonnerie du téléphone l'interrompe. C'était Sergueï, le policier.

– Écoute, j'ai parlé à ma nièce, elle est d'accord ! Je peux passer te voir avec elle d'ici une petite demi-heure, si ça te convient.

– Parfait! approuva Victor.

Le soir était déjà là. Une précoce nuit d'hiver tombait sur la ville. Laissant son travail, il alla s'asseoir au salon. Sonia jouait avec sa Barbie.

– Et Micha, il est où? s'enquit-il.

– Dans l'autre pièce.

– Sonia, commença Victor, il y a une dame qui va venir nous voir... une jeune dame qui sera ta nounou...

Il se tut un instant, conscient de la gaucherie de son discours.

– Tonton Vitia, demanda Sonia, rompant le silence, elle va jouer avec moi?

– Oui, dit-il en hochant la tête, bien sûr.

– Comment elle s'appelle?

– Je ne sais pas..., avoua-t-il. C'est la nièce de tonton Sergueï, celui chez qui nous avons fêté le Nouvel An...

La sonnerie de la porte le surprit. En se levant, il regarda sa montre: il était un peu tôt pour que ce soit déjà Sergueï. C'était pourtant bien lui.

– Voilà Nina! dit-il en désignant sa nièce du menton, pendant qu'ils enlevaient leurs parkas dans l'entrée.

Victor se présenta. Il prit le vêtement de Nina et le suspendit au portemanteau.

Ils s'installèrent dans la salle.

– Voici Sonia, dit-il à la jeune femme, qui fit un sourire à la fillette.

– Et elle, c'est Nina, poursuivit Victor en regardant Sonia et en désignant la jeune fille de la main.

À nouveau, le sentiment de sa maladresse le fit taire. Il semblait attendre que la petite et la grande, maintenant présentées l'une à l'autre, se parlent et rendent sa présence superflue. Mais elles se regardaient sans rien dire.

Victor, lui, avait les yeux fixés sur Nina. Visage poupin, cheveux châtains, mi-longs, elle paraissait dix-sept ans. Son jean serré révélait des formes plutôt replètes, tandis que son petit pull bleu moulait discrètement une poitrine menue. Elle avait quelque chose d'une adolescente, son sourire peut-être. Il était visible qu'elle le contenait. Il comprit vite pourquoi : elle ne voulait pas montrer ses dents, jaunies. Elle devait fumer.

– Je peux commencer demain, dit soudain Nina.
– On va faire quoi alors ? demanda Sonia.

La jeune fille eut un demi-sourire.

– Qu'est-ce que tu aimerais ?
– Faire de la luge !
– Tu en as une ?
– Tonton Vitia, j'ai une luge ? interrogea Sonia en regardant Victor de ses grands yeux espiègles.
– Non, reconnut-il.
– Ça ne fait rien, j'en amènerai une, s'empressa de dire Nina, comme si elle voulait devancer à tout prix les paroles de Victor. Je vis dans le Podol*, les transports fonctionnent bien maintenant…

Elle haussa les épaules, et il fit oui de la tête. Ils convinrent qu'elle viendrait à dix heures et s'occuperait de Sonia jusqu'à dix-sept heures.

En refermant la porte sur Sergueï et sa nièce, Victor soupira, doublement soulagé. À sa grande joie, la discussion d'affaires n'avait pas pris un tour trop officiel, et en outre, la future nounou avait plu à Sonia. Il se sentit par avance plus tranquille et détendu.

---

* Le vieux quartier de Kiev, en plein centre, sur la rive basse du Dniepr.

– Alors, demanda-t-il à la fillette en regagnant la salle, qu'est-ce que tu penses de Nina?

– Elle est bien, répondit gaiement Sonia. On verra si elle plaît à Micha!

44

L'apparition de Nina avait en quelque sorte libéré Victor. On ne pouvait pourtant pas dire qu'auparavant, il s'était beaucoup consacré à Sonia; d'ailleurs, il lui accordait toujours autant d'heures, avec leurs agréables soirées communes devant la télé, les dîners et petits déjeuners. Malgré cela, il avait la sensation constante de disposer désormais de beaucoup plus de temps, pas forcément libre, juste du temps: il se faisait moins de reproches, pensait moins à Sonia, et avait complètement cessé de se tourmenter parce qu'il ne s'occupait pas d'elle. Tous les matins, Nina l'emmenait, et elles allaient on ne savait où, pour que le soir, Sonia, fatiguée de sa journée, puisse raconter fièrement: «On s'est promenées au parc des Iles!» ou bien «On est allées dans la forêt à Pouchtcha-Voditsa!»

Victor était content. Peu à peu, son travail avançait. L'hiver devenait moins rude. Le pingouin avait recommencé à errer, la nuit, à travers l'appartement. Une fois, il fit si peur à Sonia qu'elle en hurla. Elle dormait sur le divan, un bras hors de la couverture; il était venu s'y heurter et se serrer contre elle. Elle devait rêver, et cette sensation de chaleur pénétrant dans son rêve l'avait transformé en cauchemar.

Victor, qui venait d'en terminer avec ses militaires, décida de s'accorder une journée de repos et s'abstint d'appeler son chef pour lui demander un nouveau dossier. Le soleil brillait. Dehors, on entendait tinter les gouttes de la neige en train de fondre, annonçant un dégel ; ce n'était pas le premier, mais pas encore le dernier, celui après lequel le printemps s'installerait vraiment.

Sonia et Nina étaient encore parties en balade. Micha, le pingouin, après un copieux petit déjeuner, s'était installé près de la porte-fenêtre qui donnait sur le balcon, un endroit frais qui lui convenait.

Victor décida de rendre visite à Pidpaly.

Sur le chemin de l'hôpital, il glissa à plusieurs reprises. Le redoux jouait un mauvais tour, recouvrant les trottoirs de verglas. Il fit sa dernière culbute sur les marches mêmes du service de cancérologie.

Sans rien demander à personne, il trouva la salle 5, un vaste local qui lui rappela un gymnase. Elle avait aussi un air de caserne, sans doute à cause du sévère alignement de lits et de tables de nuit. Pas une infirmière. Une odeur âpre de clinique. Des paravents isolaient certains lits.

Examinant la pièce, il aperçut Pidpaly, allongé près de la fenêtre. Il regardait le plafond. Victor eut l'impression que la tête du vieil homme avait rétréci.

Il attrapa un lourd tabouret près de l'entrée et alla s'asseoir au chevet du scientifique. Celui-ci ne le vit pas.

– Bonjour, dit Victor.

Pidpaly tourna la tête et regarda le visiteur. Un sourire faible étira ses lèvres fines et pâles.

– Salut...

– Alors, on vous soigne ?

Pour toute réponse, le vieil homme sourit.

– Je ne vous ai rien apporté, avoua Victor, contrit, en voyant deux oranges sur la table de nuit du voisin. Je n'y ai pas pensé…

– Peu importe, c'est déjà bien que tu sois là…

Le vieux scientifique sortit une main de la couverture grise en gros drap, la porta à son visage, tâtant la barbe qui avait poussé sur ses joues flasques.

– Tu sais, une fois par semaine, il y a un coiffeur qui vient… le vendredi. On ne lui paye que deux heures. Il n'arrivera jamais jusqu'à moi…

– Vous voulez vous faire couper les cheveux? s'étonna Victor, regardant son crâne presque chauve.

– Non, me faire raser, répondit Pidpaly, qui continuait à caresser sa barbe. Mon ancien voisin, poursuivit-il en désignant de la tête le lit placé à sa droite, m'a offert un coffret avec tout le nécessaire. Y compris le savon… Mais je ne peux pas me raser seul…

– Vous voulez que je le fasse? proposa Victor, hésitant.

– Oui, s'il te plaît!

Dans la table de chevet du vieil homme, il prit le rasoir, le savon à barbe, ainsi qu'un verre évasé, en plastique, qui devait lui aussi faire partie de l'ensemble.

– Je vais chercher un peu d'eau, je reviens, dit-il en se levant.

Il parcourut deux fois le couloir de bout en bout, à la recherche d'une infirmière ou d'un médecin, sans succès. Il trouva les toilettes, mais le robinet ne délivrait que de l'eau froide. Enfin, il s'adressa à un malade, qui l'envoya à la cuisine, à l'étage en dessous. Là, une petite vieille en robe de chambre bleu marine dénicha un bocal d'un demi-litre où elle versa de l'eau d'une bouilloire.

Le rasage nécessita près d'une heure: la lame n'était pas affûtée, le matériel avait beaucoup servi. Victor voyait les entailles sur la peau du vieil homme, surpris qu'elles ne saignent pas. Enfin, son travail achevé, il demanda à un malade voisin quelques gouttes d'eau de Cologne, les versa au creux de sa main et les étala sur les joues de Pidpaly, qui gémit.

– Pardon, dit Victor par réflexe.

– Ça ne fait rien, aucune importance, siffla-t-il. Tant que j'ai mal, c'est que je suis vivant.

– Et le médecin, il en dit quoi?

– Le médecin, il dit que si je lui donne mon appartement, je vivrai encore trois mois...

Il eut un nouveau sourire:

– Mais à quoi bon trois mois de plus? Je n'ai rien de spécial à finir...

Victor tressaillit, comme s'il se réveillait soudain. Il sentit naître en lui une brusque colère. Son poing droit se serra de lui-même.

– Mais enfin, ils ne vous donnent pas de remèdes?

– Il n'y en a pas, des remèdes. Ils en donnent à ceux qui en ont apporté. Pour les autres, les seuls médicaments consistent à rester au calme et à garder le lit.

Victor se tut, ravalant sa fureur. Il savait qu'elle serait inutile.

– Et ce médecin, qu'est-ce qu'il vous a proposé en échange de votre appartement? Des soins? insista-t-il, déjà plus calme.

– Des piqûres, un truc américain...

Le vieil homme passa sa main sur sa joue glabre.

– Dis, je voudrais te demander quelque chose..., articula-t-il en pivotant péniblement vers Victor. Penche-toi un peu plus près!

Victor s'exécuta.

– Tu as toujours mes clés ? chuchota-t-il.

– Oui, répondit Victor sur le même ton.

– Écoute, dès que je serai mort, promets-moi d'aller incendier mon appartement. Je t'en supplie ! Je ne veux pas que quelqu'un d'autre s'assoie sur ma chaise, aille fouiller dans mes papiers, puis jette tout aux ordures. Tu comprends ? Ce sont mes affaires à moi… J'ai passé ma vie avec, et je ne veux pas les laisser… Tu comprends, hein ?

Victor acquiesça.

– Jure-moi que tu brûleras tout lorsque je serai mort, pria le vieillard, son regard interrogateur et implorant planté dans les yeux de Victor.

– Je vous le jure, murmura celui-ci.

– C'est bien.

Pidpaly sourit une nouvelle fois de ses lèvres exsangues.

– Je t'ai déjà dit que j'avais vécu à la bonne période ?

Il s'était remis sur le dos, et poussa un lourd soupir.

– Vas-y, va ! dit-il de sa voix sifflante. Merci de m'avoir rasé ! Sinon, j'étais là, avec ma barbe de plusieurs jours, comme un cadavre !

Il montra de la main le paravent d'à côté.

– Qu'est-ce qu'il y a, là ? Un mort ? chuchota Victor, sentant un frisson de panique lui parcourir l'épiderme.

– S'ils ont installé un paravent, c'est que demain il part pour la morgue ! dit le vieux tout bas. Allez, vas-y, rentre chez toi !

Victor se leva, resta quelques instants encore au chevet de Pidpaly, qui ne le regardait déjà plus. Il fixait le plafond et ses lèvres minces remuaient, comme s'il prononçait des paroles intérieures que lui seul pouvait entendre.

45

La journée du lendemain commença comme les autres. Le soleil brillait. Victor et Sonia prenaient leur petit déjeuner à la cuisine : des œufs brouillés et du thé. Le pingouin était de mauvaise humeur, et malgré leurs appels insistants, refusait de les rejoindre.

Sonia regardait avidement le réveil posé sur l'appui de la fenêtre, comme si elle avait voulu pousser la petite aiguille des yeux. À dix heures moins vingt, on sonna à la porte ; la fillette bondit de son tabouret, manquant de le renverser.

C'était Nina, et un joyeux échange de bonjours parvint à Victor depuis le vestibule. La jeune fille, qui n'avait pas quitté sa parka, vint le saluer à la cuisine.

– Où est-ce que vous allez aujourd'hui ?

– Dans les bois de Syrets, déclara Nina. On va se promener, puis on passera chez moi, dans le Podol, pour déjeuner…

– Faites attention, il y a du verglas partout, prévint-il. Hier, je suis tombé plusieurs fois.

– Très bien, dit Nina, docile, et elle sourit à demi, en dissimulant ses dents.

Peu après, Victor entendit sa voix enjouée venant du couloir. Elle habillait Sonia :

– Alors, elle est où ta doudoune ? Et maintenant, les bottes…

Cinq minutes plus tard, elle passa encore le nez à la cuisine, toujours avec le même sourire retenu, pour annoncer qu'elles partaient.

La porte d'entrée claqua. Le calme s'installa. On entendait juste un bruissement dans la pièce principale. Des gonds grincèrent; Micha venait voir ce qui se passait dans le couloir, comme pour s'assurer qu'il n'y avait plus personne. Il se dirigea ensuite vers la porte de la cuisine, qu'il poussa. Il resta un instant sur le seuil, regardant son maître, puis s'approcha et appuya sa poitrine blanche contre son genou. Victor le caressa.

Au bout de quelques instants, il se tourna vers son écuelle et regarda tout autour. Victor prit deux petits turbots dans le congélateur, saisit un couteau, les coupa en morceaux et les posa devant le pingouin. Il se servit encore un peu de thé et se rassit.

Le silence relatif, seulement troublé par le pingouin qui déjeunait, ramena Victor au temps où ils vivaient seuls tous les deux, tranquilles, muets, sans attachement très marqué, mais avec ce sentiment de dépendance réciproque qui créait presque un lien de parenté, comme quand on s'occupe de quelqu'un sans en être amoureux: les membres de sa famille, on ne les aime pas forcément, on les aide, on se fait du souci pour eux, mais les sentiments et les émotions sont secondaires, facultatifs. On souhaite juste que tout aille bien pour eux...

Le pingouin, son repas englouti, revint près de son maître, que cette attitude câline étonnait. Il le caressa, et sentit aussitôt son protégé se serrer plus fort contre sa jambe.

– Tu n'es pas dans ton assiette? lui demanda-t-il doucement.

«C'est sans doute ça, pensa-t-il. J'ai l'impression qu'on t'a laissé tomber... Pardon. Sonia a commencé par te négliger au profit de la télé, puis de Nina. Et moi qui pensais qu'elle passait encore son temps à jouer avec toi... Excuse-nous... »

Ne voulant pas le bousculer, il resta encore assis une vingtaine de minutes à méditer sur le passé récent et à envisager l'avenir. Sa vie lui semblait paisible, malgré l'épisode alarmant qui lui avait valu de passer le réveillon terré dans la datcha de Sergueï. Tout allait bien pour lui, du moins en apparence. À chaque époque sa «normalité». Ce qui, auparavant, semblait monstrueux, était maintenant devenu quotidien, et les gens, pour éviter de trop s'inquiéter, l'avaient intégré comme une norme de vie, et poursuivaient leur existence. Car pour eux, comme pour Victor, l'essentiel était et demeurait de vivre, vivre à tout prix.

Dehors, le dégel persistait.

Vers deux heures, on sonna. Victor alla ouvrir, pensant trouver Nina et Sonia, mais c'est Igor Lvovitch qu'il découvrit. Celui-ci entra et referma la porte lui-même. Il ôta son manteau, mais garda ses chaussures et se dirigea vers la cuisine.

Victor se rendit compte qu'il n'était pas dans son état normal. Blême, il avait des poches sous les yeux.

– Fais-moi du café! demanda-t-il en s'asseyant à la place attitrée de Victor.

Celui-ci attrapa la cafetière et le café moulu. Il jeta un coup d'œil à son chef. Il lui sembla le voir trembler, et il se sentit un instant gagné par ce frisson. Il regarda sa main. Il alluma le gaz, versa la poudre de café dans le récipient, ajouta de l'eau et mit le tout sur le feu.

– C'est bon, c'est rien..., disait Igor Lvovitch, se parlant tout haut.

– Il s'est passé quelque chose? s'enquit Victor.

– Oui, répondit-il sans le regarder. Il s'est passé quelque chose... Je vais... me réchauffer...

Le silence retomba. Victor surveillait son café, penché sur le gaz. Lorsque l'écume monta, il le retira du feu et le posa à côté. Il prit deux tasses et les remplit.

Le chef serra sa tasse brûlante entre ses mains et le regarda.

– Merci.

Victor s'assit à son tour.

– Tu sais, il vaut mieux que je ne t'explique rien, décréta soudain Igor Lvovitch. À quoi bon ? Tu te souviens, quand il t'a fallu disparaître un petit moment ?

Victor hocha la tête.

– Eh bien, dit le chef avec un sourire amer, aujourd'hui c'est à moi de me cacher... Juste quelques jours, le temps que les gars fassent le ménage... Après, je pourrai reprendre le travail...

– J'ai terminé les militaires, annonça Victor. Tous les textes sont là, sur l'appui de la fenêtre !

Igor Lvovitch eut un geste las. Il avait l'esprit ailleurs. Après son café, il alluma une cigarette. Il chercha un cendrier des yeux, et, n'en trouvant pas, il secoua sa cendre directement sur la table, édifiant un petit tas. Il resta prostré plusieurs minutes.

– Tu sais, c'est dur d'être abandonné par les siens..., soupira-t-il. C'est très dur... Tu n'as rien à faire, là ?

– Non.

– Alors, rends-moi un service.

Le chef fixa Victor droit dans les yeux.

– Va à la rédaction... Je vais appeler ma secrétaire, pour qu'elle te laisse entrer dans mon bureau. Dans le coffre-fort, tu prendras une serviette marron que tu me rapporteras… Je vais te donner la clé. Si tu te rends compte que tu es suivi, débarrasse-t-en sans qu'on te voie et balade-toi en ville jusqu'au soir…

Victor prit peur. Il avala une gorgée de café et leva à nouveau les yeux sur Igor Lvovitch. Il rencontra un regard déterminé qui coupa court à ses pensées et mit un terme à ses doutes éventuels.

– Je dois y aller quand ? demanda Victor, résigné.
– Maintenant.

De sa poche, le chef sortit un portefeuille, dont il tira une clé. Il la lui tendit.

– Attends un peu, dit-il à Victor qui se levait déjà. Il faut d'abord que j'appelle.

Il passa dans le salon, puis revint.

– Tu peux y aller.

Dehors, malgré le redoux, il gelait. Peut-être Victor était-il seul à ressentir ce froid, en gagnant sans se presser l'arrêt du trolleybus. Il n'avait plus peur, seulement froid, dans tout le corps, et même la tête.

Une heure plus tard, il pénétrait dans l'immeuble du journal. Il dut montrer trois fois sa carte aux différents Omons de faction avant de se retrouver enfin au secrétariat de la rédaction en chef. Une employée livide lui fit un signe de tête, et, sans dire un mot, lui ouvrit le bureau fermé à clé. Victor entra, repoussa la porte et sentit un frisson l'envahir. Soudain, il paniqua, se souvenant qu'il ne s'était pas retourné une seule fois durant le trajet pour vérifier s'il était suivi.

Pour tenter de calmer son tremblement nerveux, il s'approcha du bureau et s'assit dans le fauteuil du patron. À sa gauche, sur une petite table, il y avait le coffre-fort. Il prit la clé, attendit quelques instants puis l'ouvrit. Immédiatement, sur l'étagère du bas, il aperçut la serviette de cuir marron. Il la sortit pour la poser face à lui. Les frissons l'empêchèrent à nouveau de penser. Il n'avait aucune envie de se lever, de quitter la pièce, comme s'il avait été sûr qu'au dehors, au-delà de ces murs, un danger le guettait... Il voulait faire durer ce moment.

Il se retourna vers le coffre. Sur la plus haute étagère, il vit un dossier cartonné, sur lequel étaient posées des feuilles tapées à la machine. Sans réfléchir, il tendit la main et prit celle du dessus. Il reconnut aussitôt l'une de ses récentes «petites croix», celle du directeur de l'usine Armature. Dans le coin supérieur gauche, une annotation: *J'approuve. Pour le 14.02.96*, accompagnée d'une ample signature. Victor ne pouvait en détacher ses yeux; ces quelques mots le stupéfiaient, et son effarement le libérait peu à peu de ses mouvements convulsifs et de sa terreur. «On n'est que le 3...», pensa-t-il.

Il regarda les autres feuilles, elles aussi des «petites croix» rédigées peu avant, qui comportaient toutes la même phrase et une date. Alors, il saisit avec précaution le dossier, dont il dénoua les liens. Il contenait également des «petites croix», plus ou moins récentes, avec la formule consacrée. Sur l'une d'elles, il lut: *Pour le 3.02.96*, suivi du généreux paraphe. «Pour aujourd'hui?» s'exclama-t-il intérieurement, en piochant au hasard une autre fiche, vers le milieu du paquet. Outre l'annotation et une date déjà passée, il vit, tracé d'une écriture différente, le mot *Traité*.

Dans son esprit, tout se brouilla. Il regardait la serviette marron, les textes, le coffre ouvert. Il sentit un goût amer dans sa bouche. Des papiers épars sur le bureau lui tombèrent sous les yeux. Il en prit un; c'était une lettre destinée à l'imprimerie du journal. Elle avait été faite sur ordinateur, et seule la signature était manuscrite. Il la détailla. Non, ce n'était pas le rédacteur en chef qui inscrivait la fameuse formule sur les «petites croix». Sa signature à lui était bien plus sobre, simplement son nom de famille, très lisible, contrairement à l'autre. Pourtant, quelque chose en elle lui sembla familier, et, portant son regard sur une vieille nécro, il retrouva les mêmes lettres incertaines, comme tremblant de froid; c'étaient celles du mot *Traité*.

Soudain, le téléphone sonna. Victor sursauta, pris sur le fait. Il fixa l'appareil, qui sonna de plus belle. À nouveau, la peur s'empara de lui.

Il jeta un œil alentour, comme pour vérifier qu'on ne l'épiait pas; brusquement, il aperçut l'objectif d'une caméra vidéo rivée au plafond et braquée sur lui. Elle était accrochée juste au-dessus de la porte.

Il se hâta de remettre les feuilles dans le dossier, qu'il replaça dans le coffre, avant de reposer les dernières «petites croix» dessus. Il donna un tour de clé et regarda à nouveau la caméra. Le téléphone ne sonnait plus, mais le silence retrouvé l'angoissait tout autant. S'efforçant de ne pas le troubler, il se leva doucement, prit la serviette et sortit du bureau.

La secrétaire, assise face à son ordinateur, se retourna. Sur l'écran, une course-poursuite se figea; elle jouait.

– Déjà? lui dit-elle avec un regard tendu.

– Oui, émit-il à grand peine. Au revoir…

46

Il rentra sans voir la ville, sans se retourner. Sa main serrait fébrilement la poignée de la sacoche, et ses jambes avançaient toutes seules.

Au pied de son immeuble, il se rendit compte qu'un gars en survêtement et bonnet de ski, assis sur le banc devant l'entrée, l'observait avec attention.

Il poussa la porte et tendit l'oreille ; le hall était désert. Il referma soigneusement derrière lui.

– Alors ? lui demanda Igor Lvovitch, qui l'attendait dans le vestibule.

Avisant la serviette de cuir, il sourit. Il la prit et regagna la cuisine.

Lorsque Victor le rejoignit, après avoir enlevé ses souliers et sa parka, il le trouva en train d'en trier le contenu. Il avait posé à part un passeport diplomatique vert, avec le trident* gravé sur la couverture, et, à côté, deux cartes de crédit, un carnet, divers tickets.

– Près de l'entrée, il y a une espèce de type…, dit Victor, debout devant la table.

– Je sais, répondit le chef sans lever la tête. C'est l'un des nôtres… Tu as de quoi manger ? J'ai faim…

Victor le regarda ; il était redevenu l'homme qu'il connaissait, tranquille et sûr de lui, qui ne tremblait pas et ne craignait rien.

Il ouvrit le frigo, en sortit des petites saucisses, du beurre, de la moutarde. Sans se retourner, il se mit aux fourneaux, et sentit un goût de tabac sur sa langue.

---

* Emblème de l'Ukraine.

En allumant le gaz, il entendit son chef se lever et se rendre au salon. Dans la casserole, l'eau bouillait déjà. La voix d'Igor Lvovitch, indistincte, résonnait: il téléphonait. Victor n'avait pas envie de regarder, il voulait continuer à tourner le dos à tout ce qui arrivait, pour que cela lui demeure inconnu, en dehors de sa vie, hors de lui-même.

La porte qui grince. Des pas. Le bruit du tabouret qu'on déplace; le chef venait de se rasseoir.

Les saucisses nageaient dans l'eau bouillante.

– T'as des dollars, ici? demanda le chef.

– Oui, répliqua Victor, toujours de dos.

– Tu m'en prêteras huit cents.

Ils mangèrent en silence. Victor jetait des regards sur le vieux réveil posé sur l'appui de la fenêtre. Bientôt quatre heures. Nina n'allait pas tarder à ramener Sonia. Et ensuite? Que voulait faire Igor Lvovitch? Rester dans son appartement? Pour combien de temps? Et comment cela pouvait-il finir?

Il trempait ses rondelles de saucisse dans la moutarde et mâchait mécaniquement. Au bout d'un moment, il lui sembla qu'il manquait quelque chose à table. Il comprit que c'était le pain. Son chef, assis face à lui, avalait tranquillement les saucisses sans pain. Il ne les enduisait pas de moutarde, mais écrasait chaque tranche, piquée au bout de sa fourchette, dans du beurre qui fondait au fur et à mesure.

– Fais du thé, ordonna-t-il en repoussant son assiette.

Victor obtempéra. Ils se retrouvèrent à nouveau face à face, sans échanger un mot. Le chef était perdu dans ses pensées, et Victor l'observait en songeant à ses «petites croix» ornées de la formule qu'il avait découverte. Il avait très envie de savoir ce que dissimulait ce

J'approuve et qui se cachait derrière, mais il était certain que le patron ne lui dirait rien. Il s'en tirerait par un de ses habituels « Moins tu en sais, mieux ça vaut ! » et il s'en tiendrait là.

Il soupira. Son chef s'arracha à ses réflexions et le regarda fixement.

– Encore une chose ! Tu vas aller au comptoir aérien de la place de la Victoire et retirer mon billet au guichet 12. Prends huit cents dollars, je te les rendrai une autre fois. Mon numéro de réservation est le 503.

Victor regarda par la fenêtre. La nuit tombait déjà. Il n'avait pas envie de ressortir, mais savait qu'il ne pourrait y échapper.

– Bon, très bien, lâcha-t-il, mais sans doute avec un temps de retard, car le chef prit un air étonné, qu'un sourire las chassa ensuite de son visage.

Victor se rhabilla. Il sortit de l'immeuble, apercevant du coin de l'œil le « sportif » au bonnet tricoté.

Le comptoir aérien était désert. L'unique client, un Azéri, à première vue, étudiait les horaires d'un air dolent.

Victor se dirigea vers le guichet 12, où travaillait une femme d'une quarantaine d'années à la chevelure teinte en gris bleuté soutenu et montée en choucroute.

– La réservation 503, dit-il.

– Votre passeport, demanda-t-elle sans le regarder, en entrant le numéro sur son ordinateur.

Il se raidit. Son patron ne le lui avait pas remis.

– Ah non ! se ravisa-t-elle. Pas la peine. J'ai tout ce qu'il faut. Ça fait sept cent cinquante dollars au cours du change, ou huit cents si vous réglez en espèces, dit-elle en désignant la caisse de la main, sans lever les yeux sur lui.

Il alla donner huit fois cent dollars, que la jeune caissière en uniforme bleu marine recompta et passa au détecteur de faux billets, avant de se retourner pour crier:

– Véra! C'est payé!

Elle s'adressa ensuite à lui:

– Vous pouvez aller au guichet.

Il y retira son billet, ouvrit la pochette et lut: Kiev-Larnaca-Rome. Il le plia et le rangea dans la poche intérieure de sa veste.

Il était environ six heures lorsqu'il revint chez lui. Nina et Sonia n'étaient pas encore rentrées. Le chef était toujours assis à la cuisine. Victor nota qu'il venait de se préparer un café: il le buvait, tranquille.

Il prit le billet, l'examina avec circonspection et le glissa dans son portefeuille.

– Personne n'est passé? s'enquit Victor.

– Tu attends qui?

– La nounou qui doit ramener Sonia...

– Non, personne n'est venu..., répondit le chef, pensif. Je te conseillerais de demander à cette nounou de garder la petite chez elle pour la nuit, ajouta-t-il en hochant la tête d'un air sentencieux, afin de renforcer le poids de ses paroles.

Elles arrivèrent à sept heures et demie, et Nina commença par s'excuser de leur retard.

– J'espère que vous ne vous êtes pas fait de souci! débita-t-elle depuis l'entrée. Excusez-moi, je suis désolée, nous avons passé un long moment à la gare, nous sommes allées accompagner Sergueï...

– Mais non, je ne me suis pas fait de souci, affirma

Victor. Nina, est-ce que Sonia pourrait éventuellement passer la nuit chez vous ?

Elle le regarda, abasourdie. Sonia, qui avait déjà enlevé ses chaussures, mais pas sa doudoune, se retourna aussi, l'air plus curieux que stupéfait.

– Oui, pas de problème, dit-elle, encore médusée.
– Attendez.

Il alla dans la chambre et revint avec cent dollars, qu'il lui tendit.

– Voilà, c'est votre salaire, et aussi une compensation pour les tracas occasionnés...
– Je la ramène quand ?
– Demain... en fin de journée...

Resté seul dans le couloir, il soupira. Il remarqua, sur le lino, des traces de chaussures et des flaques de neige fondue. Il prit une serpillière dans les toilettes et les essuya, puis regagna la cuisine.

– Tu me tiendras compagnie jusqu'à une heure et demie du matin, demanda doucement le chef. Une voiture va venir me prendre. Je suis fatigué, je crains de m'endormir... Tu as un jeu de cartes ?

Le temps s'écoulait avec une lenteur étonnante. La nuit était déjà tombée depuis longtemps, et la ville tournait au ralenti. Victor et Igor Lvovitch notaient leurs points respectifs. Victor perdait. Le patron jouait en souriant, avec des regards vers le réveil. De temps en temps, il allumait une cigarette, et l'amas de cendres, sur le bord gauche de la table, grossissait peu à peu. Il le tassait du doigt, comme s'il avait voulu sculpter une petite pyramide.

À une heure trente précise, une voiture vint se ranger devant l'entrée.

Il regarda par la fenêtre puis compta les points.

– Tu me dois quatre-vingt-quinze dollars, conclut-il avec un petit rire. Tu prendras ta revanche la prochaine fois !

Il alla mettre son manteau.

– Pour l'instant, tu es en congé, dit-il avant de sortir. Quand la poussière sera retombée, je réapparaîtrai et nous reprendrons le travail...

– Igor, ce que je fais, ça sert à quoi exactement ?

Le chef le regarda, clignant des yeux.

– Dans ton intérêt, évite de poser des questions, répondit-il à voix basse. Tu peux imaginer tout ce que tu veux. Mais sache que lorsqu'on t'aura dit à quoi sert ce que tu fais, tu seras mort... Ce n'est pas du cinéma. Cela ne voudra pas dire que tu en sais trop. Au contraire. Le jour où on t'expliquera tout, ce sera uniquement parce que ton travail, comme ta vie, d'ailleurs, seront devenus inutiles...

Il eut un sourire triste.

– Pourtant, je ne te veux que du bien. Crois-moi !

Il ouvrit la porte. Le «sportif» se tenait sur le palier. Il fit un signe de tête au patron, et ils descendirent ensemble.

Victor referma. Le silence de l'appartement l'oppressait. L'odeur de tabac avait imprégné son palais d'une amertume tenace. Il aurait voulu la cracher, ôter ce goût de sa langue.

Il réintégra la cuisine. L'air y était encore plus enfumé, au point d'en devenir opaque. Il ouvrit le vasistas, sentit le froid. Mais les volutes, éclairées par l'ampoule, ne frémirent même pas, comme si l'air restait immobile. Il poussa les papiers qui encombraient l'appui de la fenêtre et ouvrit en grand. Le froid s'engouffra dans la cuisine et le courant d'air claqua une porte dans le couloir. La fumée fut aspirée et disparut enfin. La fraîcheur de l'air était entrée aussi. Victor ne sentait pas le vent, mais le voyait disperser la petite pyramide de cendres laissée par le chef. Il la disloquait en grains minuscules qu'il poussait doucement par terre. Pour finir, il n'en resta rien.

La porte s'ouvrit, et le pingouin apparut, comme attiré par le froid. Il s'approcha de Victor et leva la tête pour le regarder.

Son maître lui sourit, puis regarda l'air, vérifiant sa transparence. La lumière lui blessa soudain les yeux. Il éteignit et resta dans le noir.

47

Il se réveilla vers onze heures, à cause du froid. Il sauta du lit, courut à la cuisine, ferma la fenêtre, le vasistas, et revint aussitôt à la chambre. Il se recoucha, emmitouflé dans son peignoir pour se réchauffer un peu, puis se leva.

Après un bain chaud et un café corsé, il se sentit mieux. L'appartement retrouvait peu à peu une température normale. Il se rappela la journée précédente, la formule sur ses nécros dans le coffre-fort, le guichet des billets d'avion, les séries de réussites jusqu'à une heure et demie du matin. C'était comme si tout cela avait eu lieu longtemps auparavant et non la veille. Or soudain, une odeur de tabac, ténue, refit surface, et toute cette journée jaillit du passé pour lui apparaître jusque dans ses moindres détails.

Dehors, il gelait. Aucune animation. Le redoux avait encore cédé la place à l'hiver.

Victor, une nouvelle tasse de café brûlant à la main, se demandait que faire. Il n'avait pas de travail et n'en aurait sans doute plus. Le chef s'était tiré… Il lui restait de l'argent, même avec huit cents dollars en moins… Se remettre à écrire des récits? Commencer un roman?

Il tenta de se distraire en songeant à ses futures œuvres, mais sentit soudain un grand vide. Tout cela, pour le coup, appartenait vraiment à un lointain passé, si lointain qu'il eut un doute: était-ce bien son passé à lui? Peut-être était-il en train de prendre pour du vécu quelque chose qu'il aurait lu et oublié?

Il avala son café, se souvint que Nina devait ramener Sonia en début de soirée. La réalité triomphait des rêveries. Ce qui l'attendait, c'était simplement de continuer à vivre, remplir ses obligations auprès de Sonia, s'occuper de Micha. Ensuite, il lui faudrait sans doute chercher un autre emploi… Et il serait toujours aussi seul.

Brusquement, il pensa à Nina. Qu'avait-elle dit la veille? Qu'elles étaient allées à la gare. Accompagner Sergueï. Donc, il était tout de même parti à Moscou. Sans lui dire au revoir. Une brique de plus dans le mur de solitude qui l'entourait. Et à nouveau, Nina. Sa façon de sourire à moitié, ses vilaines dents et ses yeux superbes. De quelle couleur? Victor était incapable de s'en souvenir.

«Qu'est-ce que j'ai à penser à elle?» Il regarda encore par la fenêtre. Le givre dessinait ses festons sur la vitre. «Je vais avoir quarante ans, et l'être qui m'est le plus proche est un pingouin… Parce qu'il n'a nulle part où aller. En plus, il ne peut pas réfléchir, et donc il ne peut pas penser à me quitter… Il y a aussi Sonia, qui ne comprend rien, Sonia qui est riche et qui déclare tranquillement: C'est ma télé! Et c'est vrai. Et si on va se promener tous les trois, ou même tous les quatre, avec Nina, Sonia et le pingouin, il y aura toujours quelqu'un pour se retourner et songer ou dire: Quelle belle famille! »

Il sourit, attristé. Son imagination peignait d'amusantes illusions, si trompeuses vues de l'extérieur qu'il aurait très bien pu aller chez un photographe pour lui demander un portrait de famille.

48

À six heures, Nina ramena Sonia. Elle voulut repartir aussitôt, mais Victor la pria de rester dîner. Il eut tôt fait de préparer des pommes de terre bouillies.

Sonia fit un caprice et quitta la cuisine sans avoir rien avalé, ou presque.

Ils restèrent seuls à table. Ils mangeaient en silence, se regardant à la dérobée.

– Sergueï est parti pour longtemps?

– Il a dit que c'était pour un an. Mais il a promis de revenir quelques jours cet été… Sa maman est restée ici… Maintenant, c'est moi qui devrai faire ses courses.

– Elle est si âgée que ça? s'étonna Victor.

– Non, mais elle a très mal aux jambes…

Ils burent leur thé. Nina le remercia et prit congé jusqu'au lendemain.

Il referma la porte sur elle et passa dans la salle. Sonia, allongée sur le divan, dormait tout habillée devant la télé allumée. Il la changea et la coucha. Il s'apprêtait à éteindre le poste lorsqu'il vit des pingouins à l'écran.

Comiques, ils sautaient dans l'eau depuis le sommet d'un bloc de glace. Le son était bas ; une voix d'homme parlait de la faune antarctique.

Victor regarda autour de lui, cherchant Micha, qui se tenait près de la porte-fenêtre. Il le souleva et le posa devant la télé.

Le pingouin émit un grognement.

– Regarde, chuchota Victor.

À la vue de ses congénères, il s'immobilisa, fasciné. Plusieurs minutes durant, ils regardèrent les pingouins qui sautaient et plongeaient, jusqu'à la fin du documentaire. Micha s'approcha alors de l'écran et tenta de le toucher de sa poitrine, mais il ne parvint qu'à heurter la table où était posée la télé, qui vacilla.

– Qu'est-ce que tu fabriques ! gronda Victor à voix basse tout en maintenant le poste en place. Doucement ! dit-il en le regardant.

Au matin, l'hôpital téléphona.

– Votre parent est décédé, lui déclara une femme d'un ton posé.

– Quand ?

– Cette nuit... Vous voulez récupérer le corps ?

Victor ne répondit pas.

– Vous voulez l'enterrer ? répéta la dame.

– Oui..., articula-t-il avec un lourd soupir.

– Nous pouvons le garder trois jours à la morgue, pas plus, le temps que vous organisiez les obsèques. N'oubliez pas de prendre ses papiers d'identité lorsque vous viendrez le chercher...

Il raccrocha, se retourna pour voir Sonia. Elle était réveillée. Allongée sous sa couverture, elle l'observait d'un œil somnolent. Il était huit heures trente.

– Tu peux dormir encore un peu, lui dit-il en quittant la pièce.

Nina arriva à dix heures. Elle était légèrement enrhumée et lui dit qu'elles ne sortiraient pas de la journée.

– Tu ne saurais pas à quel endroit on enterre les scientifiques ? lui demanda-t-il.

– Si, à Baïkovoïé.

Chaudement vêtu, il s'y rendit.

À l'accueil, une femme âgée et corpulente en gilet de laine rouge le reçut. Assise à un vieux bureau, elle tenait à la main des lunettes aux verres très épais.

Contournant le radiateur qui trônait au milieu de la pièce, Victor s'assit face au bureau. Elle chaussa ses lunettes.

– J'ai un ami qui est mort, commença-t-il, un scientifique.

– Oui, dit-elle calmement. Il était de l'Académie ?

– Non...

– Il a de la famille déjà enterrée ici ?

– Je l'ignore...

– Donc, vous avez besoin d'une concession, conclut-elle en opinant pour elle-même.

Elle ouvrit un cahier posé sur le bureau, y nota quelque chose et le poussa vers lui. Il le rapprocha et lut : 1000 dollars.

– C'est le prix global, expliqua la femme en baissant la voix. Ça comprend le transport en corbillard et le creusement de la tombe... on est en hiver, je ne vous apprends rien. La terre est gelée...

– Très bien, acquiesça Victor.

– Le nom du défunt ? demanda-t-elle.

– Pidpaly.

– Apportez l'argent demain. Les funérailles auront lieu après-demain, à onze heures. Passez par ici, j'indiquerai le numéro de l'emplacement au chauffeur... Au fait, pour une stèle, vous pouvez aussi nous confier votre commande...

49

La journée du lendemain sembla à Victor la plus pénible de son existence. Pourtant, il ne fut même pas contraint de la consacrer tout entière à organiser l'enterrement. Emma Sergueïevna – car tel était le nom de l'ordonnatrice des cérémonies funéraires à Baïkovoïé – lui détailla la chronologie des obsèques sur une feuille : à onze heures, retrouver le fourgon immatriculé 66-17 devant la morgue de l'hôpital Oktiabr. L'embaumeur (cent dollars de supplément) aura préparé le défunt pour son dernier voyage. Il portera ses propres vêtements et reposera dans un *cercueil de sapin d'un prix modeste, mais de belle qualité.*

L'argent avait évité à Victor tous les soucis d'intendance, mais n'avait pas soulagé son cœur du poids qui l'oppressait. Il n'avait pas envie de rentrer chez lui, de retrouver Nina et Sonia. Le matin, en partant, il avait dit à Nina qu'un de ses amis venait de mourir. Elle avait compati et promis de rester jusqu'à ce qu'il revienne.

Il alla dans le Podol, resta au Bacchus jusqu'à la fermeture, ce qui lui laissa le temps de boire trois verres de vin rouge. Imprégné de la chaleur du bar, il arpenta le quartier jusqu'à ce qu'il se sente gelé.

Il rentra vers neuf heures.

– J'ai fait de la soupe, je vous en réchauffe un peu, lui proposa Nina en le regardant dans les yeux.

Il mangea, et lui demanda de rester. Elle resta.

Sonia dormait dans le salon, tandis que dans la chambre, Victor serrait Nina contre lui. Malgré deux couvertures, il avait encore froid. Ce n'était qu'en l'enlaçant qu'il sentait un peu de chaleur. Mais son regard apitoyé l'irritait. Il eut envie de lui faire mal. Il la serra encore plus fort, jusqu'à sentir ses côtes, mais elle ne dit rien et continua à le considérer avec pitié. Il sentait ses mains dans son dos. Elle aussi l'enlaçait, mais d'une manière docile, sans force, comme si elle se tenait simplement à lui.

C'est avec la même soumission qu'elle se donna, sans un mot, sans un murmure. Il s'efforçait toujours de lui faire mal, de l'obliger à crier ou à l'arrêter. Mais il ne tarda pas à se lasser et abandonna sans en avoir obtenu le moindre son.

Il était à nouveau allongé et la tenait dans ses bras, moins fermement. Il avait les yeux clos, alors qu'il ne dormait pas. Il ne voulait plus voir cette pitié dans son regard. En outre, il avait honte, honte de sa méchanceté, de son irritation, de sa rudesse. Lorsqu'il s'endormit enfin, elle resta longtemps les yeux ouverts à l'observer et à réfléchir. Peut-être songeait-elle à ce que signifie «endurer».

À son réveil, elle n'était plus dans le lit. Il eut peur qu'elle soit partie et ne revienne jamais. Il se leva, passa son peignoir et jeta un œil dans la salle.

Sonia dormait encore. Quelque chose tinta dans la cuisine. Il s'y rendit et découvrit Nina, habillée, devant la gazinière. Elle préparait une bouillie de riz. Il voulut lui dire quelque chose, peut-être s'excuser. Elle se retourna et lui signifia un «bonjour» d'un hochement de tête. Il s'approcha et l'enlaça avec tendresse.

– Pardon, murmura-t-il.

Elle se haussa sur la pointe des pieds et l'embrassa sur la bouche.

– À quelle heure tu dois y aller ? s'enquit-elle.

– À dix heures…

50

Le fourgon mortuaire secouait ses passagers sans ménagements, malgré les précautions du chauffeur, qui tentait de ne pas rouler trop vite. Les coups de klaxon des voitures de marques étrangères*, pressées comme toujours, lui faisaient lancer des regards affolés dans son rétroviseur.

Les sièges avant étaient occupés par deux employés à l'air distingué, d'une cinquantaine d'années, l'un vêtu d'une pelisse en peau de mouton, l'autre d'une veste en cuir noir. C'étaient l'embaumeur et l'administrateur, mais Victor ne savait pas qui était qui. Il les avait découverts en même temps, pendant qu'ils aidaient les brancardiers de la morgue à porter le cercueil et à le glisser au fond du corbillard.

À l'arrière, Victor avait passé un bras autour de Micha afin de le maintenir. À leurs pieds, le cercueil clos, tendu de tissu rouge et noir, geignait dans les virages.

---

* Signe extérieur de richesse par excellence.

Il surprenait parfois les regards curieux des deux hommes posés sur lui. Ce n'était bien sûr pas lui qui les intriguait, mais Micha.

Arrivés au cimetière, ils s'arrêtèrent à l'accueil. Le chauffeur sortit pour demander le numéro de la parcelle qui leur avait été attribuée, ce qui laissa à Victor le temps d'acheter un gros bouquet de fleurs à l'une des vieilles dames installées devant la grille.

Le trajet par les allées fut extrêmement long. Victor en eut vite assez du défilé interminable de stèles et de clôtures basses qui délimitaient les concessions.

Le fourgon stoppa. Victor se leva, mais le chauffeur interrompit son geste :

– On n'est pas encore arrivés! lui expliqua-t-il en passant la tête au-dessus de la cloison vitrée qui le séparait de l'arrière.

– Dis donc, qu'est-ce qu'y en a! Fais gaffe de pas en érafler une! lui dit son compagnon en regardant droit devant.

Victor se redressa pour voir. Devant eux, tout le côté droit de l'allée était encombré de voitures étrangères, et la place qu'elles laissaient sur la gauche semblait insuffisante pour le passage du corbillard.

– Vaut mieux que je fasse un détour, constata le chauffeur. Faut pas tenter le diable!

Il recula et tourna dans une autre allée. Quelques minutes plus tard, il s'arrêtait à côté d'une tombe fraîchement creusée, auprès de laquelle s'élevait un monticule de terre argileuse où traînaient deux pelles maculées.

Victor descendit du fourgon. Il regarda autour de lui et aperçut non loin, à une cinquantaine de mètres, une foule imposante. De l'autre côté, il vit approcher deux ouvriers du cimetière, aussi maigres l'un que l'autre, en pantalons et vestes ouatés.

– Alors, vous l'avez, votre scientifique ? demanda l'un d'eux.

– Sortez-le ! leur enjoignit l'autre.

Les fossoyeurs posèrent le cercueil par terre, au bord de la tombe. Le premier prit un écheveau de grosse ficelle et le mesura.

Victor remonta dans le corbillard, prit Micha dans ses bras et le posa près de lui. L'un des fossoyeurs, la bouche tordue en une grimace, loucha sur le pingouin, mais reprit aussitôt son travail.

– Pourquoi vous faites ça minable ? demanda son collègue au chauffeur. Vous avez même pas de musique* ?

Le chauffeur lui fit signe de se taire et désigna Victor du regard.

Les fossoyeurs descendirent le cercueil dans le trou, puis lancèrent un coup d'œil à l'homme au pingouin.

Victor s'approcha du bord, se pencha, jeta son bouquet sur le couvercle, avant de prendre une poignée de terre qu'il jeta à son tour.

Les pelles se mirent en action. Au bout d'une dizaine de minutes, les deux ouvriers modelaient déjà un petit tertre. Peu après, Victor et Micha se retrouvaient seuls. Après avoir touché leur million de coupons de pourboire**, les fossoyeurs étaient partis, non sans lui conseiller de venir les trouver au mois de mai, «quand la terre se sera tassée». Les autres étaient repartis avec leur fourgon.

---

* Traditionnellement, en Russie et en Ukraine, une cérémonie digne de ce nom se déroule aux sons d'un petit orchestre, avec des chants ou des pleureuses.
** Environ sept dollars.

Le chauffeur avait proposé à Victor de le reconduire à la sortie, mais il avait décliné l'offre.

Micha, immobile, restait auprès de la tombe, l'air pensif. Victor regardait les obsèques qui se déroulaient à côté. Elles l'irritaient quelque peu, avec leur bruit envahissant.

«C'est drôle, songeait-il, c'est drôle d'être l'unique personne à accompagner un mort à sa dernière demeure. Où sont ses amis, ses parents? À moins qu'il les ait perdus en chemin et soit finalement resté seul. C'est sans doute ce qui s'est passé. Si je ne m'étais pas intéressé aux pingouins, qui aurait organisé ses funérailles? Qui, et où?»

Le gel vif lui piquait les joues. Sans gants, il se gelait les mains. Il se tourna à nouveau. Il ignorait comment gagner la sortie, mais cela ne l'inquiétait pas outre mesure.

– Et voilà, Micha, dit-il dans un soupir en se penchant vers lui. C'est ainsi que les humains enterrent leurs morts...

Entendant la voix de son maître, le pingouin pivota vers lui. Il le regarda de ses petits yeux tristes.

– Bon, on se met en quête de la sortie? se demanda Victor à voix haute, et il regarda autour de lui d'un air plus décidé.

Il vit alors arriver un homme des funérailles d'à côté, qui lui fit un signe de la main. Victor se figea: il n'y avait personne d'autre, l'inconnu venait donc bien vers lui.

Il s'approcha, barbu, taille moyenne, en anorak Alaska bariolé, des jumelles pendues autour du cou.

«Drôle de tenue pour des obsèques», se dit Victor en détaillant le visage de cet homme, qui lui parut familier.

– Excuse, dit le barbu. Je surveillais le secteur, expliqua-t-il en désignant ses jumelles, et j'aperçois une bestiole que je connais! Du coup, j'ai décidé de venir dire bonjour. Tu te souviens, le réveillon dans les datchas des flics?

Victor hocha la tête.

– Liocha, dit l'homme en lui tendant la main.

– Victor.

– Un ami? demanda Liocha en montrant la tombe.

– Oui.

– Nous, on est en train d'en enterrer trois…, soupira-t-il, attristé.

Il s'accroupit devant le pingouin et lui tapota l'épaule.

– Salut la bestiole! Comment ça va?

Il leva la tête vers Victor.

– Dis, j'ai oublié son nom…

– Micha.

– Ah oui, Michania! La bestiole en smoking… Superbe!

Liocha se releva et jeta un coup d'œil vers «ses» funérailles.

– Tu ne saurais pas où est la sortie? lui demanda Victor.

Liocha regarda à droite et à gauche.

– Non, comme ça, je peux pas dire… Si tu as le temps de m'attendre, je te raccompagnerai en voiture… Ça se termine, là-bas, ajouta-t-il en montrant la cérémonie voisine. On a pris un pope chiant, il passe une demi-heure à lire sa Bible à chaque fois… Bon, reste là, je te ferai signe quand on pourra y aller.

Au bout d'une vingtaine de minutes, Victor nota un début de mouvement dans la foule. Les gens commençaient à se disperser. Il entendit démarrer des voitures. Il observait, cherchant Liocha du regard, mais il n'avait pas de jumelles, et le vent glacial qui s'était levé le faisait pleurer. Enfin, il vit quelqu'un qui remuait le bras pour l'appeler.

– Allez, Micha, on y va! dit-il en faisant quelques pas.

Il se retourna. Le pingouin le suivait sans se presser.

Lorsqu'ils atteignirent les trois tombes noyées sous les couronnes de fleurs fraîches, il ne restait qu'une voiture dans l'allée, une Mercedes vieillotte.

– Je te reconduis chez toi, si tu veux, proposa Liocha. Ça marque mal d'arriver le premier au repas funéraire...

Victor ne se fit pas prier, et, une demi-heure plus tard, il était devant chez lui.

– Prends mon téléphone, peut-être qu'on pourrait se revoir, dit Liocha en lui tendant sa carte. Et donne-moi le tien, au cas où...

Victor rangea la carte dans sa poche et inscrivit son numéro sur le bloc-notes collé au tableau de bord.

51

En fin d'après-midi, Nina commença à se préparer pour rentrer chez elle.

– Si tu voulais rester..., lui proposa Victor. On ferait une sorte de repas du souvenir...

Elle accepta. Il avait l'air fatigué. Ses paroles et ses regards trahissaient son manque de confiance en lui.

– Va avec Sonia, reste un peu assis, je m'occupe du dîner, déclara-t-elle.

Il passa dans le salon, où Sonia regardait la télé.

– Qu'est-ce qu'il y a à cette heure-ci? demanda-t-il à la fillette, en s'asseyant à ses côtés.

- Le cinquième épisode d'*Elvira*, répondit-elle vivement.

Il sortit un mouchoir de sa poche et essuya son petit nez qui coulait.

La coupure publicitaire qui précédait le feuilleton semblait sans fin. Des images défilaient, scintillant comme dans un kaléidoscope. Victor regardait le plancher ; il ne voulait pas se fatiguer les yeux avec les lumières vives et saccadées des spots que Sonia, elle, dévorait.

Enfin, la succession effrénée de publicités s'acheva, laissant place au générique de la série. Une musique suave aux accents romantiques se déversa, apaisante.

- Tu n'as pas sommeil ? demanda-t-il.
- Non, répondit la fillette sans détacher son regard de l'écran. Pourquoi, tu as sommeil, toi ?

Il ne dit rien. La mièvrerie latino-américaine des héros commençait à l'énerver. Il n'avait pas envie de s'intéresser à leur histoire. Il se tourna, cherchant à voir Micha, mais celui-ci n'était pas dans la pièce. Il alla dans la chambre, où il le découvrit, à l'abri du canapé vert, aussi immobile qu'une statue. Il s'accroupit près de lui.

- Eh bien, qu'est-ce que tu as ? s'inquiéta-t-il en posant la main sur sa petite épaule noire.

Micha le regarda dans les yeux, puis baissa la tête, fixant le plancher.

Victor songea alors à Pidpaly. Il se rappela la scène du rasage, et aussi le serment qu'il lui avait fait, mais repoussa aussitôt ce souvenir, sans pouvoir empêcher un frisson de lui parcourir l'échine. « J'ai dû me geler jusqu'à la moelle au cimetière », pensa-t-il alors.

Et il revit le vieux scientifique, qui attendait sa mort prochaine avec tant de simplicité et de naturel. « Je n'ai rien à finir…» Ses paroles lui revinrent en mémoire. Il secoua la tête, étonné de ces quelques mots. Le pingouin, effrayé, chancela, s'éloigna d'un pas et le regarda. «Moi non plus je n'ai rien à finir», se dit Victor, ce qui appela dans l'instant un sourire coupable; il savait qu'il se mentait.

D'une part, il avait encore des affaires à régler, mais même si cela n'avait pas été le cas, il n'aurait sans doute pas accueilli aussi calmement l'imminence de sa mort. «Une laide vie vaut mieux qu'une belle mort», avait-il un jour noté dans un carnet. Cette phrase avait longtemps fait sa fierté, il l'avait ressortie à tout bout de champ avant de l'oublier. Des années plus tard, elle venait de resurgir de sa mémoire, comme cette déclaration de Pidpaly qui l'avait tant impressionné. Deux hommes, deux âges, deux sensibilités…

Micha, qui observait son maître accroupi, plongé dans ses pensées, se rapprocha et, de son bec froid, lui cogna doucement le cou. Victor sursauta. La tendresse fraîche du pingouin le tira de ses réflexions, il le caressa, soupira, se releva et regarda dehors.

Telles des cases de mots croisés, les fenêtres de l'immeuble d'en face se dessinaient dans la nuit. Elles comportaient de nombreuses lettres. Victor contemplait ces témoignages de vies ordinaires. Il était triste, mais le silence le réconfortait, et il fut peu à peu gagné par un grand calme, étrange, presque douloureux, comme avant un orage. Les paumes plaquées sur l'appui froid de la fenêtre et les jambes collées au radiateur chaud, il attendait que cette sensation le quitte, conscient de son aspect éphémère.

Au bout d'un moment, il entendit une respiration discrète dans son dos. Il se retourna, et, à travers la pénombre de la chambre, aperçut Nina.

– C'est prêt, murmura-t-elle. Sonia dort déjà, elle s'est assoupie devant la télé.

Ils traversèrent la salle, où un lampadaire d'angle répandait une faible lumière.

La cuisine sentait l'ail et les frites. La poêle, surmontée d'un couvercle, trônait sur un dessous-de-plat au milieu de la table.

– J'ai trouvé de la vodka dans ta cuisine…, dit prudemment Nina en désignant du regard le placard mural. Je la sors?

Il acquiesça. Elle prit la bouteille et deux petits verres, puis servit les pommes de terre frites accompagnées de viande. Elle remplit les verres elle-même.

Victor occupait sa place habituelle. Elle était assise en face.

– Alors, cet enterrement? interrogea-t-elle, son verre à la main.

Il eut un geste désabusé.

– On se bousculait pas. Il n'y avait personne, à part Micha et moi…

– Eh bien, qu'il repose en paix…

Nina leva son verre et le porta à ses lèvres.

Il but aussi, piqua un morceau de viande avec sa fourchette, et regarda Nina. L'alcool avait rosi ses joues, ce qui conférait encore plus de charme à son visage arrondi.

Il s'aperçut soudain qu'il ne savait rien de précis sur elle. D'où venait-elle, qui était-elle vraiment? La nièce de Sergueï, d'accord, mais même Sergueï, il le connaissait mal, tout en s'étant facilement lié d'amitié avec lui. Il lui avait suffi d'apprendre l'origine de son nom «juif» pour comprendre sa personnalité. C'était comme si cette histoire l'avait placé sur un piédestal invisible. Il suffit parfois d'être épaté par quelqu'un pour lui faire totalement confiance.

Victor versa une nouvelle ration de vodka dans les verres et leva le sien en premier.

– Vous étiez proches? s'enquit Nina.

Il but avant de répondre.

– Je crois que oui...

– C'était qui?

– Un scientifique... Il avait travaillé au zoo...

Elle hocha la tête, mais on lisait sur ses traits que son intérêt pour le défunt n'allait pas plus loin.

Ils mangeaient et buvaient sans trinquer, comme il se doit. Le dîner achevé, Nina posa les assiettes sales dans l'évier, mit de l'eau à chauffer et regarda dehors, tordant les lèvres comme sous l'effet d'une douleur.

– Qu'est-ce qui t'arrive? s'inquiéta Victor.

– Je supporte pas cette ville... ces foules d'inconnus... ces distances...

– Mais pourquoi?

Elle fourra les mains dans les poches de son jean et haussa les épaules.

– Ma mère est une conne, elle a tout plaqué pour venir ici... Moi, je serais jamais venue! C'est tellement mieux d'avoir sa maison, son petit jardin, son coin à soi...

Victor soupira. Il était né en ville et n'éprouvait aucune attirance particulière pour la campagne.

La bouilloire siffla.

Ils se retrouvèrent assis face à face. Le silence les séparait. Chacun suivait ses propres pensées.

Victor finit par avoir sommeil. Il se leva, étonné de sentir ses jambes si lourdes.

– Je vais me coucher...

– Vas-y, je ferai la vaisselle.

Une fois sous les draps, il s'endormit tout de suite. Au milieu de la nuit, il se réveilla : il avait trop chaud. Il sentit alors la chaleur d'un autre corps, celui de Nina, allongée contre lui. Elle dormait, lui tournant le dos.

Il posa la main sur son épaule et se rendormit, satisfait, comme si quelque chose avait dissipé ses doutes, comme si ce geste avait canalisé la diffusion de chaleur vivante entre lui et Nina. Au lieu de perturber son sommeil, elle était devenue sa propriété, précieuse.

52

Le jour revint. Victor se réveilla, la tête pesante. Nina avait disparu. Le réveil indiquait huit heures et demie.

Passant devant Sonia qui dormait encore, il gagna la cuisine. Un bruit d'eau venait de la salle de bains. Il s'immobilisa pour l'écouter.

Décidant de se faire un café, il s'approcha de la gazinière, lorsque soudain, du coin de l'œil, il discerna une enveloppe posée sur la table. Il la prit. Elle était cachetée, mais il n'y avait rien d'écrit dessus. Il la déchira et en tira une feuille de papier ainsi que huit billets de cent dollars.

Ci-joint le remboursement de ma dette. Merci. Tout s'arrange. Je rentre bientôt. Igor.

Il reposa le mot sur la table et garda l'argent à la main.

Il passa la tête dans la salle de bains. Nina était sous la douche. L'eau coulait sur son corps, soulignant l'harmonie de ses formes. Elle ne se troubla pas, parut seulement étonnée de voir Victor immobile sur le seuil.

– Il est venu quelqu'un ? lui demanda-t-il.

– Non, répondit-elle en regardant les billets dans son poing serré.

– Et la lettre qui était à la cuisine, sur la table ?

– Je ne suis pas encore allée à la cuisine.

Elle haussa les épaules pour témoigner de son ignorance et ses petits seins en pommes tressautèrent.

Il ferma la porte et resta planté dans le couloir. Il tenta de se concentrer, malgré le clapotis évocateur de la douche qui brouillait ses idées. Il se remémora la soirée de la veille ; tout lui revint à l'esprit, même les paroles de Nina. Ensuite, il était allé se coucher. Et voilà qu'au matin il découvrait la trace d'un visiteur...

Il alluma la lumière et examina le sol, pensant pouvoir y distinguer des empreintes du ou des intrus, en vain.

Il retourna à la cuisine, se fit un café et s'installa à table. Il se souvint de la manière dont, à la veille du Nouvel An, il avait trouvé le mot écrit par Micha et les cadeaux. Tout s'était déroulé de la même façon : durant la nuit, un inconnu était entré chez lui pour déposer ce qu'on lui avait confié ; cette fois, c'était un message de son chef... *Tout s'arrange...* Donc, il y aurait bientôt du travail ? Il n'allait pas tarder à revoir Igor Lvovitch... Il pourrait lui demander ce que c'était que ce service postal qui avait les clés de son appartement.

« Mes clés... », pensa-t-il soudain. Il se leva et alla vérifier la porte d'entrée. Elle était fermée. Il revint à sa place.

Il se dit qu'il changerait la serrure, ce qui l'apaisa. On en trouvait désormais sans difficulté, et de toutes sortes ; il pourrait en acheter une avec alarme, à code, à blocage électrique... Il pourrait même en prendre deux, avec des systèmes de sécurité, qui garantiraient l'inviolabilité de son domicile, de sa vie privée, et protégeraient son sommeil...

Tranquillisé, il fit un café pour Nina. Il le lui apportait lorsqu'ils tombèrent nez à nez, à l'entrée de la cuisine. Elle avait mis son peignoir.

– Je t'avais justement préparé ton café.

– Merci, lui dit-elle dans un sourire.

Elle prit la tasse et s'assit.

– Vitia..., commença-t-elle avec un regard à la fois sérieux et suppliant. Je voulais te dire...

Elle hésita, comme si elle cherchait ses mots.

– Enfin, à propos de nous deux... Voilà, on se retrouve comme qui dirait ensemble...

Elle n'ajouta rien.

– Qu'est-ce que tu veux me dire? insista Victor.

Le silence qui s'était instauré l'inquiétait.

– Je voulais... pour mon salaire..., poursuivit-elle finalement. J'ai vraiment besoin de cet argent... pour avoir gardé Sonia...

– Mais bien sûr, je vais te payer, la rassura-t-il. Mais qu'est-ce qui t'a fait penser à ça?

Mal à l'aise, elle haussa les épaules.

– Tu comprends, c'est délicat, puisque maintenant, toi et moi, on est en quelque sorte... ensemble. Et en même temps je travaille pour toi...

Il sentit à nouveau sa tête devenir pesante, alors que cette sensation avait à peine commencé à passer après sa première tasse de café.

– Il n'y a pas de problème, lui dit-il, mais il ne souriait plus à présent. Ne t'en fais pas... En réalité, ce n'est pas moi qui te paie, c'est l'argent de Sonia... de son père, plus exactement.

Nina restait immobile, les yeux rivés sur la table, sur son café, gênée de cette conversation qu'elle avait engagée.

– Ne te fais pas de souci, lui murmura Victor, qui s'était approché d'elle et caressait ses cheveux mouillés. Tout va bien…

Elle hocha la tête sans le regarder.

– Je vais rentrer tard ce soir, lui dit-il. N'ouvre à personne. Et ça, c'est pour toi, une avance…

Il posa deux billets de cent dollars devant elle et quitta la cuisine.

53

Il flâna un peu en ville, avant de prendre le métro pour Sviatochino. Après quelques redoux sans lendemain, février était redevenu glacial. Le soleil brillait, la neige scintillait, et ses doigts gelaient au fond des poches de sa parka. Dans sa main droite, il serrait le froid trousseau de clés de Pidpaly.

Cette fois, il ne lui fallut qu'une dizaine de minutes pour aller de la station de métro jusqu'à l'immeuble du vieil homme ; le froid devait le stimuler. Il se hâta d'entrer dans l'appartement. C'est dans le couloir qu'il frappa des pieds pour débarrasser ses bottes de leur semelle de neige. Il passa à la cuisine. Elle était propre, mais l'atmosphère, à la fois humide et viciée, lui rappela aussitôt le jour où l'ambulance qu'il avait appelée avait emporté le scientifique loin de son logement. Emporté pour toujours.

L'air lui chatouilla les narines, et il éternua.

«Il aurait mieux valu qu'il meure chez lui», pensa-t-il en regardant le mobilier vieillot, l'horloge murale arrêtée, le cendrier de terre cuite posé sur l'appui de la fenêtre, que le vieux chercheur n'avait visiblement jamais utilisé ; peut-être avait-il oublié son existence, peut-être ne voulait-il pas l'abîmer.

Il gagna la salle. Les vieilles chaises étaient toujours disposées autour de la grande table ronde. Le lustre, avec ses cinq globes en verre dépoli, pendait au centre de la pièce. Face à l'entrée, une commode supportait trois étagères pleines de livres, calées contre le mur. Les tranches disparaissaient derrière les multiples photos et coupures de journaux appuyées sur elles. Les murs aussi étaient couverts de photographies encadrées exhalant un parfum de temps révolu. Tout ce qu'il voyait appartenait à une autre époque.

Il se rappela le logement de sa grand-mère, qui l'avait élevé après le divorce de ses parents, partis chacun de leur côté. Situé dans un vieil immeuble de la rue Tarassovskaïa, il offrait le même aspect désuet, mais à ce moment-là, Victor n'y prêtait pas attention. Chez sa grand-mère aussi il y avait une commode, plus petite, surmontée d'une vitrine où elle avait exposé sa fierté, des vases en porcelaine reçus en récompense de son travail exemplaire. Il y en avait cinq ou six, et chacun comportait, calligraphiés en lettres dorées, son nom, l'initiale de son prénom et celle de son patronyme, la date et le motif de cette gratification. Il y avait le même genre de photos dans des cadres, c'était la même époque, le même passé, à la fois proche et déjà si lointain, le passé d'un pays qui n'existait plus.

Il s'approcha de la commode. Sur les photos qui cachaient les livres, il reconnut Pidpaly, en compagnie d'une femme, sur fond de palmiers. En dessous, une inscription : *Yalta, été 1976*. Il se plongea dans l'étude de cette image. Pidpaly avait entre quarante et quarante-cinq ans, à peu près comme la femme, aux cheveux bouclés. Sur un autre cliché, il était seul au bord d'une piscine d'où émergeait une tête de dauphin : *Batoumi, été 1981*.

Le passé avait foi dans les dates, et la vie de chacun était composée de dates qui lui conféraient un rythme, la sensation de progresser, comme si, de la hauteur d'un nouveau repère, on avait pu se retourner, et, regardant en bas, apercevoir le passé, un passé clair, simple, divisé en événements carrés et en routes droites.

Dans cet appartement, malgré l'odeur humide des livres qui flottait dans l'air, peut-être parce qu'il était au rez-de-chaussée, Victor se sentait bien, à l'abri. Les murs aux papiers déteints, le lustre aux globes couverts de poussière et les rangées de photos semblaient l'hypnotiser.

Il s'assit à la table et repensa à sa grand-mère, Alexandra Vassilievna. Devenue vieille, elle prenait son tabouret pour s'installer dehors, près de l'entrée. « Pourvu que je ne sois jamais grabataire, disait-elle. Je te gâcherais toute ta vie, et tu ne trouverais jamais de femme ! » À ces moments, il en riait, mais sa grand-mère, malgré son âge, avait su obtenir des voisins le numéro d'un homme qui s'occupait d'échanges d'appartements, et quelques mois plus tard, Victor s'installait dans un deux-pièces tout neuf, tandis qu'elle déménageait pour un studio en rez-de-chaussée dans un petit immeuble construit à l'époque de Khrouchtchev. C'est là qu'elle mourut, sans déranger personne. Les services sociaux se chargèrent de l'enterrement, et les voisins, qui s'étaient cotisés, à raison de trois roubles chacun, achetèrent une couronne. Ce n'est que six mois plus tard qu'il apprit tout cela, à son retour du service militaire.

Il eut envie d'un thé et retourna à la cuisine. La nuit tombait déjà. Il éclaira et entendit hoqueter le vieux frigo. Surpris, il l'ouvrit. Il contenait un saucisson verdi par la moisissure et une boîte de lait concentré entamée. Il la sortit. Dans le placard, il dénicha un paquet de thé.

Au sentiment de bien-être, au plaisir d'être installé chez quelqu'un d'autre, se mêlait une inquiétude. Il buvait son thé, agrémenté de lait durci par son long séjour au froid. Il entendait les bruits de la rue, conversations de piétons passant devant l'immeuble et moteurs de voitures.

Un picotement lui irrita soudain la gorge. Il se versa une deuxième tasse de thé. Il la but et regagna la pièce principale, où il alluma la lumière. Il jeta un coup d'œil au cabinet de travail, encombré de bibliothèques et d'étagères. Il s'approcha de la table, alluma la lampe posée dessus. Elle aussi était ancienne, avec un pied en marbre. Il s'assit sur la chaise recouverte de cuir noir.

Le bureau était jonché de cahiers, de carnets. Près de la lampe, il remarqua un gros agenda. Il le prit, le feuilleta. Une écriture fine et pressée courait sur les pages, parsemées de bouts de papier. L'agenda s'ouvrit de lui-même à une page marquée par une coupure de journal. Victor se rapprocha de la lampe. L'article expliquait que la Grande-Bretagne avait offert une base polaire à l'Ukraine, dans l'Antarctique, et se concluait par un appel à d'éventuels donateurs: sans argent, il serait impossible d'envoyer des chercheurs sur place. Suivaient un téléphone pour tous renseignements et un numéro de compte.

« Qu'est-ce que l'Ukraine a besoin de l'Antarctique ? » se demanda Victor en haussant les épaules.

À la même page, il remarqua le talon d'un mandat postal. Il le porta à ses yeux et resta interdit : Pidpaly avait versé cinq millions de coupons sur ce «compte antarctique», certainement toutes ses économies...

Reposant la quittance et l'article, il se plongea dans les notes du vieil homme, mais ne put déchiffrer que quelques mots par-ci par-là ; son écriture semblait avoir codé ses pensées, les rendant impénétrables.

Victor se sentit à nouveau inquiet. Les extrémités de ses doigts le démangeaient, comme s'il avait touché quelque chose d'incompréhensible, d'inexplicable.

Il se rappelait sa promesse, mais n'avait pas envie d'y penser. Et même s'il était venu sans y réfléchir, c'était bien le serment fait à Pidpaly qui l'avait conduit là. Les clés glaciales serrées dans sa main qu'il préservait du froid au fond de sa poche l'avaient entraîné vers cet appartement aussi sûrement qu'une boussole.

Ainsi, il se trouvait parmi ces objets et ces papiers orphelins, au milieu d'un univers entier privé de son créateur et propriétaire. Le vieil homme ne voulait pas que des étrangers viennent y toucher, il ne voulait pas que quelqu'un voie la décrépitude de ce petit monde confortable dont le calendrier semblait avoir pris trois à quatre décennies de retard.

Victor poussa un lourd soupir. Il eut soudain envie d'emporter un souvenir, d'ouvrir les tiroirs du bureau, la commode, de chercher quelque chose à prendre. À sauver. Mais l'intégrité figée et l'immobilisme de cet univers en réduction l'en empêchaient. Il restait assis, envahi de torpeur, et regardait la coupure de journal, le reçu, l'agenda, les cahiers.

Le bruit de la rue s'était apaisé, et le silence de

l'extérieur joint à celui de l'appartement semblèrent le réveiller. Il saisit l'article et le fourra dans la poche de sa parka.

Il parcourut du regard les murs du bureau, mais ne toucha plus à rien. Il alla à la cuisine et prit les allumettes qui se trouvaient à côté de la gazinière. Dans une petite armoire murale du couloir, il trouva une bouteille d'acétone, et retourna dans le cabinet de travail. S'efforçant de ne pas penser, il aspergea les livres rangés sur les étagères et un paquet de vieux journaux posé sous le bureau. Il en prit la moitié et la déposa sous la grande table de la salle à manger, où il jeta aussi la nappe blanche couverte de taches de thé, avant de faire le tour des pièces en mettant le feu à tout ce qui pouvait s'enflammer. Des flammes crépitaient déjà dans le bureau et la salle, mais elles étaient trop faibles pour se lancer avec toute la fureur voulue à l'assaut du monde condamné des objets. Dans la commode, il découvrit une pile de draps, des taies d'oreillers, des serviettes qu'il expédia dans le feu, où les rejoignit l'imperméable de Pidpaly, décroché du portemanteau de l'entrée.

De petites particules noires voletèrent. L'air se réchauffa et commença à tournoyer doucement dans la pièce, se chargeant de fumée et d'étincelles. Victor battit en retraite dans le couloir.

Les craquements du feu s'amplifiaient. Les flammes avaient déjà rongé la toile cirée et léchaient les pieds de la table.

Il sentit le trousseau de clés dans sa poche. Il alla vers la porte, puis revint à la hâte et éteignit la lumière de la salle. D'un coup, le feu apparut plus rouge, plus beau et plus terrible.

En sortant sur le palier, il ferma à clé.

Une fois dehors, il contourna l'immeuble et s'arrêta face aux fenêtres du logement, observant les langues de feu qui montaient vers le plafond de la grande pièce. Son regard se porta vers le premier étage. Il n'y avait pas de lumière. Les occupants dormaient, ou n'étaient pas encore rentrés.

Il regarda à nouveau la fenêtre derrière laquelle dansaient les flammes.

« Et voilà. J'ai tenu parole… »

Ses mains tremblaient, et le froid le poussait dans le dos.

En se retournant, il aperçut une cabine à l'angle du bâtiment voisin. Il alla appeler les pompiers.

Un bruit de vitre brisée lui parvint, comme si le feu se frayait une sortie à l'air libre. Une femme cria. Quelques minutes plus tard, un hurlement de sirènes s'éleva. Lorsque deux voitures rouges arrivèrent, que les hommes se mirent à dérouler les lances en s'interpellant, Victor regarda une dernière fois du côté de l'incendie dont le temps était compté et se dirigea à pas mesurés vers le métro.

Il avait un goût de brûlé sur la langue. De légers flocons effleuraient son visage et s'éloignaient, sans avoir eu le temps de fondre; un petit vent froid les aidait à atteindre le sol.

54

– Tu as les cheveux qui sentent la fumée, murmura Nina, endormie, lorsque Victor se glissa dans les draps, la réveillant sans le faire exprès.

Il grommela une réponse, lui tourna le dos et s'endormit sur-le-champ, écrasé de fatigue.

Il s'éveilla vers dix heures. Près de lui, Sonia parlait au pingouin. Il se retourna.

– Sonia, où est tata Nina?

– Elle est partie, répondit la fillette en tournant la tête vers lui. On a déjeuné, et puis elle est partie. On t'a laissé à manger...

Sur la table de la cuisine, il découvrit deux œufs durs et un petit mot sous la salière.

Bonjour. Pas voulu te réveiller. Suis chez la maman de Serioja, dois faire ses courses et lui laver du linge. Je rentre dès que j'ai fini. Bisous. Nina.

Il roula le message entre ses doigts, toucha les œufs, même pas tièdes. Il se fit du thé et mangea.

Il revint dans la chambre.

– Tu as fait déjeuner Micha? demanda-t-il à Sonia.

– Oui, il a mangé deux poissons, mais il est quand même tout triste! Dis, tonton, pourquoi il est comme ça aujourd'hui?

Victor s'assit sur le bord du divan.

– Je ne sais pas, soupira-t-il avec un geste d'impuissance. Je crois qu'il n'y a que dans les dessins animés qu'on voit des pingouins joyeux...

– Dans les dessins animés, tous les animaux sont joyeux, lâcha la fillette avec un mouvement désabusé.

Il l'observa mieux et remarqua qu'elle portait une nouvelle robe, d'un beau vert émeraude.

– Tu as une robe neuve?

– Oui, c'est un cadeau de Nina. Hier, on s'est promenées et on est entrées dans un magasin... C'est là qu'elle me l'a achetée. Elle est jolie, hein?

– Oui.

– Au pingouin aussi, elle lui plaît.

– Tu lui as demandé?

– Oui… mais il est triste… Peut-être qu'il n'est pas bien ici?

– Sans doute, convint Victor. Lui, il aime le froid, et ici, il fait chaud…

– On pourrait le mettre dans le frigo?

Victor regarda Micha. Il se balançait sur ses pattes, et on voyait sa poitrine se soulever à chaque inspiration.

– Non, ce n'est pas une bonne idée. Dans le frigo, il n'aurait pas assez de place. Tu comprends, Sonia, il doit avoir envie de retourner chez lui, et chez lui, c'est très très loin.

– Vraiment complètement loin?

– Oui, en Antarctique.

– Où c'est l'Antarctique?

– Imagine que la Terre est ronde. Tu y es?

– Comme un ballon? Je vois.

– Eh bien, nous sommes en haut du ballon, et les pingouins vivent en bas, presque en dessous par rapport à nous…

– La tête en bas? dit-elle, riant à cette idée.

– Oui, acquiesça-t-il. D'une certaine manière, ils ont la tête en bas… Mais lorsqu'ils pensent à nous, il leur semble que c'est nous qui sommes à l'envers… Tu comprends?

– Oui! s'écria Sonia, portant son regard sur Micha. Je comprends! Et moi aussi je peux me mettre la tête en bas!

Elle essaya alors de faire le poirier en appuyant son dos contre l'accoudoir du divan, mais ne parvint pas à garder l'équilibre et tomba.

– Si, je sais que j'y arrive ! déclara-t-elle en se rasseyant sur le tapis. C'est parce que je viens de manger, maintenant je suis plus lourde...

Victor sourit. C'était la première fois qu'il discutait aussi facilement avec elle, sans irritation intérieure. La première fois depuis tous ces mois. Cela lui parut curieux. Il n'avait jamais cessé de la percevoir comme une étrangère, une sorte de hasard dans sa vie. En quelque sorte, on l'avait abandonnée à ses bons soins, et il avait été assez gentil pour ne pas la placer là où on envoie d'habitude les enfants trouvés. Non, bien sûr, ce n'était pas tout à fait vrai. Il était tenu par un étrange engagement. Micha, pas le pingouin, l'autre, qu'il connaissait à peine, lui avait confié sa fille au moment où un danger l'avait menacé. S'il avait été en vie, il l'aurait certainement récupérée, mais maintenant, plus personne ne viendrait la chercher. Micha n'avait jamais évoqué la mère de Sonia. Ensuite, Sergueï Tchékaline, son meilleur ennemi, avait tenté de la prendre, mais avec trop peu de conviction. Il était parti sans un adieu, et sans insister. Et la fillette s'était habituée à son appartement, elle ne le dérangeait pas, ne l'exaspérait pas. Cela, c'était grâce à Nina, Nina qui ne serait évidemment jamais venue chez lui s'il n'y avait eu Sonia... Il aurait continué à vivre seul avec son pingouin, ni bien, ni mal, dans une simple routine.

Vers trois heures, Nina revint. Après s'être occupée de la maman de Serioja, elle avait refait un tour dans les magasins et, de son sac à provisions, sortait maintenant des saucisses, du fromage frais et des portions à tartiner.

– Tu sais, dit-elle à Victor qui entrait dans la cuisine, Serioja a téléphoné de Moscou. Tout va bien...

Elle l'embrassa.

– Tu sens encore le brûlé ! s'exclama-t-elle en souriant.

55

Quelques jours passèrent, uniformes et tranquilles. La seule activité de Victor fut de changer la serrure de la porte. Il en acheta deux et les posa lui-même, ce qui lui procura quelques heures de satisfaction. Puis il recommença à s'ennuyer. Il fallait qu'il s'occupe, mais il n'avait rien à faire. Et aucune envie d'écrire.

– Tonton Vitia! s'écria Sonia, émerveillée, un beau matin où elle regardait dehors par la porte-fenêtre du balcon. Les glaçons pleurent!

Le dégel était de retour. Début mars, il était plus que temps.

Victor attendait la belle saison, comme si la chaleur allait résoudre tous ses problèmes. Pourtant, lorsqu'il y pensait, il comprenait bien qu'il n'avait pas de réels ennuis. Il lui restait de l'argent, d'autant plus que son chef l'avait inopinément remboursé à l'aide du mystérieux « service postal nocturne »; dans l'armoire, le sac qui contenait le pistolet recelait aussi une jolie liasse de billets verts, et même s'ils étaient à Sonia, il estimait, en tant que tuteur non officiel, avoir un droit moral sur une partie de ces dollars. Nina continuait à s'occuper de la petite du matin au soir, à la maison ou dehors, laissant Victor seul avec lui-même. Les nuits les réunissaient, et tout en sachant que ce n'était ni de l'amour, ni de la passion, il attendait que vienne le soir, son corps et ses mains l'attendaient. Pendant qu'il l'enlaçait, la caressait et faisait l'amour avec elle, il oubliait tout. La chaleur de sa peau lui semblait être ce printemps qu'il espérait avec impatience. Au milieu de la nuit, lorsqu'elle était plongée dans le sommeil, respirant avec un bruit discret, il gardait les yeux ouverts, empreint du sentiment étrange et douillet d'une vie bien ordonnée. Il pensait alors qu'il avait tout ce qu'il faut pour mener une existence normale : une femme, un enfant, un animal de compagnie. La fusion de ces quatre éléments restait artificielle, il en était conscient, mais rejetait cette idée au profit de son bien-être et de cette illusion provisoire de bonheur. Et de fait, peut-être que ce bonheur n'était pas aussi illusoire que le bon sens matinal de Victor l'affirmait. En tout cas, la nuit, il se fichait de ses réflexions du matin. La simple succession de la béatitude nocturne et du retour sur terre au réveil, la simple pérennité de cette succession semblaient démontrer qu'il était à la fois heureux et lucide. Donc, tout allait bien, et la vie valait la peine d'être vécue.

Un coup de fil imprévu le surprit à la cuisine, où il extirpait le déjeuner du pingouin du congélateur. Il jeta le poisson découpé dans sa gamelle et alla décrocher.

– Je te salue ! dit une voix familière à l'autre bout du fil. Comment ça va ?

– Ça va.

– Moi ça y est, je suis rentré.

À ces mots, Victor comprit que c'était son chef.

– Tes congés sont terminés, mon vieux…

– Il faut que je vienne au journal ? demanda-t-il, encore interloqué.

– À quoi bon perdre du temps ? Je vais t'envoyer un coursier avec le travail à faire, et tu lui donneras les textes que tu as déjà préparés. Tu restes chez toi, là ?

– Oui.

– Voilà qui est parfait! À propos, bien que tu aies un statut à part, tes congés te seront payés! À la prochaine!

Tout en se préparant un café, Victor jouissait du calme de l'appartement. Nina et Sonia étaient parties à Pouchtcha-Voditsa chercher des perce-neige. Cette quiétude allait lui permettre de s'asseoir devant sa tasse et d'évaluer tranquillement la situation. Il pourrait même rester assis sans songer à rien, se concentrer sur le goût de son café et tenir à l'écart toutes les pensées importunes.

Mais dès qu'il eut porté le breuvage corsé à ses lèvres, il se sentit gagné par l'inquiétude.

Micha fit tomber un morceau de poisson, Victor eut un frisson nerveux et se tourna vers lui.

L'arôme du café passa au second plan. La peur montait et l'assaillait de questions angoissées: qu'allait-il se passer maintenant? Encore des «petites croix»? Des extraits soulignés en rouge dans les biographies de personnes qui ne soupçonnaient pas qu'on était en train d'écrire leur nécrologie? De temps à autre, un café partagé avec le patron, dans son bureau? Son attitude bienveillante, son écriture aux lettres tremblantes et arrondies? Son laconisme rédactionnel, son attachement au seul mot *Traité*, calligraphié à l'infini sur les originaux des «petites croix» qui auraient déjà informé les lecteurs que la vie d'un homme digne d'une notice exhaustive venait de prendre fin?

Ce nouveau genre littéraire, inventé par Victor, était, lui, bien vivant, mais son auteur ne désirait plus la gloire, l'envie de clamer «C'est de moi!» lui avait passé depuis longtemps déjà. L'anonymat du «Groupe de Camarades» lui convenait parfaitement. Il sentait qu'au sein de ce

Groupe, il n'était pas seul. Son chef aussi faisait partie des Camarades, avec un autre qui était peut-être le Camarade suprême. Cet autre-là «approuvait», en apposant sa large signature en haut des textes de Victor. Mais qu'approuvait-il exactement? La valeur littéraire ou le héros? Et ces dates, qui semblaient indiquer le jour de publication, mais fixées alors que les intéressés étaient encore vivants? Une gestion planifiée de la mort?

Victor comprenait bien que l'approbation ne portait pas sur la qualité de ses textes, ses digressions philosophiques ou son habileté à présenter les revirements inattendus de ses héros. C'étaient les personnages eux-mêmes qui étaient visés; le signataire déterminait combien de temps il leur restait à vivre. Et dans tout ce processus, le rédacteur en chef avait une fonction mineure: il n'était qu'une sorte de coursier mâtiné de contrôleur. Et même s'il était sans doute tenu de publier les «petites croix» le jour dit, cela ne paraissait plus vraiment essentiel aux yeux de Victor, à l'instar de son propre rôle, qu'il ne comprenait toujours pas entièrement.

Un souvenir surgi *a contrario* du cours logique de ses pensées le fit trembler. Alors qu'il semblait sur le point de saisir ce qui se passait, il se remémora quelque chose qui le projeta en arrière, le détournant de ses tentatives pour résoudre son équation à trois variables, dont une inconnue. Il venait de se rappeler les dernières paroles de son chef, en réponse à sa curiosité, la nuit où une voiture était venue le prendre pour l'amener à l'aéroport: «Le jour où on t'expliquera tout, ce sera uniquement parce que ton travail, comme ta vie, d'ailleurs, seront devenus inutiles...»

Victor avait alors eu l'impression qu'il ne le verrait plus jamais, et en était naturellement venu à penser que son contrat avait pris fin, même si la surprenante découverte qu'il avait faite dans le coffre-fort de son patron continuait à l'inquiéter. Mais dès le lendemain, ce mystère lui avait paru rejeté dans un passé révolu. La distance temporelle établie par son esprit entre cette révélation et lui, qui croyait avoir franchi un nouveau palier de son existence, avait émoussé son intérêt pour cette énigme dont il était indéniablement l'un des protagonistes. « Mieux vaut ne rien savoir et être en vie. Surtout quand tout appartient déjà au passé », s'était-il dit à l'époque.

Or, il venait de se rendre compte que ce n'était absolument pas du passé. Cela continuait. Et il devait poursuivre son travail, en accordant une attention particulière aux passages soulignés en rouge.

Savoir ce qui se tramait valait-il la peine ? À quoi bon risquer son confort, même insolite, et sa tranquillité ? De toute façon, il serait bien obligé de les écrire, ces « petites croix », il serait contraint de rester utile pour rester en vie.

Victor résolut qu'il valait mieux arrêter de penser à tout ça.

Il prit le dossier qui contenait les « petites croix » des militaires, rédigées depuis bien longtemps, et les relut.

« Qu'est-ce que j'en ai à faire de ce qui va arriver à ces généraux ? Qu'est-ce que j'en ai à faire de la date à laquelle un inconnu a prévu de les faire mourir et de publier leur nécro ? Une nécro dont la lecture laisse à penser que le défunt a bien mérité ce qui lui arrive… »

Puisque sa vie dépendait à ce point de son travail, autant ne pas se retrouver au chômage. Peut-être que le mieux serait de prendre du champ. Sans faire de bêtise, surtout, sans tenter de disparaître, de se réfugier dans l'anonymat d'une autre ville. Il y avait beaucoup plus simple : exaucer le rêve de Nina, acheter une petite maison dans un village, s'y installer et vivre heureux à quatre. Écrire les « petites croix » et les envoyer à Kiev, comme s'il s'agissait d'un autre pays, un pays où les choses sont loin de tourner rond.

Victor était encore plongé dans ses pensées lorsque le pingouin posa la tête sur son genou, ce qui le fit sursauter. Il le regarda, lui fit une caresse.

– Ça te dirait de partir à la campagne ? lui demanda-t-il doucement, avec un sourire amer, car tous ces rêves lui semblaient bien irréels.

56

À nouveau, comme s'il avait pris des congés qui se seraient terminés la veille, Victor était devant sa machine à écrire, et, un café brûlant à la main, il regardait une fois de plus le texte d'une « petite croix » qu'il avait du mal à élaborer. L'autre moitié de la table était accaparée par Sonia, qui y avait étalé crayons et feutres. Nina était partie, tôt le matin, sans laisser de mot, mais Victor ne s'en inquiétait pas. Sans doute n'allait-elle pas tarder à revenir.

Le soir précédent, un coursier était passé. Outre des biographies de plusieurs fonctionnaires du ministère de la Santé, le dossier qu'il lui avait remis contenait une enveloppe avec cinq cents dollars, les congés payés de Victor, à en croire l'intitulé imprimé dessus. Cet argent lui avait redonné un peu d'inspiration, mais son travail avançait pourtant avec une lenteur consternante. Les mots refusaient de se placer en « formation de combat », les propositions se désagrégeaient, il les couvrait rageusement de X et en construisait de nouvelles.

– C'est ressemblant? lui demanda soudain la fillette en tendant son dessin.

– C'est quoi?

– Micha!

Il fit «non» de la tête.

– On dirait plus un poulet..., articula-t-il, pensif.

Elle se renfrogna, regarda son dessin et le jeta au sol.

– Ne te mets pas en colère! Tu dois apprendre à dessiner d'après nature...

– D'après quoi?

– Je t'explique: tu t'assois en face de Micha, tu l'observes bien, puis tu le dessines. À ce moment-là, ce sera ressemblant.

L'idée plut à Sonia. Elle rassembla tous ses crayons, emprunta quelques feuilles supplémentaires à Victor et partit à la recherche du pingouin.

Il revint à son texte et termina tant bien que mal la première «petite croix» de la série. Ensuite, il se massa les tempes. Il avait perdu l'habitude du travail.

La porte d'entrée claqua. Il comprit que c'était Nina et regarda le réveil. Presque midi.

Un instant plus tard, elle entrait dans la cuisine.

– Salut! dit-elle avec un sourire radieux sans cause apparente.

Victor ne vit aucune raison de répondre à son enthousiasme.

– Salut, lança-t-il assez sèchement.

– Tu remarques rien?

Il l'examina attentivement. Jean habituel, petit pull qu'il connaissait déjà. Rien de neuf.

Il fit une moue dubitative. Soudain, quelque chose accrocha son attention et riva ses yeux à son visage, à son sourire.

– Alors ? le pressa-t-elle, toujours souriante.

– Tes dents ? interrogea-t-il, étonné.

Et en effet, elle exhibait de belles dents blanches, comme dans une publicité pour dentifrice.

Il sourit à son tour.

– Quand même, tu as fini par trouver ! s'exclama-t-elle, heureuse.

Elle s'approcha et lui plaqua un baiser sur la joue.

– J'ai dû attendre un mois entier. Pour le faire tout de suite, c'était quatre cents dollars, tandis qu'en patientant, je m'en suis tirée à quatre-vingts…

– Nina, Nina ! cria Sonia, accourant, une feuille à la main. Regarde ! J'ai dessiné Micha !

Elle s'accroupit, regarda le dessin et caressa les cheveux de la fillette.

– Superbe ! On le fera encadrer et on l'accrochera au mur !

– C'est vrai ? demanda Sonia, ravie.

– Bien sûr ! Comme ça tout le monde pourra le voir !

Victor regarda lui aussi. Il y avait en effet un petit quelque chose du pingouin.

– Bon, souffla Nina en se relevant. Je crois qu'on a tous bien mérité un bon repas aujourd'hui ! Débarrassez-moi la cuisine !

Sonia emporta son œuvre dans la salle, Victor la suivit. Il trouvait que Nina se comportait déjà en vraie maîtresse de maison, régentant tout, mais cela ne l'agaçait pas, au contraire, cette idée lui plaisait assez.

57

La première ondée de printemps égrenait ses gouttes. Dans la cour de l'immeuble, la neige avait presque toute fondu, hormis sous les buissons, où l'on pouvait encore trouver de petits amas gelés, mais ce n'étaient que des vestiges d'un hiver condamné. Encore quelques jours et des brins d'herbe d'un vert tendre allaient poindre sur la terre tiédie.

Victor était assis à la table de la cuisine, tourné vers la fenêtre. Une tasse de thé refroidissait sous son nez. Il l'avait oubliée et regardait dehors. Malgré tout ce qui pouvait arriver, il attendait la chaleur du printemps avec impatience, même si elle n'avait pas grand chance de bouleverser sa vie, et un espoir vague et infondé le faisait sourire à la vue des rayons de soleil au tranchant acéré qui fendaient les pâles nuages gris.

Il avait posé le dossier terminé devant lui. Il aurait pu appeler son chef, mais il pouvait aussi s'accorder une journée de congé, repoussant ainsi la prochaine livraison du coursier.

Il se détacha du spectacle de la pluie et se demanda qui seraient ses prochains héros. Des cosmonautes? Des sous-mariniers?

Il avait remarqué que les dossiers qu'on lui faisait parvenir rassemblaient désormais des personnes aux intérêts ou aux professions similaires: des officiers, des fonctionnaires de la Santé, des députés... Il ne s'en étonnait plus. Le cahier qu'il avait tenu dans les tout premiers temps n'était qu'un lointain souvenir. Un jour, le patron lui avait dit qu'il ne voulait plus la moindre initiative dans le choix de ses héros. Depuis, Victor avait cessé de lire la presse, d'y rechercher les noms des VIP. Il ne travaillait plus que sur du «semi-fini», sur des biographies détaillées. C'était à la fois plus facile et plus suspect. Il en arriva à être persuadé que toute cette histoire de «petites croix» s'inscrivait dans une véritable machination criminelle. Toutefois, cette conviction désormais acquise n'eut aucune influence sur sa vie quotidienne ni sur son travail. Il ne pouvait plus l'ignorer, mais cela lui pesait de moins en moins chaque jour, d'autant qu'il avait pleinement conscience de l'impossibilité absolue de changer de vie. Du moment qu'il était dans cet attelage, il devait tenir jusqu'au bout. Ce qu'il faisait.

La sonnerie du téléphone retentit au salon, et Nina passa presque aussitôt la tête dans la cuisine :

– Vitia, c'est pour toi !

Il alla prendre le combiné.

– Allô, Vitia ? demanda une voix d'homme qu'il ne reconnut pas.

– Oui, c'est moi.

– Ici Liocha, tu vois qui je suis ? C'est moi qui t'ai ramené du cimetière...

– Ah oui ! Salut.

– J'ai quelque chose de très important à te demander... Je serai en bas de chez toi dans vingt minutes. Dès que tu vois ma bagnole, tu descends !

– Qui était-ce ? lui demanda Nina.

Figé par la perplexité, il avait gardé le combiné à la main.

– Un type que je connais...

– Eh bien nous, on apprend à lire, n'est-ce pas Sonia ?

– Oui, confirma l'intéressée, assise sur le divan avec un livre.

Lorsqu'il entendit la voiture manœuvrer devant l'immeuble, Victor mit sa parka et descendit.

– Assieds-toi! lui dit Liocha.

Il s'installa et claqua la portière. La voiture était froide.

– Et ta bestiole, comment elle va? demanda-t-il avec une amabilité appuyée, en caressant sa barbe.

– Elle va bien.

– Il faut que je t'explique, poursuivit Liocha, soudain grave. Je voudrais te demander de venir avec ton pingouin, pour un truc... C'est pas vraiment joyeux, mais bon... En tout cas c'est bien payé.

– Quel genre de truc? interrogea Victor d'un ton peu amène.

– J'ai des amis qui ont perdu leur patron. Ils l'enterrent demain. Et en grande pompe, tu sais. Rien que le cercueil à poignées de bronze, y en a pour une brique. Bref... un jour, je leur avais parlé de ton pingouin, et ça leur est revenu... Ils t'invitent aux obsèques avec lui.

Victor le regarda, interloqué.

– Pour quoi faire?

– Comment dire...

Concentré, il mordillait sa lèvre inférieure.

– Dans toute chose, il doit y avoir de la classe... Ils ont juste pensé qu'un enterrement avec pingouin, ce serait classe... Et même top classe. C'est déjà un animal de deuil, noir et blanc... Tu vois?

Victor l'écoutait. Il comprenait bien de quoi il retournait, mais tout cela ressemblait trop à une plaisanterie stupide. Il regarda à nouveau Liocha dans les yeux, avec insistance.

– T'es sérieux ? lança-t-il, alors que Liocha avait l'air plus que sérieux.

– Mille dollars pour la location du pingouin, ça te paraît pas sérieux ? laissa tomber son interlocuteur avec un sourire tendu.

– Tout ça ne me plaît pas beaucoup, avoua Victor, maintenant certain qu'il ne plaisantait pas.

– À vrai dire, t'as pas le choix. Tu peux pas refuser. Les amis du défunt risqueraient de se vexer... Cherche pas les ennuis. Je passe te prendre demain à dix heures.

Victor sortit de la voiture et la suivit du regard jusqu'à ce qu'elle tourne pour reprendre la rue et disparaisse derrière l'immeuble d'en face.

Il remonta chez lui et s'enferma dans la salle de bains. Pendant que la baignoire se remplissait, il se regarda dans la glace comme une photo qu'il aurait voulu mémoriser.

58

Le lendemain, la vieille Mercedes les emmenait au cimetière de Baïkovoïé. Liocha conduisait, Victor et Micha étaient à l'arrière. Tous se taisaient.

À l'entrée, un gars en treillis de camouflage les arrêta. Il se pencha vers Liocha, le salua de la tête et lui fit signe d'avancer.

Ils roulaient entre stèles et clôtures. Victor en était malade.

Un cortège immobile de voitures étrangères apparut devant eux, bloquant l'allée.

– Il faudra marcher un peu, dit Liocha en se tournant vers ses passagers.

Il sortit ses jumelles du vide-poches, les passa autour de son cou et descendit.

Pas un nuage dans le ciel. Le soleil brillait, et l'air résonnait de trilles joyeux, déplacés en pareil endroit.

Ils longèrent à pas lents les grosses voitures flambant neuves, vers le lieu où une petite foule se massait déjà.

– Ça te sert à quoi, les jumelles? s'enquit Victor.

Liocha, qui marchait devant, se retourna.

– Chacun son travail. Le mien, c'est de garantir la sécurité et le calme, pour que personne ne vienne gâcher la fê...

Il s'interrompit soudain, avant de reprendre:

– Pour que tout se passe bien...

Victor acquiesça.

Ils rejoignirent les autres. Des gens en tenues de deuil très élégantes s'écartèrent pour les laisser passer.

Ils ne s'arrêtèrent qu'une fois parvenus au bord de la tombe, près du cercueil ouvert où reposait un homme d'une quarantaine d'années, les cheveux déjà blancs, avec des lunettes à monture d'or. Son costume d'excellente coupe était couvert de bouquets qui le dissimulaient jusqu'à la poitrine.

Victor, nerveux, regarda autour de lui et se rendit soudain compte que Liocha avait disparu. Il était maintenant seul avec Micha au milieu de tous ces inconnus à l'allure sinistre. Personne ne semblait leur prêter attention, ni à lui, ni au pingouin.

Un prêtre, Bible ouverte, se tenait au chevet du mort. Il marmonnait, avec, derrière son dos, un jeune homme en soutane qui devait être son assistant.

Victor avait envie de fermer les yeux et d'attendre que

tout soit terminé, mais ces funérailles dégageaient une tension quasi électrique, qui piquait son visage et ses mains de mille aiguilles, le maintenant dans une excitation dont il n'avait que faire et qui l'exaspérait. Il restait immobile, comme le pingouin. Le rituel des obsèques continuait. Le défunt arborait désormais sur le front un papier où étaient tracées une croix et une inscription en slavon d'église. Le prêtre arriva à une nouvelle page marquée d'un signet et commença sa litanie funèbre d'une voix de baryton forcée. Tout le monde inclina la tête. Seul le pingouin ne bougea pas, il avait déjà la tête baissée et contemplait le trou.

Victor le regarda du coin de l'œil. « Nous aussi faisons partie de ce rituel », songea-t-il.

Lorsque deux fossoyeurs impeccables firent descendre le cercueil dans la tombe, la foule s'anima. La terre frappa le couvercle.

Victor eut alors l'impression que, pour la première fois, on remarquait sa présence et celle de Micha. De simples regards furtifs, mais pleins de curiosité, ou peut-être de tristesse.

Liocha les rejoignit.

– La famille t'invite au repas. C'est à dix-huit heures, au restaurant de l'hôtel Moskva. Tiens, ils m'ont donné ça pour toi...

Il lui tendit une enveloppe. D'un geste machinal, Victor la mit dans sa poche, sans mot dire.

– Allez à la voiture, je vous rattraperai, suggéra Liocha avant de s'écarter.

Victor regarda aux alentours et vit un homme âgé, de petite taille, qui avait tout filmé au caméscope. Il se détourna et s'accroupit devant Micha.

– Allez, on rentre ? lui dit-il, regardant avec un sourire penaud les yeux indifférents du pingouin.

Liocha les ramena dans le même silence qu'à l'aller.

– N'oublie pas le repas de ce soir ! dit-il en repartant.

Victor acquiesça. La voiture s'éloigna.

« Qu'ils aillent se faire voir », se dit Victor en montant l'escalier, le pingouin dans les bras.

59

Le même soir, à la cuisine, Victor et Nina, après avoir couché Sonia, buvaient du vin tout en discutant. Il lui relatait son « enterrement avec pingouin ».

– Ben quoi ? s'exclama-t-elle, enjouée. Si t'as touché mille dollars pour ça, où est le problème ?

– Comment dire…, lâcha-t-il après un long silence. Ça fait une belle somme… Mais c'est bizarre.

– Peut-être que si le pingouin se met lui aussi à gagner de l'argent, tu vas pouvoir augmenter mon salaire ? dit-elle en souriant, mais d'une voix très sérieuse.

Elle prit aussitôt un ton radouci pour ajouter :

– De toute façon, je dépense tout pour nous. J'ai acheté des bottines à Sonia…

– Je t'en prie, n'appelle pas ça un salaire !

Il poussa un lourd soupir.

– Demain matin, je te donnerai de l'argent, et quand tu n'en auras plus, tu me le diras…

Il la regarda fixement et secoua la tête.

– Qu'est-ce que tu as ? s'inquiéta-t-elle.

– Rien… Tu as parfois des airs de fille de la campagne…

– C'est normal, je suis née à la campagne, asséna-t-elle avec un nouveau sourire.

– Bon, si on allait dormir ? suggéra Victor en quittant la table.

Au matin, Nina le secoua. Il ouvrit un œil ensommeillé.

– Quoi ? grommela-t-il, peu désireux de se lever.

– Il y a un sac à la cuisine, dit-elle, angoissée. Viens voir !

Il passa son peignoir et gagna la cuisine d'un pas hésitant. Il y avait bien un gros sac posé sur la toile cirée. Il soupira. Le passe-murailles était revenu.

Il alla vérifier les serrures. La porte d'entrée était fermée à double tour.

Il revint à la cuisine. Avança prudemment la main vers le sac. Au toucher, il identifia la forme d'une bouteille, et, enhardi, déballa le tout.

– Nina ! cria-t-il au bout de cinq minutes, quand il eut étalé le contenu du sac sur la table.

Elle arriva et resta pétrifiée devant l'avalanche de nourriture qui s'offrait à ses yeux : une assiette de poisson en gelée, un plat recouvert d'un film plastique avec le traditionnel assortiment de charcuteries qu'offrent les restaurants, des tomates fraîches, une côtelette et une bouteille de vodka Smirnoff.

– D'où ça vient ?

Victor grimaça un sourire et désigna du doigt le rebord du plat, où des lettres bleues formaient le mot « Ukrrestaurantorg ».

– Là, tu as un papier ! remarqua Nina en montrant la bouteille.

Il vit alors une feuille scotchée au goulot.

Il la décolla et lut : *Mon vieux, t'amuse plus jamais à ça.*

Les morts, ça se respecte! Ce sac est pour toi, de la part de la famille. Bois un coup à la mémoire d'Alexandre Safronov. À bientôt. Liocha.

– Alors, c'est un cadeau de qui? lui demanda Nina.

Il lui tendit la lettre. Elle la regarda, avant de le fixer, intriguée.

– Mais qu'est-ce que tu as fait de mal?

– J'ai séché le repas funéraire, hier soir...

– Tu n'aurais pas dû, murmura-t-elle.

Il lui jeta un regard irrité et quitta la pièce. Il fouilla les poches de sa parka à la recherche de la carte de Liocha, puis décrocha le téléphone d'un geste rageur et composa son numéro.

Personne.

– Allô, siffla finalement une voix endormie.

– Liocha? demanda sèchement Victor.

– Mouais, marmonna celui-ci.

Il avait trop arrosé les funérailles.

– Ici Vitia. C'est quoi ce tour de passe-passe avec le sac de victuailles?

– Un tour de quoi? Allô, c'est toi, Vit? Comment va la bestiole?

– Écoute, je veux savoir comment ce sac a atterri dans ma cuisine!

– Comment? C'est la famille du défunt qui te l'offre... Qu'est-ce qui va pas?

– Ce qui va pas, c'est que ce sac est arrivé chez moi alors que j'avais fermé à clé!

Il hurlait presque.

– Du calme! Je suis pas sourd... j'ai mal au crâne... Qu'est-ce que tu veux à la fin? Fermé à clé? Et alors? Tu crois au Père Noël ou quoi? Ça n'existe pas, les serrures inviolables! Bois un coup à la mémoire de Safronov, honore son souvenir... D'ailleurs moi aussi va me falloir un petit verre pour me remettre d'aplomb, mais je vais encore dormir un peu. Putain, pourquoi tu m'as réveillé?

Et il raccrocha.

Victor hocha la tête. Il était amer de devoir reconnaître sa vulnérabilité.

– Vitia, appela Nina depuis la cuisine.

Il la rejoignit.

Elle avait déjà dressé la table. Elle posa deux verres à vodka près des assiettes.

– Assieds-toi, on va pas laisser perdre toutes ces bonnes choses. Tant que c'est frais...

Elle se tourna vers la porte et cria:

– Sonia, viens manger!

Elle s'adressa ensuite à Victor, toujours debout devant la table.

– Faut boire au souvenir de ce type, c'est mal de pas être allé au repas..., déclara-t-elle en désignant du regard la bouteille de Smirnoff.

Il l'ouvrit.

Sonia entra, une feuille à la main.

– Regardez ce que j'ai dessiné! s'exclama-t-elle en tendant le papier à Nina.

Celle-ci le prit et le posa sur le frigo.

– On mange d'abord, on regardera après! coupa-t-elle, avec un ton d'institutrice.

60

Le lendemain, Victor, qui avait reçu un nouveau lot de biographies par coursier, se remit au travail. Un soleil printanier brillait, et même si le temps était encore froid, les rayons jaunes, non contents d'inonder la table, réchauffaient un peu la cuisine.

Le travail et la chaleur tant attendue lui faisaient oublier les pénibles moments des derniers jours. Ils n'étaient pas loin, mais la nécessité continue d'enrober de considérations philosophiques les faits soulignés en rouge le distrayait de ses peines, de tous ces événements qui lui rappelaient qu'il était pris au piège.

Durant une pause-café, un nom brusquement resurgi de sa mémoire l'électrisa : peu avant, il avait rédigé la « petite croix » d'un dénommé Safronov, et cela venait de lui revenir. Il avait déjà oublié qui était cet homme et lesquels de ses exploits étaient soulignés en rouge, mais il était persuadé que c'était bien à son enterrement que Micha et lui avaient assisté, même s'il n'en avait pas la certitude absolue : un type digne de pareilles funérailles était aussi un candidat tout désigné pour une nécro, ce qui confirmait indirectement son intuition.

Il laissa même échapper un sourire en pensant qu'il avait lui-même joué les « contrôleurs », en commençant par écrire la nécrologie, avant de faire un tour aux obsèques, comme pour vérifier que Safronov était bien mort et enterré.

Nina avait emmené Sonia se promener au bord du Dniepr ; Victor pouvait se consacrer tout entier au travail. Ce jour-là, les mots lui venaient facilement. Il relisait les paragraphes tout juste écrits, et, satisfait, continuait à disserter sur la mort des autres.

Au bout de quatre «petites croix», il regarda par la fenêtre, clignant des yeux à cause du soleil, et se leva pour mettre de l'eau à chauffer. Il arpenta son deux-pièces afin de se dégourdir les jambes, puis alla s'accroupir près de Micha, debout devant la porte du balcon, en attente d'un courant d'air froid.

– Alors, ça va, la vie? lui demanda-t-il en le regardant dans les yeux.

– Ça va, ça va! répondit-il à sa place, et il se releva.

Au mur, il vit deux dessins sous verre. Il s'approcha. Le premier, qu'il connaissait déjà, représentait Micha, et le second était un portrait de groupe, avec trois personnages et un petit pingouin: *Tonton Vitia, moi, Nina et Micha*, était-il écrit dessous, en lettres malhabiles. Des corrections avaient été apportées, sans doute par Nina: «tonton» avait été changé en «papa» et «Nina» en «maman». L'écriture était soignée, comme celle d'une maîtresse d'école. D'ailleurs, la légende du dessin semblait avoir été rectifiée par une institutrice, il n'y manquait qu'une note, qui aurait probablement été un quatre sur cinq, à cause des deux fautes.

Victor ne pouvait s'en détacher. L'initiative de Nina lui déplaisait, mais il n'aurait pas su dire en quoi. Il avait l'impression d'une violence exercée à l'encontre des mots, de la situation elle-même. Le dessin était accroché assez haut, et Sonia n'aurait pu le voir qu'en montant sur une chaise; Nina avait donc porté ces corrections pour elle et Victor.

Ainsi, elle aussi semblait jouer à la famille. Peut-être comme lui. L'illusion d'un tout uni. Seule Sonia détruisait ce leurre tous les jours, le cœur léger et sans préméditation : elle ne disait jamais «papa» ni «maman», comme si elle ignorait ces termes, à moins qu'elle n'ait pas vu de raison de les utiliser.

Elle était plus proche de la réalité, trop simple pour s'inventer un monde complexe et trop petite pour deviner les pensées et les sentiments de deux adultes.

– Ma foi! s'exclama-t-il en repensant à Nina. Tu ne veux donc pas avoir d'enfant à toi? Là au moins, tu serais sûre qu'il y aurait quelqu'un pour t'appeler «maman» jusqu'à la fin de tes jours. C'est tellement simple...

Il se mit à réfléchir : avait-il envie, lui, de s'entendre appeler «papa»? Il n'y était pas opposé. Il avait de l'argent, un travail, tout ce qu'il fallait, y compris une séduisante jeune femme capable de devenir mère... Pas d'amour, mais ce n'était pas l'essentiel. Peut-être l'amour se gagnait-il aussi? Peut-être suffirait-il de partir vivre à la campagne, d'acheter une grande maison avec un étage et tout le confort pour que l'amour jaillisse soudain, telle une flamme. Il secoua la tête, comme pour en chasser ces idées stupides.

61

Le mois de mars réchauffait la terre. À l'image d'un domestique consciencieux, le soleil montait chaque matin dans le ciel pour briller de toutes ses forces.

Victor était aux prises avec un nouveau dossier. Entre deux «petites croix», il se préparait du café et sortait sur le balcon avec sa tasse, parfois suivi de Micha, à qui les rayons du soleil semblaient aussi procurer du plaisir.

Il faisait durer son café plusieurs minutes avant de se remettre au travail. La machine à écrire égrenait sa mélodie, imprimant ses lettres sur le papier.

La bonne humeur de Victor s'accommodait facilement de la sombre poésie des «petites croix», et même les récentes «obsèques avec pingouin», les deuxièmes déjà, auxquelles il venait d'assister, n'avaient pas réussi à le déstabiliser. Il avait pourtant été contraint de subir jusqu'au bout le repas funéraire d'un parfait inconnu. Mais finalement, à sa grande surprise, cela n'avait pas été une si terrible épreuve. Pas un des deux cents convives, au bas mot, ne lui avait vraiment prêté attention, sauf Liocha, bien sûr, qui s'était placé à côté de lui, mais n'avait pas tardé à être fin saoul et à repousser son assiette pour mieux sommeiller, la tête sur la nappe, ou plutôt sur sa serviette.

Il n'y avait pas eu de discours. De part et d'autre de deux longues tables, des hommes élégamment vêtus échangeaient de rapides regards affligés, puis levaient leurs verres de vodka. Victor n'avait eu aucun mal à adopter ce mode de communication silencieux et lui aussi leva son verre à maintes reprises, avec toujours un signe de tête aux hommes assis face à lui, qu'il considérait avec une peine sincère. Il était vraiment accablé, mais le défunt n'y était pour rien, c'était l'ambiance qui lui donnait le cafard, ainsi que l'absence quasi totale de femmes parmi les invités. Il n'en avait remarqué que trois ou quatre, d'un certain âge, que leur deuil ostentatoire faisait apparaître comme des sources de tristesse. À la fin du repas, on l'avait installé dans l'une des voitures qui attendaient devant le restaurant, avec trois inconnus, dont aucun n'avait jugé utile de se présenter. Seul l'un d'eux voulut savoir où il habitait, puis expliqua au chauffeur où ramener chacun. Service de nuit. Vers une heure du matin, il était chez lui. Dans l'entrée, il buta sur le pingouin.

– Ben alors, pourquoi tu dors pas? lui demanda-t-il avec un sourire ivre. Il faut dormir. Des fois que demain matin on devrait encore aller au cimetière...

Une semaine s'était écoulée depuis, et Victor tapait d'autres textes, heureux de voir le printemps et le soleil. La vie lui semblait facile, sans soucis, même s'il connaissait des hauts et des bas et se souvenait qu'il était impliqué dans une sale histoire, ce qui lui arrivait de moins en moins souvent. Finalement, que pouvait-il y avoir de vraiment sale dans un monde pareil? C'était une infime partie du mal inconnu qui existait à proximité, autour de lui, mais ne touchait pas sa personne ni son petit monde. Et sa totale ignorance de cette collaboration elle-même à cette sale histoire semblait garantir la stabilité de son univers et sa tranquillité.

Il se tourna à nouveau vers la fenêtre, offrant son visage aux rayons du soleil.

Ce serait peut-être bien d'acheter une datcha, pour pouvoir installer la table au jardin, l'été, et écrire dehors. Sonia aurait son coin de terre, elle adorerait sûrement faire pousser des choses. Nina serait contente...

Il se rappela le réveillon dans la datcha de Sergueï, son ami, le feu dans la cheminée, eux devant les flammes. Comme le temps passait! Ce n'était pourtant pas si vieux, mais comme ça semblait loin!

Le dimanche, le soleil brillait toujours. En début de matinée, il avait été masqué par un léger voile de nuages qui s'était dissipé vers onze heures, laissant apparaître un ciel d'un bleu limpide.

Après le petit déjeuner, Victor, Nina et Sonia partirent déambuler sur le Krechtchatik. Ils laissèrent le pingouin sur le balcon avec une écuelle bien garnie, sans fermer la porte-fenêtre, pour qu'il puisse rentrer s'il voulait.

Victor commença par emmener Nina et Sonia au Passage*. Ils s'installèrent à une terrasse, il leur commanda des glaces et prit un café.

Sonia avait choisi de s'asseoir face au soleil, elle clignait des yeux et les couvrait de sa petite main en souriant. Elle jouait avec la lumière sous le regard amusé de Nina.

Victor but une gorgée de café et, regardant aux alentours, aperçut un kiosque à journaux ouvert.

– Je reviens, dit-il en se levant.

Quelques instants plus tard, il se rasseyait, tenant ses chères *Stolitchnyé vesti*. Il les parcourut d'abord en diagonale, et, soulagé de ne rien y voir de grave, pas la moindre «petite croix», reprit tranquillement sa lecture à la première page, en portant son café à ses lèvres.

Il lui semblait remarquable qu'en cette belle journée, l'actualité soit si paisible. Pas une seule fusillade, pas de révélations scabreuses, au contraire, c'était comme si le journal avait voulu inciter ses lecteurs à jouir de l'existence. *Ouverture d'un nouveau supermarché, Progrès dans les*

---

* Voie transversale, perpendiculaire au boulevard ; endroit huppé où se concentrent magasins de luxe et cafés.

discussions avec la Russie, *L'Italie sans visa*: tous les titres inspiraient espoir et allégresse.

– Sonia, ça te dirait d'aller en Italie? demanda Victor pour plaisanter.

La fillette, qui léchait sa cuillère en plastique, fit «non» de la tête.

– Tu voudrais aller où, alors? s'enquit Nina.

– À la balançoire, répondit-elle.

Nina attrapa une serviette et lui essuya la bouche, barbouillée de glace.

Ils traversèrent le parc qui surplombait le Dniepr avant de déboucher sur l'aire de jeux. Ils firent monter Sonia sur une balançoire et la poussèrent ensemble. Elle s'éleva dans les airs en riant. Au bout de quelques minutes, elle s'écria:

– Assez! Assez!

Ils reprirent leur promenade dans le parc, Sonia, au centre, leur donnant la main à tous les deux.

– Nina, commença Victor, je me disais qu'on pourrait acheter une datcha...

Elle sourit et se mit à réfléchir.

– Ce serait bien, approuva-t-elle au bout d'une minute, le temps de s'imaginer le genre de maison qui lui plairait.

Ils rentrèrent pour le déjeuner.

Sonia rejoignit ensuite le pingouin sur le balcon, tandis que Nina et Victor allumaient la télé, qui diffusait une adaptation ukrainienne de *À la découverte de la planète*. Une jolie blonde en maillot jaune vif parlait d'îles exotiques depuis le pont d'un bateau. Après quoi, débarquée sur un rivage, elle échangeait des sourires avec des autochtones bronzés. À intervalles réguliers, des numéros de téléphone d'agences de voyages défilaient au bas de l'écran.

– Au fait, pourquoi tu as demandé à Sonia si elle voudrait voir l'Italie, tout à l'heure? interrogea Nina.

– Parce que les Ukrainiens n'ont plus besoin de visa pour y aller.

– Alors, on pourrait le faire? dit-elle, rêveuse.

La belle blonde revint, plus chaudement vêtue cette fois: jupe moulante et cardigan bleu marine.

L'Antarctique, depuis un an déjà, abrite une base de recherches ukrainienne, amorça-t-elle. *Au cours d'une précédente émission, nous vous avions demandé de nous aider à réunir assez d'argent pour envoyer un avion de fret à nos scientifiques. Vous avez été très nombreux à répondre à notre appel, mais hélas, la somme récoltée à ce jour demeure insuffisante. Je m'adresse aujourd'hui aux chefs d'entreprises privées et autres personnes fortunées, car c'est d'eux que dépend l'avenir des recherches ukrainiennes dans l'Antarctique. Prenez un crayon et un papier, vous allez voir apparaître les références du compte où verser vos dons et le numéro de téléphone que vous pourrez appeler pour tout savoir sur la manière dont votre argent sera employé!*

Victor se précipita à la cuisine, attrapa un stylo, une feuille, et revint juste à temps pour noter les numéros affichés à l'écran.

– Qu'est-ce que tu veux faire de ça? s'étonna Nina.

Il haussa les épaules, indécis.

– Je leur enverrai peut-être une vingtaine de dollars, dit-il, hésitant. En souvenir de Pidpaly. Tu te rappelles, ce vieux scientifique dont je t'avais parlé? J'ai gardé un article sur cette base de recherches...

Elle lui lança un regard désapprobateur.

– C'est jeter l'argent par les fenêtres, décréta-t-elle. De toute façon, c'est encore un escroc qui va en profiter... Tu as déjà oublié la collecte pour les enfants de Tchernobyl?

Il ne répondit pas.

Il plia la feuille et la glissa dans la poche de son pantalon. «C'est mon argent, j'en fais ce que je veux!» pensa-t-il.

63

Fin mars, il plut sans discontinuer.

La bonne humeur de Victor avait disparu avec le soleil. Il continuait à travailler, mais lentement et sans entrain, ce qui, d'ailleurs, n'influait pas sur la qualité des «petites croix». Lorsqu'il relisait ce qu'il venait d'écrire, il en était toujours satisfait. Sa valeur professionnelle ne dépendait plus de son état d'esprit.

Nina et Sonia passaient des journées entières sans sortir. Quand Nina allait faire des courses, Sonia, sans doute lassée du pingouin, venait à la cuisine et empêchait Victor de travailler. Il répondait à ses questions avec beaucoup de patience et poussait un soupir de soulagement lorsqu'il entendait rentrer Nina. La fillette se précipitait sur elle, et il pouvait reprendre le texte interrompu.

Quand Liocha lui annonça une fois de plus des funérailles pour le lendemain, cela acheva de le déprimer. Il passa dix bonnes minutes à tenter de lui expliquer qu'avec l'humidité et la pluie continue ce n'était pas possible, qu'il n'avait pas du tout le moral et qu'en outre il craignait que Micha ne prenne froid. Liocha l'écouta sans l'interrompre et finit par dire qu'il n'avait pas vraiment besoin de lui, l'essentiel étant la présence du pingouin.

– Tu peux rester chez toi, je viendrai prendre la bestiole et je la ramènerai après, conclut-il. Je l'abriterai sous un parapluie, au cimetière, pour qu'elle ne s'enrhume pas !

Victor accepta.

Il estimait avoir remporté une semi-victoire et se réjouissait d'échapper à un nouvel enterrement.

Il plaignait Micha, mais il ne pouvait rien faire; il imaginait trop bien les conséquences d'un refus.

La détermination dont il avait fait preuve au téléphone porta ses fruits au-delà de toute espérance. La fois suivante, Liocha ne lui demanda même pas de venir, et ils se mirent d'accord pour procéder ainsi dorénavant: Liocha viendrait chercher le pingouin, puis le reconduirait.

Le «cachet» n'en souffrit pas; Victor continuait à toucher mille dollars sans même avoir à rester planté au bord d'une tombe ni assister aux repas funéraires. Désormais, Micha gagnait cet argent tout seul, pour ce qui ressemblait effectivement à une location.

Lorsqu'il songeait, en comparaison, à son salaire de trois cents dollars, Victor était consterné. Même si l'argent du pingouin tombait en définitive dans sa poche, cela n'atténuait pas son sentiment d'injustice. Mais là aussi, il lui fallait se résigner.

Quoi qu'il en soit, tous ces motifs de dépit n'entamaient en rien l'attachement qu'il éprouvait pour Micha.

Il envisageait parfois de solliciter une augmentation auprès de son chef, mais son intuition lui soufflait aussitôt de s'abstenir. Il travaillait de façon assez détendue, sans personne sur le dos pour le presser de rendre ses «petites croix», téléphonant au journal lorsqu'il avait fini un dossier. D'ailleurs, il avait suffisamment d'argent. Pourquoi aller se plaindre?

Il concluait invariablement que tout allait bien et souhaitait que cela continue. Lorsqu'il ne pleuvrait plus, ils pourraient se mettre à chercher une datcha. Un sourire éclairait son visage lorsqu'il se figurait une maison entourée d'un jardin, un hamac tendu entre deux gros arbres, et qu'il se voyait en train d'allumer un feu. Tout irait bien, tout serait beau et inondé de soleil.

Il y croyait.

Mais il pleuvait toujours et Victor travaillait sans relâche sur ses «petites croix». Sans la moindre considération pour la météo, les enterrements auxquels Micha était forcé de prendre part devenaient de plus en plus fréquents, comme si la mortalité des gens dont les amis ou la famille ne pouvaient concevoir des obsèques sans pingouin avait grimpé en flèche.

Au lendemain d'une de ces cérémonies, alors que Victor étudiait le contenu d'un nouveau dossier, Sonia, affolée, fit irruption dans la cuisine.

– Tonton Vitia, y a Micha qui éternue!

Il se précipita dans la chambre, et, pour la première fois, découvrit le pingouin étendu. Il reposait sur le flanc, sur sa couverture en poil de chameau, parcouru de frissons. De temps à autre, un râle s'échappait de sa gorge.

Victor fut pris de panique. Il restait immobile, les yeux rivés sur Micha, totalement désemparé.

– Nina! s'écria-t-il.

– Elle est chez la maman de Serioja, lui expliqua Sonia.

– Tiens bon, tiens bon, dit-il au pingouin qu'il caressait, des sanglots dans la voix. On va te sortir de là...

Il passa au salon, prit l'annuaire et regarda à la lettre V sans trop d'espoir, or, à sa grande surprise, il y découvrit une bonne dizaine de vétérinaires installés à leur compte. Il fut saisi d'un doute : comment auraient-ils pu avoir une quelconque expérience des pingouins ? Leur pratique se limitait sans doute aux chiens et chats. Il composa pourtant le premier numéro de la liste.

– Allô, bonjour, je voudrais parler à Nikolaï Ivanovitch, dit-il à la dame qui avait décroché, tout en vérifiant sur l'annuaire s'il ne s'était pas trompé de prénom ou de patronyme.

– Je vous le passe, lui répondit-elle.

– Allô, oui, dit au même instant une voix d'homme.

– Excusez-moi de vous déranger... J'ai un problème, commença Victor. Mon pingouin est malade...

– Votre pingouin ?

À son intonation, Victor comprit qu'il n'avait pas fait le bon choix.

– Vous savez, ce n'est pas mon domaine... Mais je peux vous donner les coordonnées d'un confrère...

– Oui ? lâcha Victor, soulagé. Merci beaucoup, je note, le temps d'attraper un stylo !

Il tendit la main vers un crayon, et, dans la marge de l'annuaire, inscrivit le numéro d'un certain David Ianovitch, qu'il composa sans même reposer le combiné. Le spécialiste répondit tout de suite.

– Si vous avez un animal de ce genre, vous devez avoir les moyens de le faire soigner. Donnez-moi votre adresse !

– Alors, le docteur va venir ? demanda Sonia quand Victor retourna auprès de Micha et s'assit par terre à ses côtés.

– Oui, il arrive.

– Il est comme Aïbolit*? s'enquit-elle, attristée.

Il hocha la tête.

Une demi-heure plus tard, David Ianovitch sonnait à la porte. C'était un petit homme au front dégarni, sourire vissé aux lèvres et regard bienveillant.

– Alors, où est le malade? demanda-t-il en se débarrassant de ses chaussures dans l'entrée.

– Par là, dit Victor en indiquant la porte de la chambre. Vous voulez peut-être des pantoufles?

– Merci, pas la peine!

Il se hâta de suspendre son imperméable et, sacoche à la main, se dirigea vers la chambre, en chaussettes, laissant des empreintes humides sur le lino.

– Voyons voir..., dit-il en inclinant la tête, accroupi devant Micha.

Il le palpa, observa ses yeux, puis sortit un stéthoscope. Comme un médecin ordinaire, il l'ausculta, appuyant l'appareil sur son flanc et dans son dos avant de le ranger, pensif, sans quitter le pingouin du regard.

– Alors? demanda Victor.

Le vétérinaire se gratta la nuque et soupira.

– Difficile de dire ce qu'il a exactement, mais il est clair que c'est grave, expliqua-t-il en se tournant vers lui. Je crains que tout ne dépende de vos moyens financiers... N'allez pas imaginer que je pense au prix de ma consultation! Je ne crois pas pouvoir vous être très utile. Il faudrait l'hospitaliser...

– Ça va coûter combien? demanda Victor, méfiant.

David Ianovitch fit un geste d'ignorance.

---

* Le docteur Aïbolit («Aïejaimal»), personnage du célèbre écrivain et poète pour enfants Korneï Tchoukovski.

- Cher, à n'en pas douter. Si vous suivez mon conseil et que vous le placez en clinique à Féofania, cela vous coûtera cinquante dollars par jour, mais vous serez sûr qu'ils feront tout leur possible. Il y a l'hôpital pour scientifiques à côté, et la clinique paye pour utiliser son scanner, c'est la garantie d'un bon diagnostic. D'ailleurs, il y a beaucoup d'excellents médecins de l'hôpital qui arrondissent leurs fins de mois avec la clinique…

– Des médecins pour les humains ? s'étonna Victor.

– Mais oui ! Vous croyez que les animaux ont des organes différents des nôtres ? Leurs maladies ne sont pas les mêmes, c'est tout ! Bon… Si vous voulez, je les appelle et je leur demande d'envoyer une ambulance.

Il accepta.

David Ianovitch partit. Il n'avait pris que vingt dollars pour sa visite. Une heure plus tard, un autre spécialiste arrivait. Lui aussi examina Micha, l'ausculta, le palpa.

– Très bien, on l'emmène, dit-il à Victor. On ne cherche pas à vous escroquer, n'ayez pas peur. On prend trois jours pour établir un diagnostic, avant de voir. S'il y a un espoir de guérison, on le soigne, sinon…

Il eut une moue navrée.

– Sinon, reprit-il, on vous le ramène et vous aurez fait des économies. Tenez, dit-il en lui tendant une carte de visite. Ce n'est pas la mienne, c'est celle d'Ilia Semionovitch, la personne qui s'occupera de votre protégé.

Et il partit, emmenant Micha.

La fillette sanglotait. Il continuait à pleuvoir. Une feuille avec une « petite croix » inachevée dépassait de la machine à écrire, mais Victor n'avait pas l'esprit à travailler. Comme en réaction aux pleurs de Sonia, des larmes lui montèrent aux yeux, et il resta devant la fenêtre de la chambre, les jambes appuyées au radiateur. Le regard embué, il observait les gouttes de pluie qui tentaient de s'accrocher à la vitre. Elles tremblaient sous les rafales de vent et finissaient par glisser sur le côté, mais de nouvelles gouttes venaient les remplacer, et leur lutte absurde reprenait.

64

Victor entendait Sonia étouffer des sanglots dans la pièce voisine et le sommeil le fuyait. Dans l'obscurité, les aiguilles phosphorescentes du réveil indiquaient presque deux heures du matin. Seule Nina dormait, respirant paisiblement.

Lorsqu'elle était revenue de chez la maman de Serioja, elle avait bien sûr été peinée d'apprendre la nouvelle, mais après avoir tenté en vain de consoler Sonia, elle s'était endormie, épuisée, dès que sa tête avait touché l'oreiller.

La voir aussi tranquille irritait Victor au plus haut point. Il lui sembla un instant qu'elle était une parfaite étrangère qui n'avait rien à faire de lui ni de Sonia, ce qui lui rendit la fillette plus chère encore, comme si leur inquiétude pour la vie du pingouin les avaient rapprochés.

Il regardait Nina qui lui tournait le dos. En fait, ce n'était pas son sommeil si calme qui avait provoqué cette poussée d'exaspération, c'était sa propre insomnie.

Il se leva en s'efforçant de ne pas la réveiller. Il enfila son peignoir et passa dans le salon. Il se pencha sur Sonia. Elle dormait, agitée de pleurs.

Au bout de quelques instants, il poussa jusqu'à la cuisine, ferma la porte et s'assit à la table sans allumer la lumière.

L'obscurité et le silence accentuaient le tic-tac rythmé du vieux réveil posé sur l'appui de la fenêtre. Il résonnait étonnamment fort, et Victor jeta un regard désemparé à cette petite source de bruit dissimulée par la pénombre. Il eut envie de le faire taire. Il l'attrapa, le porta à ses yeux. Il ne voulait pas savoir l'heure, l'heure pour la précision de laquelle fonctionnait ce mécanisme fruste et rigoureux. Il voulait un silence complet, mais le tic-tac devint encore plus fort et, comprenant que, aussi stupide cela soit-il, seul le temps était capable d'arrêter la marche du réveil, il alla le poser dans le couloir, devant la porte d'entrée.

Revenu à sa place, il tendit l'oreille, et, ne distinguant même plus un son assourdi, se calma enfin.

Une fenêtre éclairée brillait dans l'immeuble d'en face. Il regarda mieux et aperçut une femme.

Assise à une table, elle lisait. Il était impossible de discerner son visage, mais Victor éprouva soudain une grande sympathie à son égard, comme si elle avait été sa compagne de malheur.

Il la regardait lire ; le menton entre les mains, immobile, elle bougeait simplement sa main droite pour tourner les pages.

Au bout d'un moment, il lui sembla qu'il faisait plus clair. Il leva les yeux vers le ciel, découvrit la lune qui sortait des nuages, jaune pâle, coupée en deux. Elle se montra et disparut presque aussitôt.

Il reporta son regard sur la fenêtre d'en face. L'inconnue était devant sa gazinière. Elle alluma un des feux et y posa une bouilloire, avant de se remettre à lire.

Subitement, en regardant la vitre, Victor se félicita que la pluie ait pris fin.

Il se tourna vers la porte de la cuisine, se rappela que Micha avait l'habitude de la pousser avant de s'immobiliser dans l'encadrement, puis de venir vers lui et d'appuyer sa poitrine contre ses genoux. Il eut terriblement envie de voir la porte s'ouvrir sur cette image du pingouin, figé sur le seuil.

Il resta là une demi-heure, puis regagna la chambre sans faire de bruit et se recoucha. Il s'endormit. La fillette sanglotait encore.

Ce fut Nina qui le réveilla :

– Y a encore quelqu'un qui est venu cette nuit…, lui annonça-t-elle, anxieuse.

– Qu'est-ce que tu as trouvé cette fois ? lui demanda-t-il d'une voix ensommeillée. Ils ont de nouveau apporté quelque chose ?

Elle secoua la tête.

– Non, mais ils ont mis le réveil par terre, devant la porte d'entrée.

– Ah…, grommela-t-il, rassurant, non, ça c'est moi…

– Mais pourquoi ?

– Il faisait trop de bruit, expliqua-t-il avant de s'assoupir à nouveau, sans voir l'air interloqué de Nina.

Il émergea vers onze heures. L'appartement était calme, le soleil brillait.

À la cuisine, il trouva son petit déjeuner et un mot.

On part se promener. On rentre dans pas longtemps. Nina.

Après sa toilette, il prit la carte de visite laissée par le vétérinaire qui avait emporté Micha et appela au numéro indiqué.

– J'aurais voulu parler à Ilia Semionovitch.

— Je vous écoute, répondit une voix douce.
— Je suis le propriétaire du pingouin... de Micha...
— Bonjour, répondit la voix. Que vous dire... On peut déjà affirmer qu'il présente les symptômes d'une grippe avec de graves complications. Il passera un scanner ce soir, et à ce moment-là on pourra en savoir plus...
— Comment va-t-il ?
— Pas mieux, j'en ai peur.
— Peut-on le voir ?
— Non, je regrette, nous n'autorisons pas les visites. Prenez patience. Vous pouvez appeler tous les jours, je vous tiendrai au courant, promit Ilia Semionovitch.

Victor réintégra la cuisine. Il mangea deux œufs durs froids avec du thé, puis installa sa machine à écrire, d'où dépassait toujours la «petite croix» interrompue d'un certain Bondarenko, directeur des pompes funèbres privées Broadway. Cette ironie du sort lui arracha un sourire. Il s'imagina à quel point les funérailles de cet homme seraient soignées, et se représenta ses confrères, bien droits autour d'un cercueil grandiose.

Il se demanda soudain ce qui était important dans la biographie ; il avait déjà oublié tout ce qu'il en avait lu.

Il retrouva les trois feuilles en question. La partie soulignée de rouge disait ceci :

En 1995, Viatcheslav Bondarenko a organisé l'enterrement de plusieurs cadavres mutilés non identifiés, qui ont été inhumés dans une fosse commune au cimetière du village de Biélogorodka. Il existe des raisons de croire que les corps du capitaine Golovatko, qui travaillait à la Brigade de répression du banditisme, et du commandant Protchenko, des Services de la sécurité intérieure, disparus la veille, se trouvaient parmi eux. Bondarenko est soupçonné d'avoir orchestré des enterrements similaires dans plusieurs villages de la région de Kiev au cours des années 1992, 1993 et 1994.

Victor n'avait plus envie de sourire. Il se leva, prépara un café et alla le siroter sur le balcon.

Désireux de chasser, au moins pour quelques minutes, la thématique funéraire de son esprit, il regarda les fenêtres d'en face, tentant de reconnaître celle qui était restée éclairée la nuit précédente, mais la lumière crue du jour les faisait maintenant paraître toutes identiques.

65

Le lendemain, il commença par appeler Féofania, mais ne parvint pas à joindre Ilia Semionovitch. Il ne put donc rien dire de neuf à Sonia, postée à côté du téléphone.

– Je vais réessayer dans une demi-heure, lui promit-il.

Sans dire un mot, elle se tourna vers la porte-fenêtre.

– Si tu veux, ce soir, on ira au cirque? lui proposa Nina en se penchant vers elle.

La petite fit «non» de la tête.

Victor s'apprêtait à passer dans la cuisine pour se mettre au travail lorsque le téléphone sonna. Sonia et Nina braquèrent leurs regards sur l'appareil. Victor décrocha, pensant, comme elles, que c'était la clinique, or ce fut la voix de son patron qui résonna.

Igor Lvovitch était très mécontent.

– Je ne te demande pas des chefs-d'œuvre philosophiques! cria-t-il presque. Tu te contentes de me pondre des textes calibrés, et surtout, tu es prié d'être plus rapide! Je ne peux pas me permettre d'attendre toute une semaine pour que tu m'en livres cinq ou six!

Victor encaissa, morose.

– C'est compris? demanda le chef, déjà plus calme, comme lassé de son propre emportement.

– Oui, répondit-il avant de raccrocher.

Il avait désormais l'habitude de ces entretiens qui allaient droit au but, sans jamais autoriser ni «bonjour» ni «au revoir».

– C'était qui? voulut savoir Nina, qui se tenait près de la porte du balcon.

– Le travail...

Il soupira, reprit le combiné et composa le numéro de la clinique.

Cette fois, ce fut bien Ilia Semionovitch qui répondit.

– Il faut qu'on se voie, déclara celui-ci d'un ton où perçait l'accablement.

– Vous voulez que je vienne?

– Non, inutile de vous déplacer jusqu'à la clinique. Retrouvons-nous en ville. Café *Au Kiev d'Antan*, sur le Krechtchatik, à onze heures.

– Comment vous reconnaîtrai-je?

– Je ne pense pas qu'il y ait beaucoup de monde, mais au cas où, j'aurai un imperméable gris et une casquette en tweed. Je suis maigre, petit, moustachu...

Sonia trépignait d'impatience.

– Alors? demanda-t-elle à la fin de la conversation.

– Il semble aller mieux, mentit Victor. Je vais voir le docteur et il m'expliquera tout ça...

En réalité, il avait un mauvais pressentiment. Si les choses s'étaient arrangées, pourquoi Ilia Semionovitch aurait-il voulu en discuter dans un café du Krechtchatik?

Les bonnes nouvelles, il pouvait les annoncer au téléphone ! À moins qu'il ait souhaité parler d'argent ? Victor n'avait encore rien payé, et chaque journée de Micha à la clinique coûtait cinquante dollars !

L'idée que ce rendez-vous pouvait être motivé par le coût des soins le rassura un peu.

Le soleil brillait. Devant l'entrée, deux fillettes de l'immeuble jouaient à l'élastique, et Victor dut les contourner.

Quand il descendit dans le bar, situé en sous-sol, Ilia Semionovitch était déjà là. Assis à une table haute, il buvait un café. Il était le seul client, et même derrière le comptoir, il n'y avait personne pour faire fonctionner la machine à espresso.

Le vétérinaire salua Victor et alla frapper sur le zinc. Une dame sortit d'un local de service.

– Un autre café, lui demanda-t-il.
– Alors, qu'est-ce qui se passe ? s'enquit Victor.
Ilia Semionovitch soupira.
– Je crois que votre protégé souffre d'une malformation cardiaque congénitale. Un traitement trop puissant contre sa grippe risque de le tuer... Et même sans cette grippe, il a peu de chances de s'en sortir. À moins...

Il regarda Victor dans les yeux et attendit.

– C'est une question d'argent ? devina celui-ci.
– Entre autres. Mais pas uniquement, il y a aussi une question de principe... C'est à vous de décider. Je ne sais pas à quel point vous tenez à lui...
– Votre café ! cria soudain la serveuse dans le dos de Victor.

Quand il alla le prendre, elle n'était déjà plus là.

– Dites-moi juste un ordre de prix..., articula-t-il en revenant s'asseoir.

– Bon... je vais essayer de vous expliquer les choses clairement...

Il prit une profonde inspiration, comme s'il s'apprêtait à retenir longtemps son souffle.

– La seule chance de survie de votre pingouin passe par une opération, une transplantation cardiaque pour être précis.

Victor regarda le vétérinaire, hébété.

– D'accord, mais comment? Où allez-vous prendre un autre cœur de pingouin?

– La question de principe est justement là, dit Ilia Semionovitch en hochant la tête. J'ai discuté avec le professeur de cardiologie de l'hôpital des scientifiques... Nous en avons conclu qu'on pouvait lui greffer le cœur d'un enfant de trois ou quatre ans...

Victor s'étrangla avec son café et reposa la tasse sur la table. Il en avait renversé.

– En tout cas, si l'opération réussit, cela pourra lui permettre de vivre encore plusieurs années. Sinon...

Le vétérinaire fit un geste d'impuissance.

– Oui, aussi, pour répondre tout de suite à vos interrogations éventuelles: l'intervention elle-même ne vous reviendra qu'à quinze mille dollars. En fait, c'est assez peu. Quant au nouveau cœur... Vous pouvez chercher un donneur par vos propres réseaux, mais si vous nous faites confiance, nous pouvons nous en charger. Pour l'instant, j'aurais du mal à vous dire un prix. Il arrive que nous recevions des organes sans même avoir à les payer...

– Que je cherche par mes réseaux? reprit Victor, ahuri. Qu'est-ce que vous entendez par là?

– J'entends que Kiev compte plusieurs hôpitaux pour enfants, et que chacun a son service de réanimation, expliqua-t-il calmement. Vous pouvez vous présenter aux médecins, mais ne leur parlez pas du pingouin. Dites simplement que vous avez besoin du cœur d'un enfant de trois ou quatre ans pour une transplantation. Promettez-leur une bonne récompense. Ils vous tiendront au courant...

Victor secoua la tête.

– Non.

– Pourquoi? s'étonna Ilia Semionovitch, avant d'ajouter: Enfin, il vous faut y réfléchir posément. Vous avez mon numéro. La seule chose que je vous demande, c'est de ne pas trop tarder. De surcroît, pendant que vous attendez, c'est votre argent qui file, pensez-y. Bon, j'y vais. J'attends votre appel!

Il sortit, laissant Victor seul avec sa conscience.

Il n'avait pas envie de finir son café, maintenant froid. Il sortit à son tour et remonta le Krechtchatik en direction de la poste principale.

Le soleil brillait, mais il ne le voyait pas. Il croisait des gens, sans les remarquer. Dans un passage souterrain, un jeune homme lui donna un coup d'épaule; il ne se retourna même pas. Il bouscula lui-même une Tsigane, qui tentait de l'arrêter pour lui demander de l'argent.

Il regardait ses pieds en se disant que quelque chose ne tournait plus rond dans ce monde. À moins que ce soit le monde qui ait changé, ne demeurant le même, simple, compréhensible, qu'en apparence, alors qu'à l'intérieur, un mécanisme s'était brisé. On ne savait plus, désormais, quoi attendre des choses les plus banales, comme une miche de pain ou une cabine téléphonique. Chaque surface, chaque arbre, chaque homme, dissimulait un contenu étranger. Tout semblait familier, mais ce n'était qu'une impression.

Devant l'ancien musée Lénine, il s'arrêta, et, soupçonneux, regarda à droite et à gauche, comme s'il cherchait, dans ce paysage urbain si coutumier, des détails qu'il n'aurait jamais remarqués. Derrière l'escalier qui menait au parc, il contempla l'arche d'acier du monument à l'Amitié entre les deux peuples*, le chantier de la Philharmonie, en pleine réfection, et une affiche qui montrait un shampooing français en train de se déverser généreusement: *Vos cheveux vont faire des jaloux!*

Le bus 62, plein à craquer, stoppa sous le panneau publicitaire. Quelques passagers parvinrent à s'en extirper, et il redémarra aussitôt, au grand dam de tous ceux qui n'avaient pas eu le temps de monter. Il tourna à droite pour prendre la rue Vladimir.

Victor le suivit du regard et descendit vers le Podol par le même chemin.

Il dépassa la station basse du funiculaire et la gare fluviale. Une chaussée plate succéda à la pente abrupte, et il se retrouva rue Sagaïdatchny. Il s'arrêta au Bacchus.

Il demanda un verre de rouge, s'installa à une table, goûta le vin et soupira.

«Pourquoi le cœur d'un enfant? Pourquoi pas celui d'un chien? Ou d'un mouton, après tout...», songea-t-il.

À la table voisine, une bande de jeunes buvait de la bière additionnée de vodka.

Il avala encore une gorgée, sentit sur sa langue la plaisante âpreté du vin. Après le défilé fébrile de pensées qui venait de l'assaillir, il retrouvait enfin son calme.

---

* Monument soviétique célébrant l'alliance des Russes et des Ukrainiens.

«Finalement, c'est vrai, un pingouin est beaucoup plus proche d'un homme que d'un chien ou d'un mouton. C'est aussi une créature verticale, à deux pattes, pas quatre... D'ailleurs, contrairement à l'homme, le pingouin n'a jamais eu d'ancêtres à quatre pattes, que je sache...»

Il revit les travaux de Pidpaly, la seule chose qu'il avait lue de sa vie sur les pingouins. Il se rappela que c'étaient les pères qui élevaient les petits, restant des époux fidèles d'une année sur l'autre. Ils savaient s'orienter grâce au soleil, étaient animés d'un sens inné de la collectivité... Il se souvint de l'appartement du vieil homme, de l'odeur de brûlé... Et ses pensées revinrent à Micha.

Il finit son verre et en commanda un autre. Ses voisins, titubants, quittèrent le bar. Il resta seul. Sa montre marquait midi et demie. Le soleil pénétrait dans la salle, et ses rayons, tombant sur la table qu'occupait Victor, y décalquaient la silhouette du verre et projetaient les ombres de miettes éparpillées.

«Il faut l'opérer, pensait-il à mesure que l'alcool lui montait à la tête. Ils n'ont qu'à s'occuper de tout, c'est très bien! Je devrais avoir assez pour les payer. Je peux prendre de l'argent dans le sac de l'armoire, peu importe qu'il soit à Sonia...»

Il rentra chez lui et alla s'allonger sans déjeuner. Nina et Sonia étaient parties.

Il se réveilla vers quatre heures, la tête bourdonnante.

Il fit un café et s'assit à sa place habituelle.

Lorsque son crâne résonna moins fort et que l'amertume du café l'eut un peu revigoré, il pensa à Micha. Son assurance s'était dissipée avec les vapeurs d'alcool. Attrapant sa machine à écrire posée sous la table, il tenta de se changer les idées en se mettant au travail. L'appel de son chef, le matin même, lui revint en mémoire. Igor Lvovitch avait raison, il devait se ressaisir. Il s'assit face à sa machine, devant la feuille blanche qui attendait son texte.

Il prit le dossier en cours, où une seule biographie restait à traiter. Il plongea dans sa lecture.

Nina et Sonia ne tardèrent pas à revenir.

– On était chez la maman de Serioja, dit Nina en aidant la fillette à enlever son manteau. Elle s'inquiète, ça fait deux semaines qu'il n'a pas téléphoné.

– Comment va Micha? demanda Sonia en se précipitant dans la cuisine, en chaussettes.

– Va mettre des pantoufles, lui ordonna Victor, sévère. Le docteur a promis de le guérir, ajouta-t-il en la suivant. Mais pour l'instant, il doit rester à la clinique.

Elle était sagement en train de prendre ses chaussons sous le portemanteau.

– On pourra aller le voir?

– Non. Ce n'est pas permis...

66

Une journée passa. Victor n'avait toujours pas rappelé Ilia Semionovitch. Il avait terminé sa dernière «petite croix» et attendait le coursier du journal.

Nina et Sonia étaient sorties. Il en profita pour compter les dollars de la fillette et en trouva plus de quarante mille. Après avoir reconstitué l'épaisse liasse, il l'entoura à nouveau d'élastiques et la remit dans le sac. Il fit ensuite le point de ses propres économies, dont il devait l'essentiel à Micha. Presque dix mille dollars.

– Il faut que j'appelle…, murmura-t-il.

Au même instant, on sonna à la porte.

Un coursier taciturne, qui avait l'âge de la retraite et portait un vieux manteau de gros drap, prit le dossier qu'il lui tendait, le glissa dans sa serviette et lui en remit un nouveau. Il lui fit un signe de tête et s'empressa de redescendre l'escalier.

Victor l'accompagna du regard et ferma la porte. Il jeta le dossier sur la table de la cuisine et se dirigea vers le téléphone, mais le désarroi reprit le dessus. Quelque chose l'arrêtait.

– Il faut que j'appelle, murmurait-il pour lui-même, mais il ne bougeait pas.

Il se contentait de regarder le téléphone, comme si l'appareil avait pu composer le numéro tout seul et parler à sa place.

Il se décida enfin, demanda Ilia Semionovitch et fut lâchement soulagé d'apprendre que celui-ci venait de s'absenter.

Il se mit au travail et ne rappela pas de la journée. Lorsque Nina et Sonia revinrent, il avait déjà rédigé trois «petites croix». Il ne lui en restait que deux à faire, après quoi il pourrait appeler son chef. Il allait lui montrer qu'il savait être efficace !

Le jour suivant, Liocha lui passa un coup de fil.

– Salut, vieux. Demain, on a des obsèques très importantes…

– Je crains qu'elles ne se déroulent sans pingouin, soupira Victor. La dernière fois, il s'est enrhumé, et je ne sais pas s'il va s'en sortir…

Devant la stupéfaction de Liocha, Victor lui raconta tous les détails.

– Écoute, c'est de ma faute, laisse-moi m'en occuper. Il est où ?

Victor lui donna le numéro d'Ilia Semionovitch.

– OK, je te rappelle ! T'en fais pas !

Et en effet, il rappela le soir même.

– Ça va s'arranger, déclara-t-il d'un ton optimiste. Les gars prennent en charge tout ce qui concerne l'opération, y compris le côté financier. Ton Ilia Semionovitch est un mec réglo. Maintenant, c'est lui qui va te téléphoner tous les jours pour te tenir au courant… Au fait, tu pourrais venir avec moi à l'enterrement, demain ? Après, on irait au repas ensemble…, lui suggéra-t-il.

– Tu me prends pour un pingouin ou quoi ? demanda Victor d'une voix triste.

L'espoir lui était subitement revenu, mais, assis face à sa machine à écrire, il éprouvait une certaine inquiétude. Des types qu'il ne connaissait pas, même s'il devinait qui ils étaient, avaient décidé de payer l'opération et semblaient s'être également chargés de trouver un donneur…

Il avait l'impression d'être dans un film d'épouvante.

Il secoua la tête, et ses pensées revinrent aux « gars » en question. Pourquoi voulaient-ils s'occuper de tout ça ? Ce n'étaient quand même pas des philanthropes, ni des amis des bêtes ? Peut-être avaient-ils une dette envers lui ? Ou envers Micha ?

Tous ces points d'interrogation le lassèrent vite, et il décida de passer à autre chose, mais ses pensées tournaient toujours autour du pingouin malade.

Il se souvint de l'émission où la charmante animatrice avait lancé un appel à d'éventuels donateurs pour expédier un avion de fret à la base ukrainienne de recherches polaires. Il retrouva le papier où il avait noté le téléphone à contacter.

Une idée lumineuse venait de lui traverser l'esprit: si Micha survivait, il le renverrait en Antarctique par cet avion. Victor offrirait une coquette somme à condition que le pingouin soit relâché là-bas, chez lui, sur la banquise. Ils ne refuseraient pas...

Heureux d'avoir imaginé pareille issue, il attaqua les « petites croix » restantes et les liquida en deux heures.

Le soir, il eut un appel d'Ilia Semionovitch.

– Tout est réglé, vous êtes au courant? demanda-t-il.

– Oui.

– Que puis-je vous dire... Vous avez de bons amis... L'état du pingouin est stationnaire. Nous commençons à préparer la transplantation.

– Vous avez déjà le nécessaire?

– Non, pas encore, mais je pense que c'est l'affaire de deux ou trois jours. Je vous rappellerai demain.

Une demi-heure plus tard, lorsque Sonia, qui avait fini de dîner, lui demanda des nouvelles de Micha, il put répondre, soulagé:

– Il va mieux.

67

Il veilla très tard. Sonia et Nina étaient sans doute plongées dans leurs rêves, mais lui restait à la cuisine, dans le noir, et contemplait les fenêtres de l'immeuble d'en face, qui s'éteignaient les unes après les autres.

Il n'avait pas envie de se coucher. Ce n'était pas une insomnie, il se délectait simplement du calme et du silence, observant la ville qui s'assoupissait. Le tic-tac du réveil, revenu à sa place habituelle, ne l'irritait plus. Les soucis appartenaient au passé. Gagné par la sérénité, son cerveau tournait au ralenti, et ses pensées s'écoulaient, libérées, comme une placide rivière.

Il lui semblait qu'après toutes ces turbulences, ces révélations déplaisantes qui avaient fait naître en lui de noirs soupçons, tous ces instants plus faciles à oublier qu'à comprendre ou accepter, sa vie reprenait enfin son cours ordinaire. Et c'était la condition pour pouvoir envisager l'avenir, son avenir : il ne parviendrait à l'atteindre qu'en filant tout droit, sans s'arrêter pour élucider un quelconque mystère ni s'appesantir sur le changement de nature de sa vie elle-même. L'existence est une route, et si on prend la tangente, elle est plus longue. Et là, le processus compte plus que le résultat, puisque l'aboutissement est toujours le même : la mort.

Ainsi, il avait pris la tangente, évitant les portes fermées qu'il effleurait à tâtons, non sans y laisser des empreintes, qui restaient aussi, dans sa mémoire, dans ce passé qui ne le tourmentait plus.

En face, seules trois fenêtres étaient encore éclairées. Ce n'étaient pas les mêmes que la fois précédente, et les gens qui s'affairaient derrière ces vitres-là ne l'intéressaient pas. Il aurait voulu revoir la femme qu'il avait observée la nuit où il ne parvenait pas à trouver le sommeil. Son absence ne parvint cependant pas à ébranler sa quiétude.

C'était comme s'il avait trouvé le secret de la longévité. Il résidait dans le calme. Le calme était source de confiance en soi, et la confiance en soi permettait d'évacuer les soucis et les revirements inutiles. Elle permettait de prendre des décisions qui rallongeaient l'existence. Elle conduisait vers l'avenir.

Victor y jeta un coup d'œil, et pour la première fois il lui sembla distinguer avec netteté tout ce qui l'empêchait d'avancer sereinement. Aussi étrange que cela puisse paraître, tout était lié à son Micha bien-aimé, et bien que le pingouin lui-même n'ait rien demandé, il était au centre de tout cet imbroglio. C'était lui qui avait entraîné son maître dans la ronde funèbre de ces gens au taux de mortalité record, et il était désormais seul capable de l'en faire sortir. Il suffisait qu'il se volatilise pour que Liocha et ses jumelles disparaissent aussi, avec les précieux cercueils à poignées dorées. Des deux maux qui lui empoisonnaient la vie, il n'en resterait plus qu'un, les «petites croix»; il s'y était depuis longtemps résigné. C'était un mal qui restait en dehors de lui et auquel il conférait, moyennant trois cents dollars par mois, un sens philosophique. Dans ce mal-là, il n'était qu'un élément accessoire.

Victor sourit en imaginant Micha sur fond de blancheur antarctique. C'était cela, la solution. Une solution qui leur rendrait service à tous les deux. Et qui leur offrirait la liberté. Pourvu que l'opération réussisse... Et même si les «gars» qui avaient tenu à assumer toutes les dépenses n'appréciaient pas la disparition du pingouin, que pourraient-ils faire? Que pourraient-ils faire contre Victor, qui disposait de cette «protection» dont il ignorait tout et que le défunt Micha, pas le pingouin, l'autre, ainsi que son ennemi intime, Sergueï Tchékaline, avaient évoquée avec tant de respect?

Le rythme tranquille et mesuré de sa vie future battait à ses oreilles.

Il sourit à nouveau.

La dernière fenêtre de l'immeuble d'en face s'éteignit, ce qui accentua la clarté diffuse de la lune qui tombait dans la cour.

68

Quelques journées de printemps s'écoulèrent. Tous les soirs, ponctuel, Ilia Semionovitch appelait pour donner à Victor des nouvelles de Micha. Son état «se maintenait». Celui de Victor aussi, tout comme la météo. Nina et Sonia partaient dès le matin, car Nina avait envie de faire découvrir à la fillette les diverses facettes du printemps. Elles l'«étudiaient», comme une matière scolaire. Ce jeu semblait leur plaire à toutes les deux. Victor, lui, était content de les voir s'en aller. Il pouvait travailler tranquille. Les «petites croix» étaient faciles à écrire, et il attendait un coup de fil de son rédacteur en chef. Il pensait mériter des félicitations. Mais Igor Lvovitch restait silencieux. D'ailleurs, à part Ilia Semionovitch, personne ne lui téléphonait. Sergueï, le policier, le seul dont les appels n'engageaient à rien, était loin. Qui d'autre se cachait dans l'ombre de sa vie? Liocha, qui veillait à la sécurité des grands enterrements? Il rappellerait, Victor n'en doutait pas. Mais Liocha aussi lui semblait quelqu'un de plutôt bien, qui, visiblement, «avait pris la tangente». Il avait trouvé son créneau et s'y tenait. Par les temps qui couraient, c'était tout de même une jolie réussite, surtout si on arrivait à ne pas susciter de jalousies. Il ne fallait pas que quelqu'un vienne à penser que le créneau en question était trop beau pour celui qui l'occupait...

Un jour, vers trois heures, Ilia Semionovitch appela.
– Il a été opéré cette nuit. Pour l'instant, tout est parfait. Aucun symptôme de rejet.

Victor se réjouit de la nouvelle.
– Merci... Quand sera-t-il possible de le récupérer ?
– Il faudra du temps... La convalescence devrait durer six bonnes semaines... Mais je continuerai à vous tenir au courant... Ce sera peut-être plus rapide que prévu... On va bien voir...

Après cette conversation, il se fit un café et alla le boire dehors. Un rayon de soleil vint lui caresser le visage, le forçant à cligner des yeux. Une brise fraîche, étonnamment douce, l'effleura ; mêlée à la tiédeur précoce, encore fragile, comme enfantine, du soleil, elle lui procura une délicieuse sensation, une impression surprenante, brise passagère sur fond de soleil. Chaleur et fraîcheur. C'est ce qui fait naître la vie, ce qui l'appelle à la surface de la terre.

Le café était léger, mais cela convenait à Victor. Désormais, le café corsé était associé au froid, à la nécessité de lutter contre l'engourdissement hivernal, les journées trop brèves, la fatigue qu'engendre l'attente des beaux jours.

« Ça y est, maintenant je peux appeler ce Comité Antarctique, pensa-t-il. Moi qui aime la chaleur, je resterai ici, et Micha, qui aime le froid, sera plus heureux là-bas. »

Il regagna le salon et s'arrêta un instant pour contempler le dessin de Sonia au mur, son «portrait de famille avec pingouin».

Il sourit et soupira, fier de lui, de sa décision. Il songea aussitôt qu'il était beaucoup plus facile de prendre en main la destinée des autres que la sienne. D'autant que toute tentative de modifier son destin entraînait des conséquences fâcheuses qui ne faisaient qu'aggraver la situation.

69

Le Comité Antarctique était situé dans les locaux administratifs d'une usine d'aviation, au premier étage, dans deux pièces contiguës signalées par une plaque nostalgique où on pouvait lire *Partburo**.

Victor y arriva vers onze heures. Il avait d'abord téléphoné pour demander un rendez-vous, sans évoquer le pingouin; on l'aurait pris pour un farceur ou un détraqué. Il s'était contenté de se présenter comme un sponsor potentiel.

Il dut patienter plusieurs minutes dans le hall avant qu'un homme d'une quarantaine d'années, plutôt maigre, en costume gris, descende à sa rencontre. C'était Valentin Ivanovitch, le président du Comité, qui se montra très avenant, qualité indispensable dans un métier consacré à la recherche de financements. Il commença par offrir un café à Victor, puis lui ouvrit la porte de la seconde pièce.

---

* Bureau du Parti.

– Le plus souvent, c'est de la nourriture qu'on vient nous proposer. Regardez-moi ça !

Il désignait des rangées de cartons et des boîtes de conserves qui s'amoncelaient en vrac contre le mur du fond.

– On les prend, même quand elles sont périmées depuis longtemps. C'est déjà bien qu'on nous donne quelque chose... Parfois, on nous offre de l'argent. La Ioujstroïbank nous a versé trois cents dollars. Évidemment, c'est ce qui nous arrange le plus. Nous avons besoin de kérosène pour l'avion, et il faut aussi payer les pilotes. Ils sont là à attendre, sans travail...

Victor écoutait en hochant la tête.

Ils repassèrent dans le bureau. Valentin Ivanovitch prit un papier qui répertoriait jusqu'au moindre détail les marchandises et sommes déjà récoltées.

Victor lut cette liste, remarquant l'énorme quantité de corned-beef chinois offert par un donateur.

– Tout n'est pas ici. Le matériel et les vêtements polaires sont entreposés ailleurs. Nous avons aussi deux tonneaux d'huile de tournesol.

– Et quand partez-vous ? demanda Victor.

– Normalement, le 9 mai, l'ancien jour de la Victoire. Nous serons obligés de faire plusieurs escales. Il aurait fallu prévenir les aéroports avant. Pardon de vous poser la question, mais quel genre d'aide nous proposez-vous ? Des devises ou de la nourriture ?

– Des devises. À une condition...

– Je vous écoute !

Valentin Ivanovitch posa un regard pénétrant sur son sponsor éventuel.

– Il y a un an, j'ai pris un pingouin au zoo, à l'époque

où celui-ci n'avait plus de quoi nourrir ses pensionnaires... Maintenant, je voudrais le renvoyer en Antarctique, dans son habitat naturel... En fait, c'est cela que j'attends de vous...

Une lueur d'ironie passa dans les yeux clairs du président, mais son visage resta grave, tout comme celui de Victor. Ils se regardaient, semblant jouer à celui qui tiendrait le plus longtemps. Au bout d'une minute, Valentin Ivanovitch baissa les yeux, pensif.

– Vous pourriez nous donner combien pour ce passager ? demanda-t-il sans lever la tête.

– Disons deux mille dollars, avança Victor.

Il n'avait pas envie que la conversation vire au marchandage. Pour l'instant, tout allait bien, et même l'ironie ou la méfiance qui avait étincelé dans le regard de son interlocuteur n'avait pas influé sur le déroulement de leur entretien d'affaires.

Valentin Ivanovitch demeura silencieux quelques instants. Il réfléchissait.

– Donc, deux mille dollars en espèces ? reprit-il en regardant Victor.

Celui-ci confirma.

– Bien. C'est d'accord... Pourriez-vous avoir l'obligeance de nous apporter l'argent dans la semaine ? Vous nous amènerez le pingouin le matin du départ, vers neuf heures. Le décollage est prévu pour midi.

En rentrant chez lui, sous le soleil, Victor, paradoxalement, se sentait un peu inquiet. La facilité avec laquelle le sort de Micha avait été scellé le faisait à nouveau réfléchir à son propre destin. À partir du 9 mai, il se retrouverait seul, malgré la présence de Nina et Sonia. Leur existence, autonome, indépendante de la sienne, ne lui permettrait pas d'oublier Micha.

Il n'attendait aucun attachement de leur part, pas plus qu'il ne se sentait attaché à elles. Était-ce un simple jeu qui avait perduré? Peut-être. Mais Nina avait l'air d'y prendre goût. La fillette, naturellement, ne comprenait rien à tout cela. La présence d'adultes dans sa vie allait de soi. Elle paraissait avoir complètement oublié ses parents. Peut-être Victor devait-il s'efforcer d'aimer Nina et Sonia? Elles le lui rendraient, et leur étrange alliance deviendrait ainsi une véritable famille...

70

Le mois d'avril touchait à sa fin. La ville, que la chaleur avait reverdie, s'apprêtait à voir fleurir ses marronniers, alors que l'existence de Victor ralentissait son cours. La dernière fois que le coursier du journal était passé, il avait pris ses «petites croix» sans rien lui remettre. Victor avait appelé Igor Lvovitch, qui lui avait confirmé qu'il n'aurait pas de travail pendant quelque temps. Ces congés subits l'avaient pris au dépourvu. C'était comme si sa vie avait perdu son rythme. Jusque-là, rien n'avait dérogé au planning: il avait depuis longtemps apporté la somme convenue à Valentin Ivanovitch, et Ilia Semionovitch lui téléphonait tous les jours pour lui raconter les progrès de Micha. Puis soudain, cette pause...

Nina avait reparlé d'acheter une datcha et s'était mise à ramener des journaux d'annonces. Victor lisait patiemment toutes celles qu'elle entourait. Il savait qu'il faudrait se décider et acquérir au plus vite une maison avec jardin, pour qu'ils puissent y profiter de l'été. Il ne parvenait cependant pas à se défaire d'une passivité tenace et se disait qu'après le 9 mai, tout irait mieux, attribuant son humeur bizarre au manque de travail et à l'attente du départ de Micha.

Sonia lui demandait de moins en moins de nouvelles du pingouin, ce dont il se réjouissait. Il était désormais presque sûr que s'il disparaissait de sa vie, cela ne créerait pas de drame. En réalité, il avait plus peur pour lui-même. C'était d'abord lui qu'il plaignait, et il n'avait aucun mal à imaginer les instants qui le rendraient bientôt nostalgique.

Mais la décision qu'il avait prise, comme un élément déjà indépendant de lui, l'empêchait de s'apitoyer sur son sort avant l'heure.

Un beau jour, Liocha appela.

– C'est super! s'exclama-t-il. Encore quelques semaines et on pourra faire les prochaines funérailles en buvant à la santé du pingouin!

Pour la première fois depuis longtemps, Victor avait souri. « Oui, avait-il pensé, on trinquera, sans faute! »

Nina, qui était encore allée rendre visite à la maman de Serioja, revint avec un avis pour un colis recommandé.

Ils dînaient. La soirée commençait à peine, il était environ six heures.

– C'est étrange, lança-t-elle. A priori, c'est Serioja qui l'a envoyé, mais ce n'est pas son écriture... Et regarde, vingt dollars au cours du change pour les droits de douane! Comme si ça venait de l'étranger...

– Ça vient bien de l'étranger, articula tristement Victor en tentant de couper un bout de côtelette avec un couteau émoussé.

– Elle est dure! protesta Sonia qui se battait elle aussi avec la viande.

– Attends, je vais te la découper en tout petits morceaux!

Il se pencha vers elle et «scia» patiemment sa côtelette.

– Il faudrait aiguiser les couteaux, remarqua Nina.

– Je m'en occuperai, promit-il.

Ensuite, ils burent leur thé.

– Tu viendras à la poste avec moi, demain? lui demanda Nina. Des fois que le colis serait trop lourd...

– D'accord.

Ce soir-là, une fois de plus, Sonia s'endormit devant la télé. Ils l'allongèrent sur son divan, bordèrent la couverture et baissèrent le son pour regarder un des multiples films d'action qui figuraient désormais dans les programmes. Mel Gibson était le héros de celui-ci. Ils attendirent le dénouement, sanglant, pour aller se coucher.

Le lendemain matin, après avoir payé l'équivalent de vingt dollars, ils purent retirer leur paquet à la poste. C'était une boîte en carton, assez pesante, ornée d'une étiquette *Attention, fragile!* collée en diagonale.

Nina regarda l'adresse inscrite sur le dessus.

– Ce n'est pas son écriture! confirma-t-elle.

Victor prit le colis et entendit cliqueter quelque chose à l'intérieur. Il jeta un nouveau coup d'œil à l'étiquette *Fragile* et fit la moue.

– On dirait que ça s'est cassé...

– Alors, on leur a laissé ces vingt dollars pour rien! ragea-t-elle. Bon, tant pis, on l'ouvrira à la maison. Inutile de l'apporter à sa mère maintenant. Si c'est cassé, ça lui fera de la peine et pas plus...

Ils rentrèrent, félicitèrent Sonia pour tout ce qu'elle avait dessiné en leur absence, puis défirent le colis sur la table de la cuisine. Ils en tirèrent un étrange vase carré, vert sombre, fermé par un petit couvercle que maintenait une bande de papier adhésif.

Victor se demanda si le vase était en bronze.

– Il y a quelque chose dedans, dit Nina. Oh, là, regarde, une lettre !

Elle prit la feuille de papier pliée en deux et se mit à lire. Victor la dévisageait. Ses lèvres remuaient. Ses traits semblaient pétrifiés. Ses mains commencèrent à trembler. Elle lui tendit la lettre sans rien dire.

Chère maman de Sergueï !

Le commissariat de police de la Krasnaïa Presnia* m'a chargé de vous écrire cette lettre. Sans doute parce que je viens d'Ukraine moi aussi. Je suis de Donetsk. Et aussi parce que Sergueï était mon ami. C'était un gars formidable. Je ne sais pas quoi vous dire d'autre. Malheureusement, Sergueï a trouvé la mort dans l'exercice de ses fonctions. Ça s'est passé en dehors de Moscou. Il ne voulait pas y aller, mais les ordres sont les ordres. Le département Finances de la branche moscovite du ministère de l'Intérieur nous a placés devant un choix difficile, car il ne pouvait payer qu'une crémation ou un enterrement, mais assez loin, après Orekhovo-Zouïevo. Nous tous, les gars venus d'Ukraine, nous avons décidé qu'il valait mieux une crémation, parce que comme ça au moins il pourrait être enterré chez lui. Recevez toutes nos condoléances.

Nikolaï Prokhorenko
et le commissariat de la Krasnaïa Presnia.

---

* Quartier de Moscou.

Sa lecture achevée, Victor regarda à nouveau l'urne verte. Nina sortit de la pièce. Il l'entendit pleurer dans le couloir.

Il souleva l'objet avec précaution et le secoua doucement. Cela produisit un bruit étrange, furtif et sourd. Il le reposa sur la table.

«Un macabre hochet, songea-t-il, lugubre. Tout ce qu'il reste de Serioga...»

Il y eut un bruit d'eau dans la salle de bains, et quelques instants plus tard, Nina regagnait la cuisine, le visage mouillé et les yeux rouges.

– Je ne dirai rien à Svetlana Fiodorovna... Ça la tuerait.

Elle parlait d'une voix ferme.

– On l'enterrera nous-mêmes.

Victor approuva.

71

Quelques jours passèrent. Le temps qui se traînait continuait à lui peser, et malgré le beau soleil, il ne sortait pas. Plusieurs fois, il avait posé sa machine à écrire sur la table et tenté de rédiger un peu de fiction, mais la simple vue d'une page blanche suffisait à le paralyser.

Repensant au genre, si populaire dans la presse, du reportage policier, il se demanda si la lecture des journaux ne l'aiderait pas. Il pourrait y trouver des sujets, des personnages...

Il se souvint de la manière dont il avait déniché les héros de ses premières «petites croix» dans les quotidiens. Qu'étaient devenus ces gens?

L'urne vert sombre était désormais sur le rebord intérieur de la fenêtre, il l'avait mise là le jour même où ils l'avaient reçue, afin de dégager la table pour déjeuner, et elle n'avait pas bougé depuis. De temps à autre, il posait les yeux sur elle, se rappelait Sergueï, le réveillon dans sa datcha et les pique-nique hivernaux sur la glace en compagnie du pingouin. L'impression étrange d'un bonheur à jamais perdu s'emparait de lui. Il regardait la nuance profonde de la patine artificielle, le curieux réceptacle dont il ne parvenait pas à croire qu'il représentait la nouvelle enveloppe des restes de la vie terrestre de Sergueï. Non, cet objet demeurait simplement une chose incongrue, une sorte d'*alien* muet. Sa présence dans la cuisine le déconcertait, mais il ne la rejetait pas. Le vert velouté de la patine semblait vivant, et l'urne elle-même paraissait animée, malgré son contenu. De toute façon, Victor ne pouvait tout simplement pas concevoir que ce vase ait un rapport quelconque avec Sergueï, avec sa vie ou sa mort. Non ; si Sergueï n'était plus, il n'était plus nulle part, et en tout cas pas là-dedans.

Nina et Sonia rentrèrent en fin d'après-midi.

– Y a un monsieur qui nous a posé des questions sur toi ! lui dit la fillette tout en enfilant ses chaussons.

– Quel monsieur ? s'étonna-t-il.

– Un monsieur jeune et gros !

Victor leva un regard surpris vers Nina.

– Un de tes copains, je ne sais pas, il a juste demandé de tes nouvelles...

– Il nous a offert des glaces ! ajouta Sonia.

Pour le dîner, Nina prépara un poulet. Pendant qu'ils buvaient leur thé, elle sortit de son sac une page découpée dans un journal.

– Regarde! dit-elle en la tendant à Victor. Je crois que c'est ce qu'on cherche, Kontcha-Zaspa*, mille mètres carrés de terrain, et pas trop cher!

Il lut la petite annonce: datcha avec étage, quatre chambres, mille mètres carrés plantés de jeunes arbres, douze mille dollars.

– Oui, il faudra appeler...

Mais à peine avaient-ils fini leur thé qu'Ilia Semionovitch téléphona, et Victor en oublia la datcha.

– Votre pingouin se balade déjà à travers la pièce!

– Je peux venir le chercher?

– Je pense qu'il vaudrait mieux nous le laisser encore une dizaine de jours en observation...

– Mais ce serait possible de le reprendre vers le 7 ou le 8 mai?

– Je crois que oui...

Quand il eut raccroché, Victor poussa un soupir de soulagement. Il regarda dehors. La nuit n'était pas encore tombée.

– Je sors une dizaine de minutes, je vais faire un petit tour, cria-t-il depuis le couloir en laçant ses baskets.

---

* Banlieue résidentielle cotée de Kiev, dans la verdure et agrémentée par le Dniepr.

72

Deux nouvelles journées passèrent, rapprochant d'autant l'ancien jour de la Victoire.

Victor avait fini par appeler pour la datcha de Kontcha-Zaspa et pris rendez-vous afin de la visiter le dimanche suivant. Nina était persuadée qu'ils auraient le coup de foudre.

«Avec ce soleil, n'importe quelle datcha doit sembler un paradis», se disait-il depuis son balcon, une tasse de café à la main.

Il n'était pas encore midi, mais il faisait déjà une chaleur écrasante. On sentait à peine une légère brise, tiède elle aussi, comme soufflée par un sèche-cheveux géant.

«Après le 9, j'appellerai Igor Lvovitch. Il faut qu'il me donne du travail... Je m'ennuie, moi... Ou alors, on pourrait se casser tous les trois en Crimée pour une quinzaine de jours? Mais la datcha? Non, il faut d'abord s'occuper de ça, et si on l'achète, on n'aura même pas besoin de partir en Crimée!»

Nina et Sonia revinrent vers cinq heures.

– Alors, vous avez fait quoi?

– On est allées au parc des Iles, répondit Nina. On a loué une barque...

– Oui! renchérit Sonia. Et y en a déjà qui se baignent!

– On a de nouveau rencontré ton copain, reprit Nina. Il est spécial...

– Mon copain?

– Oui, celui de l'autre fois, tu sais, il nous avait offert des glaces et demandé ce que tu devenais...

Victor était perplexe.

– À quoi il ressemble ? demanda-t-il finalement.

– Grassouillet, la trentaine... Il ressemble à rien... Il est venu s'asseoir à côté de nous, au café qui est près du métro.

– Il voulait savoir si tu m'aimais ou non ! précisa Sonia. Je lui ai dit que tu m'aimais pas beaucoup.

Victor se sentait de plus en plus inquiet. Même parmi ses vieux copains, il n'y avait pas de gros d'environ trente ans.

– Et à part ça, qu'est-ce qu'il t'a posé comme questions ?

Nina pencha la tête, essayant de rassembler ses souvenirs.

– Il a parlé de ton travail, savoir s'il te plaisait... Puis il a demandé si tu écrivais encore des récits... Il a dit qu'il aimait beaucoup ceux que tu avais faits avant. Ah oui, il m'a demandé si je voulais bien lui donner un de tes manuscrits... mais sans t'en parler... Il a dit que les écrivains n'aimaient pas faire lire leurs manuscrits...

– Qu'est-ce que tu lui as répondu ? s'enquit-il en la fixant d'un regard froid.

– Elle a dit qu'elle allait voir ! répliqua Sonia à sa place.

– Non, corrigea Nina. Il a dit que Kiev était une petite ville et qu'on se reverrait. Mais je ne lui ai rien dit pour tes manuscrits...

Victor aurait bien aimé savoir qui pouvait être cet homme et pourquoi il posait toutes ces questions.

Dérouté, il sortit sur le balcon, s'y accouda et regarda en contrebas. La cour. Dans un espace carré goudronné, sur des fils tendus entre deux poteaux de béton, du linge séchait. Non loin de là, des enfants jouaient. Sur la gauche, un logement à poubelles peint en blanc abritait de vieilles bennes métalliques. Il ne pouvait pas voir au-delà, mais savait que derrière s'étendait le terrain vague aux trois colombiers où Micha, Sonia et lui avaient fait quelques balades au début de l'hiver. Paysage familier, vue aérienne au printemps.

Les pensées de Victor revinrent à ce curieux « copain ».

Il songea soudain que ce type pouvait surveiller Nina et Sonia, et il examina à nouveau la cour. « Sinon, comment pourrait-il savoir que nous formons une sorte de famille ? »

Deux petites vieilles étaient assises sur le banc près de l'entrée. Devant le bâtiment voisin aussi, il y avait du monde. En face, une bande d'adolescents longeait l'immeuble en discutant très fort.

Rien ni personne de suspect.

Cela rassura Victor, qui rentra.

73

Il ne parvenait pas à dormir. Dans la pénombre de la chambre, écoutant le souffle tranquille de Nina et sentant sa chaleur, il pensait à cet homme qui s'intéressait tant à lui. Qui était-il ? Pour qui travaillait-il ? Pourquoi faisait-il ça ? Et pourquoi avoir posé cette étrange question à Sonia, sur l'amour qu'il lui portait ?

L'angoisse le gagnait, repoussant un peu plus le calme et le sommeil.

« C'est sûr, quelqu'un les file. Et moi aussi sans doute... mais je sors peu... »

Sans faire de bruit, il se leva, passa son peignoir et alla prendre l'air sur le balcon.

Une agréable fraîcheur semblait descendre du ciel semé d'étoiles. Le silence tendu de la ville endormie pesait à ses oreilles. Dans l'immeuble d'en face, pas une seule fenêtre ne brillait, et en bas, la cour figée pour la nuit rappelait un décor de théâtre abandonné par les acteurs.

«Non, si on nous surveillait vraiment, il y aurait une voiture garée tous feux éteints du côté de l'entrée voisine...»

Il se pencha et regarda au pied de son immeuble. Il y vit deux voitures, juste en face de l'entrée. Il sourit: il n'allait pas tarder à tomber dans la paranoïa.

Il se recoucha, mais passa une nuit blanche.

Au matin, après avoir ingurgité suffisamment de café serré pour se sentir aussi excité qu'éveillé, il prit un bain et se rasa.

Le petit déjeuner avalé, Nina et Sonia se préparèrent à sortir. Victor voulut savoir où elles allaient.

– On retourne au parc des Iles, répondit Nina. Il y fait bon. Et les manèges tournent déjà...

Dès qu'elles eurent quitté l'appartement, il se colla à la fenêtre de la cuisine. Il observa soigneusement la cour, puis dirigea son regard vers l'entrée de l'immeuble. Il attendit de les voir sortir et reporta son attention sur la cour. Il vit alors un jeune, corpulent et de taille modeste, se lever d'un banc proche du bâtiment d'en face. Elles allaient prendre le bus. Il leur emboîta lentement le pas. Au bout d'une vingtaine de mètres, il s'arrêta et se retourna. Une voiture arriva à sa hauteur, un break Lada; il monta et la voiture redémarra.

Troublé par la scène à laquelle il venait d'assister, Victor mit ses chaussures à la hâte et descendit.

Un bus était sans doute passé quelques instants auparavant, car l'arrêt était désert. Il fit signe à un véhicule*, et, cinq minutes plus tard, il se trouvait sur l'escalier mécanique du métro.

Plus il pensait à cette étrange filature et aux questions de l'inconnu, moins il comprenait. Ce gars en T-shirt informe, cette voiture où aucun caïd digne de ce nom n'aurait accepté de monter... Victor ne parvenait pas à établir de lien entre ses observations et l'angoisse qu'il éprouvait, ni avec le danger qu'il devinait après que Nina lui ait relaté sa seconde rencontre avec le jeune gros si curieux.

Pourtant, même si tout cela paraissait loufoque, quelqu'un était bel et bien en train d'espionner Nina afin d'avoir l'air de lui tomber dessus « par hasard » une fois de plus et de pouvoir lui poser de nouvelles questions sur lui, Victor. Quelqu'un s'intéressait donc à lui. La seule chose qui le rassurait un peu était qu'il n'avait encore vu aucun gars en survêtement, le crâne rasé, au volant d'une voiture étrangère flambant neuve.

Dans ces conditions, il n'avait rien à craindre. Mais le mystère demeurait, et il fallait le dissiper.

Dans le métro, il se surprit à penser que ce jeu lui plaisait, ou plus exactement qu'il appréciait cette occasion de prendre enfin des initiatives. Il retrouvait confiance en lui. Pour faire bonne mesure, il se souvint de la fameuse « protection » dont il bénéficiait sans en avoir jamais compris le motif.

En sortant à l'air libre, il tourna à droite et s'arrêta près d'un étal où s'alignaient, à la verticale, des dizaines de

---

* Comportement habituel, car les particuliers cherchent souvent à gagner un peu d'argent en jouant les taxis.

paires de lunettes noires. Nonchalante, une fille d'une vingtaine d'années était assise sur un petit pliant à gauche de son éventaire, les yeux cachés par des lunettes de soleil.

Il réfléchit un instant, essaya de tout petits verres un peu démodés, puis des *made in Taiwan*. Il finit par choisir une paire, paya et la garda sur le nez.

Un fumet de brochettes planait dans l'air. On avait beau être en semaine, la partie «marché» du parc regorgeait de monde, et les terrasses des cafés étaient pleines de badauds. Victor trouva une table libre, commanda un espresso et un cognac, puis regarda autour de lui sans enlever ses lunettes.

Il n'apercevait pas les silhouettes qu'il cherchait, mais remarqua une tête connue, un homme d'une quarantaine d'années qu'il avait côtoyé plusieurs fois lors de «beaux» enterrements. Il était installé au café voisin en compagnie d'une femme élégante, grande, vêtue d'une courte robe bleue à large ceinture. Ils buvaient de la bière en devisant tranquillement.

Victor les contempla quelques minutes, puis regarda à nouveau les alentours.

La serveuse lui apporta sa commande et lui demanda de payer tout de suite. Il goûta son cognac, son café, et oublia Sonia et Nina un petit moment.

«Dans quatre jours, je conduirai Micha à l'avion… Je me demande quand même où ils ont bien pu prendre le cœur qu'ils lui ont greffé…»

Il resta assis une demi-heure avant d'aller flâner du côté des barques, de revenir au métro et de se diriger vers l'autre moitié du parc, parsemée elle aussi de petits cafés en plein air. Dans ce coin-là, il y avait moins de monde. Il gagna le pont qui enjambait le golfe. Au-delà, il n'y avait que des plages et des terrains de sport. Il fit demi-tour, s'attabla à un café éloigné du métro, demanda un Pepsi, examina encore une fois les environs.

– Elles devraient être par là, murmura-t-il pour lui-même, passant en revue les gens qui occupaient les dizaines de tables voisines.

Une fillette qui jouait dans l'herbe, le long d'une allée bordée de bancs en bois, attira son attention. Elle se trouvait à peu près à cent cinquante mètres de lui. Des gens étaient assis sur le banc le plus proche d'elle, tournant le dos à Victor qui ne distinguait que deux nuques.

Abandonnant son Pepsi, il se dirigea vers la fillette en marchant sur le gazon. Il ne lui fallut qu'une petite trentaine de pas pour être certain qu'il s'agissait de Sonia. Soit elle avait perdu quelque chose, soit elle «étudiait» l'herbe.

Il retourna vers le café et obliqua du côté des toilettes. De là, il pourrait mieux observer les adultes qui occupaient le banc.

Parvenu devant la porte, il souleva ses lunettes afin d'y voir plus clair.

C'était Nina et le gars en T-shirt informe. Ils bavardaient, ou plutôt il parlait et elle écoutait avec attention, hochant la tête de temps à autre.

Pour ne pas se faire remarquer, Victor entra dans les toilettes. Il y demeura quelques instants, puis retourna au café. Il jeta un regard vers le banc. À présent, c'était Nina qui parlait et l'homme qui écoutait.

Victor se sentit soudain idiot. Non seulement il avait perdu tout intérêt pour cette filature, mais la raison elle-même de tout ce jeu lui sembla d'un coup banale à pleurer : Nina avait juste tapé dans l'œil du gars, qui avait décidé de la draguer. Mais à force de la voir toujours accompagnée d'une petite fille, il avait pensé qu'elle était mariée et tentait maintenant d'avoir plus de détails sur sa situation, de savoir si sa cour avait des chances d'aboutir. L'idéal, en pareil cas, était effectivement de se faire passer pour un vieux copain du mari.

En montant les escaliers du métro, il pensa: «Eh ben vas-y, mon gros, bonne chance!»

Lorsqu'elles rentrèrent à la maison, il leur demanda si elles avaient passé une bonne journée.

– Oui, répondit Nina en mettant de l'eau à chauffer. Il a fait un temps superbe! C'est vraiment dommage que tu restes enfermé!

– De toute manière, après-demain on ira à la campagne, je prendrai l'air à ce moment-là.

– Après-demain?

– Oui, tu sais bien, pour visiter la datcha...

– Ah mais oui! s'exclama-t-elle. J'avais oublié! Tu veux du thé?

– Oui, s'il te plaît. Au fait, tu n'as croisé aucun de mes vieux copains aujourd'hui?

– Si, toujours le même, répondit-elle, sereine, en haussant négligemment les épaules. Kolia... Il n'a fait que parler de lui, il m'a raconté que tout petit il voulait devenir écrivain, puis qu'il avait fait du journalisme... Son mariage n'a pas tenu...

– Il n'a rien demandé à mon sujet?

– Non, mais il a insisté pour que je lui apporte ta photo. Il a dit qu'il voulait voir si tu avais changé, depuis le temps. Il a promis de nous offrir des glaces italiennes, à Sonia et moi, en échange...

– Il est taré ou quoi ? pensa Victor à voix haute. Qu'est-ce que ça peut bien lui faire de voir ma photo ?

Nina haussa à nouveau les épaules. Elle n'en savait pas davantage.

– Vous avez convenu d'un rendez-vous, c'est ça ?

Il la fixait droit dans les yeux.

– Non, je lui ai juste dit que je reviendrais peut-être au parc demain…

– D'accord, fit-il sèchement. Je vais te donner une photo de moi.

Elle le considéra avec surprise.

– Dis donc, si je suis censée fuir tes amis, tu préviens !

Sans répondre, il sortit de la cuisine, contourna Sonia qui jouait par terre, dans le salon, avec la maison de sa Barbie. Il s'enferma dans la chambre, prit un vieux portefeuille dans le tiroir de sa table de chevet, le secoua pour en faire tomber un petit paquet de photos qu'il étala sur le tapis. Il en choisit une où il figurait avec Nika, une de ses anciennes copines, et rangea les autres. Ensuite, il découpa la photo pour supprimer Nika, se planta devant le miroir et se compara à son portrait figé. Quelque chose avait changé, mais c'était indéfinissable. Le cliché avait environ quatre ans, il avait été fait par un photographe ambulant sur le Krechtchatik.

Il regagna la cuisine et tendit la moitié d'image à Nina.

– Tiens !

Elle le regarda, intriguée.

– Tiens, prends-la ! Tu lui donneras, puisqu'il te l'a demandée ! insista-t-il en s'efforçant de rendre sa voix chaleureuse. Tu lui passeras aussi le bonjour.

Nina saisit la photo, y jeta un coup d'œil, curieuse, et la glissa dans son sac accroché au portemanteau de l'entrée.

74

Le lendemain matin, Victor attendit qu'elles partent pour sortir le sac noir de l'armoire de la chambre. Il en tira le pistolet, toujours enveloppé de son papier-cadeau. La froideur du métal lourd lui brûla la main. Il empoigna la crosse striée, leva l'arme et la braqua sur son reflet dans la glace de l'armoire.

Cela lui rappela aussitôt Micha, qui avait l'habitude de se placer devant ce grand miroir et de s'y regarder. Pourquoi agissait-il ainsi? Parce qu'il se sentait seul? Parce qu'il ne parvenait pas à trouver de semblable?

Victor baissa le bras. Sa paume lui faisait mal, comme attaquée par une réaction chimique. Il s'accroupit, posa le pistolet par terre et porta la main à son visage. Elle était étonnamment blanche, comme si le sang l'avait quittée, chassé par le froid et la densité du métal.

Il soupira et se releva, fourrant l'arme dans la poche de son jean. Il se regarda dans la glace et s'aperçut que la crosse, noire, dépassait. D'ailleurs, le pistolet tout entier formait une saillie voyante.

Il dégota un vieux coupe-vent bleu marine à capuche, l'enfila et vérifia son allure. Cette fois, elle était correcte. Seul le soleil, dont les rayons incendiaient le tapis, semblait dénoncer l'imposture du coupe-vent. La journée promettait d'être estivale.

Il monta la fermeture éclair et sortit.

Le parc était aussi couru que la veille.

«C'est samedi», comprit-il soudain en s'asseyant à une terrasse de café.

Il regarda autour de lui, et, à son grand soulagement, remarqua d'autres personnes dont les vêtements ne collaient pas avec la météo. Des originaux comme on en croise tous les jours. Ils n'étaient quand même pas tous en train de dissimuler une arme ! Il vit même un homme qui portait une sorte de veste d'hiver en nylon, mais il était largement plus vieux que Victor, ceci pouvant expliquer cela.

– Un café et cinquante grammes de cognac, demanda-t-il au serveur figé devant lui dans l'attente de sa commande.

Une ombre soudaine recouvrit la place qui entourait le métro, envahie d'étals et de kiosques. Il regarda vers le ciel et se félicita en y remarquant un gros nuage. Le temps se mettait au diapason de sa tenue.

On lui apporta ses boissons, et il examina un peu mieux les alentours. Il ne voyait pas Nina ni Sonia, mais les savait dans les parages et ne s'inquiétait donc pas.

Il resta encore assis un quart d'heure, longea les courts de tennis, jusqu'au restaurant *Le Chasseur*, entouré d'échafaudages, puis revint sur ses pas. Ensuite, il passa sous le pont, se retrouva dans l'autre moitié du parc, et prit l'allée où, la veille, il avait observé Nina et ce Kolia à la curiosité inexplicable.

« On va tirer ça au clair… On va vite savoir pourquoi il s'intéresse à moi et à ma photo… »

Quand l'allée se changea en sentier, il fit demi-tour. Il monta sur la passerelle qui franchissait le détroit, s'arrêta au milieu et s'accouda à la rambarde. À sa droite, le restaurant *Mlyn**, quelque peu maussade, surplombait l'eau. Sur sa terrasse, plusieurs tables étaient occupées, mais

---

* « Le Moulin », établissement construit dans le style d'un moulin à eau.

pas par ceux qu'il cherchait. En dessous, le parking abritait une imposante limousine argentée, une Lincoln, la même, semblait-il, que celle de feu Micha, pas le pingouin, l'autre.

Le soleil ressortit de derrière les nuages, et sa brusque apparition transforma la photo noir et blanc en carte postale couleur. L'eau du détroit s'anima et lança des reflets émeraude. Le ciment des rambardes jaunit, et, outre ses aspérités, Victor sentit sous sa main une chaleur qui semblait en émaner.

Il regagna les cafés et s'arrêta soudain : il venait d'apercevoir Nina et Sonia. Seules. La petite dégustait une coupe de glace avec trois boules de couleurs différentes. Nina buvait un express.

«Et le gros, il est où?» se demanda Victor.

Il choisit une table à une trentaine de mètres d'elles et commanda un café.

Elles bavardaient. De temps à autre, Nina pivotait sur son siège pour regarder du côté du métro.

Un quart d'heure passa. Victor avait fini sa tasse et patientait, en pensant à tout autre chose.

Il regarda la table de Nina et Sonia, et s'aperçut alors qu'elles avaient été rejointes par le gros, à qui la serveuse apportait un café.

Il ne pouvait se détacher du spectacle : Sonia ne disait rien, Nina et le gros avaient une conversation animée. Il ne cessait de sourire, ce qui rendait ses joues encore plus rebondies. À un moment, il tira une barre chocolatée de la poche de sa veste d'été blanche et la tendit à Nina, qui défit le papier. Victor put voir que le chocolat avait fondu dans son emballage. Elle porta la barre à ses lèvres et la lécha avant de la redonner au gros.

Victor était dégoûté. Il se détourna et sentit un début de torticolis dû à ses contorsions. Il se massa la nuque.

Le gros voulait visiblement les emmener ailleurs. Il s'était levé, et, penché sur sa chaise en plastique, parlait en s'accompagnant du geste.

Nina et Sonia se levèrent à leur tour, et le petit groupe se dirigea vers le café de Victor.

Il se figea. Pendant un instant, il ne sut pas comment les éviter. Il s'inclina vers sa table, tournant le dos à l'espace où circulaient les piétons. Encore une seconde et ils seraient là.

Il recula alors sa chaise et se plia en deux pour faire semblant de renouer un lacet.

Une voix masculine doucereuse résonna dans son dos:
– Tu aimes le cirque?
– Oui, répondit Sonia.

Victor baissa un peu plus la tête.

– Nous y sommes allées deux fois déjà, poursuivit Nina, dont la voix s'éloignait. On a d'abord vu des tigres, puis…

Trente secondes plus tard, Victor tourna les yeux dans la direction qu'ils avaient prise, avant de se rasseoir normalement.

Ils se dirigeaient vers le pont, mais tournèrent à droite avant de l'atteindre.

Victor leur emboîta le pas. Il les vit entrer au *Mlyn*.

Il regagna le centre de la passerelle, mais se tourna vers l'autre côté, face à la butte Vladimir, et ce n'est qu'au bout de quelques minutes qu'il changea de position et les aperçut, installés sur la terrasse du restaurant. Le gros parlait au serveur, Nina disait quelque chose à Sonia.

Il ne la vit pas lui remettre sa photo, mais la bouteille de champagne apparue à leur table l'irrita encore plus que leur récent manège avec le chocolat. Il n'aurait sans doute pas été plus furieux de voir sa photo entre les pattes du gros lard, car ça, au moins, c'était prévu.

Le soleil brillait toujours, et il commençait à avoir chaud. L'inconfort du coupe-vent ne faisait que renforcer son exaspération. Accoudé, il observait Sonia en train d'engloutir une nouvelle glace, imitée par Nina et le gros, qui en outre buvaient leur champagne.

Il s'écoula presque une heure. Quand ils sortirent du restaurant, Victor reprit sa filature, leur laissant une petite quarantaine de mètres d'avance. Ils s'arrêtèrent sous le pont, devant l'entrée du métro.

Le gros dit au revoir à Nina et Sonia, assez sobrement, sans même tenter d'embrasser Nina sur la joue. Victor épiait ces adieux avec une ironie mauvaise. Puis le gros s'engouffra dans le métro, tandis que Nina et Sonia partaient vers l'autre côté du parc.

Victor se hâta sur les talons du gros, qu'il retrouva sur le quai. Il se dissimula derrière un pilier.

Ils prirent la rame qui allait vers le centre-ville. Victor était monté par la porte voisine de celle qu'avait choisie son «copain», qu'il examinait maintenant avec attention : debout, de profil, il lisait l'une des nombreuses publicités apposées sur les parois et les vitres du wagon.

C'était la première fois qu'il le voyait de si près. Il portait un ample pantalon en grosse toile gris souris et une veste blanche sur un T-shirt orange délavé.

Il était totalement passe-partout. Aucun signe distinctif qui aurait pu renseigner sur son caractère ou sa profession.

Il descendit à la station Gare, suivi de près par Victor, qui s'arrêta pour mettre un peu de distance entre eux. Quand le gros posa le pied sur l'escalator, il laissa s'entasser une petite foule derrière lui et monta à son tour, sans le perdre de vue.

Ils traversèrent la gare, empruntèrent un passage souterrain, sortirent au bout de la rue Ouritski, prirent un tram et descendirent au deuxième arrêt.

À un moment, le regard du gros se posa sur lui, mais glissa aussitôt sur autre chose sans trahir le moindre trouble. Soit il ne connaissait pas son visage, soit il était vraiment distrait.

La rue était assez peu fréquentée, et Victor demeura à l'arrêt du tram. Le gros monta un chemin qui longeait un parking pour mener à un immeuble un peu en retrait de la route.

Victor fit de même et stoppa en voyant son homme pénétrer dans le bâtiment, qui n'avait qu'une seule entrée. Il se précipita vers la porte et s'immobilisa, aux aguets. Du coin de l'œil, il aperçut le break bleu, garé là.

Le hall était désert. Il entra, vit un monte-charge ouvert, à côté de l'ascenseur dont le vrombissement troublait le silence. Au-dessus, les numéros des étages s'éclairaient les uns après les autres, illustrant sa lente progression. Enfin, le bruit cessa et une lampe resta allumée, celle du treizième.

Il entra dans le monte-charge et appuya sur le bouton du treizième étage.

En sortant, il se trouva devant un mur couvert de graffiti, au pied duquel s'entassaient des cartons vides.

La porte qui donnait sur le palier était au fond d'un long couloir sombre. L'air avait des relents de chien mouillé.

À l'affût du moindre son, il longea les portes des appartements. Derrière l'une d'elles, un roquet jappa.

Au bout, une baie vitrée laissait filtrer une clarté qui atteignait à peine le milieu du couloir, là où se trouvait l'ascenseur.

Victor demeura dans la partie obscure et écouta à nouveau les échos domestiques. Devant un seuil, il vit un vélo d'enfant ; en face – un pneu de voiture, accroché par une chaîne cadenassée à une conduite d'eau ou de gaz qui courait sans doute de bas en haut de l'immeuble. Il se colla à la porte, perçut de vagues bruits, entendit grincer des gonds et couler une chasse d'eau.

Il braqua ses yeux, à présent habitués à la pénombre, sur la porte capitonnée recouverte de skaï marron. Il vit la sonnette noire, s'essuya les pieds à la serpillière chiffonnée placée devant le seuil, mais un sentiment d'indécision qu'il connaissait bien et qui s'expliquait en partie le submergea. Fallait-il vraiment entrer ? Cela valait-il la peine d'essayer de savoir pourquoi ce type posait tant de questions ? Et s'il refusait de parler ?

Sa main effleura le pistolet qui appuyait sur sa hanche. Comme rassuré de le sentir encore à sa place, il poussa un soupir.

« Tout le monde a le droit de satisfaire sa curiosité. À mon tour d'exercer ce droit. »

Il pressa sur la sonnette d'un geste décidé.

La mélodie des *Soirs de Moscou** résonna dans l'appartement. C'était la sonnerie.

Quelqu'un arriva en traînant les pieds.

– Qui est là ? demanda un homme à la voix rauque.

– Votre voisin.

La clé tourna dans la serrure et la porte s'entrouvrit.

---

* Connue grâce à Francis Lemarque sous le titre *Le Temps du muguet*.

Un homme d'une cinquantaine d'années, avachi, vêtu d'un bas de pyjama et d'un tricot de peau, passa la tête dans l'entrebâillement.

À la vue de ce visage rond et mal rasé, Victor resta interdit.

– Qu'est-ce que vous voulez ?

Se projetant en avant, Victor le bouscula et se retrouva dans le vestibule. Il regarda aussitôt de tous les côtés, ignorant la stupeur du maître de maison, et s'arrêta en découvrant le gros, sorti de la salle de bains pour voir ce qui se passait.

– Vous cherchez qui ? articula d'une voix blanche l'homme qui lui avait ouvert.

– Lui, là ! dit Victor en désignant le gros du menton.

– Kolia, c'est un ami à toi ?

Kolia eut un geste apeuré.

– Qui êtes-vous ? s'enquit-il enfin.

Éberlué, Victor secoua la tête.

– Toi, tu manques pas d'air !

S'approchant, il lui indiqua la cuisine. Kolia s'y dirigea, suivi de Victor.

– Qu'est-ce que vous me voulez ? interrogea-t-il, le dos plaqué contre la fenêtre.

– Je veux juste savoir ce que tu comptais faire de ma photo, et pourquoi je t'intéresse tant que ça.

Le gros eut soudain l'air de comprendre ce qui se passait. Sa main glissa lentement vers la poche intérieure de sa veste blanche, d'où il retira la photo.

Il la regarda furtivement, puis contempla son visiteur. Il semblait perdu, ce qui rendit courage à Victor.

– Allez, je t'écoute ! le pressa-t-il avec des inflexions menaçantes.

Pas de réponse.

Victor ouvrit doucement sa veste, sortit le pistolet de la poche de son jean, sans toutefois le pointer sur lui. Il se contenta de le lui montrer avec un sourire lourd de sous-entendus.

Kolia se passa la langue sur les lèvres, comme si elles étaient desséchées.

– Je ne peux pas…, murmura-t-il d'une voix tremblante.

Victor entendit les pas traînants qui s'approchaient. Il se retourna et rencontra le regard affolé de l'homme au pyjama.

Il braqua son arme sur lui.

– Dégage!

Avec un hochement de tête soumis, le maître de maison repartit dans le couloir.

– Alors?

Victor aiguillonnait le gros, sentant qu'il n'allait pas tarder à craquer.

– On… on m'a promis un emploi… Vous êtes le premier travail qu'on m'a donné…

– Quel genre d'emploi?

– Dans un journal… faire des sortes de biographies… Je travaillais pour une autre rubrique… mais cet emploi-là est mieux payé…

« Des sortes de biographies? pensa Victor. Serait-ce la relève? »

Cette lugubre déduction le glaça. Une ancienne peur, jusque-là contenue, releva la tête, tentant de s'emparer de ses pensées.

– Et ma photo, c'était pour quoi faire? demanda-t-il sèchement en fixant le gros droit dans les yeux.

– Personne ne me l'a demandée... Mais comme j'avais appris tellement de choses sur vous, j'ai eu envie de connaître votre visage...

– Mon visage... Qu'est-ce que ça peut te faire ? Moi, quand je rédigeais des sortes de biographies, je ne m'intéressais pas aux visages des gens... Fais voir ce que tu as écrit !

Le gros ne bougea pas.

– Je ne peux pas. S'ils l'apprennent...

– Personne n'en saura rien !

Kolia gagna le couloir, entra dans la chambre. Devant la fenêtre, sur le bureau, une machine à écrire trônait avec, de part et d'autre, des papiers soigneusement empilés. D'ailleurs, toute la pièce était trop bien rangée. Cependant, l'air y sentait le renfermé, comme s'il avait été respiré depuis plusieurs mois, sans que le vasistas ait jamais été ouvert.

Il s'arrêta devant le bureau. Ses mains tressaillaient. Il se retourna et regarda Victor.

– Allez, fais voir !

Il poussa un profond soupir, prit un dossier bleu d'où il retira une feuille.

L'existence brève mais riche en rebondissements de Victor Zolotarev renferme à elle seule la matière d'une grande trilogie, et on peut penser que celle-ci sera écrite un jour. Mais pour l'instant, comme une douloureuse annotation à cette future œuvre, c'est la nécrologie de Victor Zolotarev qu'il faut hélas composer.

On pourrait sans hésiter le qualifier d'écrivain raté, s'il s'était limité à pratiquer la littérature ou le journalisme. Mais en dépit d'un manque flagrant de talent littéraire, il débordait d'un autre genre de talent, qui consistait à élaborer des scénarios. Il n'a pas suivi la voie des ratés de l'ancienne école, qui se sont reconvertis dans la politique feutrée et sommeillent aujourd'hui en toute quiétude sur les bancs de l'Assemblée. Non, il a manifesté un véritable intérêt pour la politique, mais en exerçant de manière inattendue le talent évoqué plus haut.

À ce jour, bien des méandres de son destin restent mystérieux. On ne sait pas à quel moment il a fait la connaissance des agents de la Sécurité d'État appartenant au Groupe A, mais c'est à la suite de cette rencontre que Victor Zolotarev a été obnubilé par l'idée de «nettoyer» notre société. On peut d'ores et déjà tirer un certain bilan de ses activités littéraro-politiques, qui ont finalement connu un épilogue si surprenant : 118 assassinats ou morts suspectes de gens que l'on pourrait désigner, à l'occidentale, comme de «très importantes personnalités», députés, directeurs d'usines et autres ministres. Tous avaient un passé douteux. Tous étaient fichés par le Groupe A. C'est probablement l'impossibilité de faire comparaître ces hommes devant les tribunaux, à cause de leur immunité parlementaire ou de la corruption de l'appareil judiciaire, qui a amené les agents du Groupe A à contacter Victor Zolotarev. Ses nécrologies, qu'il écrivait alors que les personnes concernées étaient encore vivantes, étaient des sortes de «bons de commande» pour une mort prochaine. Chacune comportait, facilement identifiable, un motif d'exécution.

Sa fonction de journaliste détaché de notre rédaction, obtenue grâce à la complicité du défunt responsable de la rubrique Culture, constituait pour lui une couverture idéale.

Beaucoup de détails restent à éclaircir, mais on peut déjà affirmer qu'il ne se contentait pas d'ériger le souci de justice sociale en motif de ces morts programmées ; il fixait aussi la date et les circonstances parfois très cruelles de ces châtiments. L'expertise balistique du pistolet Stetchkine avec lequel il s'est suicidé permet de penser que Victor Zolotarev a lui-même pris part, une fois au moins, à ces opérations de «nettoyage», puisque c'est cette même arme qui avait servi à l'assassinat du député Iakornitski, dont le corps avait ensuite été précipité du haut d'un cinquième étage.

Sa vie privée était elle aussi plus proche de la fiction que de la réalité. Le seul être auquel il vouait un attachement sincère était un pingouin. Il l'aimait à telle enseigne que lorsque cet animal tomba gravement malade, il lui fit transplanter le cœur d'un enfant, qu'il était allé acheter aux parents d'un petit garçon mortellement blessé dans un accident de voiture, sans se préoccuper le moins du monde de l'aspect moral de sa démarche.

Autre mystère dans cette existence, ses liens avec les gros bonnets de la pègre. Dans le milieu, il était surnommé « Le Pingouin ». Le plus effarant est qu'il prenait souvent part aux funérailles d'hommes tués par son entremise, comme pour boucler la boucle qui le menait du dossier de sa future victime au repas d'adieu, parmi les amis et parents du trépassé.

Maintenant que l'opération de « nettoyage » qu'il avait imaginée et réalisée apparaît au grand jour, on peut espérer que ses tenants et aboutissants en seront bientôt connus. Une commission parlementaire est déjà à pied d'œuvre. Le chef du Groupe A a été relevé de ses fonctions, et bien que son identité n'ait pas encore été rendue publique, pas plus que le nom de son successeur, nous avons toutes les raisons de croire que pareille histoire ne se reproduira plus et qu'aucun des organismes chargés de la Sécurité d'État ne se permettra désormais de faire justice lui-même, y compris à l'encontre de criminels susceptibles d'échapper aux tribunaux.

Victor Zolotarev n'a apporté aucune contribution à la littérature de notre jeune pays, mais son tribut à l'histoire politique de l'Ukraine deviendra à n'en pas douter l'objet de nombreuses enquêtes, non seulement de la part de la commission parlementaire, mais aussi de ses homologues écrivains. Et qui sait, peut-être le roman qui en résultera sera-t-il plus impérissable que son modèle.

Arrivé à cette conclusion, Victor leva les yeux vers Kolia, qui le regardait, comme s'il attendait un verdict littéraire.

Sans un mot, il posa la feuille sur la table. Un poids soudain lui écrasa les épaules.

Il se rappela ce que lui avait dit Igor Lvovitch : lorsqu'il saurait tout, cela signifierait que son travail et lui-même seraient devenus inutiles.

Son bras droit lui sembla trop lourd. Il se souvint alors qu'il tenait un pistolet. Il en connaissait désormais la marque : un Stetchkine.

Le gros l'observait, et la frayeur quittait peu à peu son visage rond. Ses lèvres remuèrent, comme s'il pensait à voix basse.

– Alors? demanda-t-il enfin d'un ton prudent, constatant que son interlocuteur s'était voûté et avait perdu son agressivité.

– Quoi, alors?

Victor avait le regard las.

– Eh bien, mon texte...

– C'est sec. Très sec. Et le début est minable, trop journalistique... Tiens, garde ça en souvenir, ajouta-t-il en tendant le pistolet à un Kolia ahuri qui prit l'arme à deux mains, sans quitter Victor des yeux.

Son bras droit retrouva sa légèreté. C'était comme s'il venait de se débarrasser d'une maladie; ne plus tenir le pistolet lui procurait un véritable bien-être physique. Il tourna les talons et, sans prononcer une parole, quitta l'appartement.

75

Il resta jusqu'à minuit dans la salle d'attente de la gare centrale, parmi des centaines de passagers, à écouter les annonces sourdes et indistinctes d'arrivées et de départs de trains.

Avec son coupe-vent, il était transi.

Il n'avait plus peur. Il ne s'était pas résigné, il n'avait pas abandonné la partie. Le brouhaha de cet endroit plein de monde lui avait un peu rendu ses esprits après le choc que lui avait causé la lecture de sa propre «petite croix». Pourtant, la fin de son existence était proche et patente, puisque ceux qui avaient voulu le parer, sur le papier, de vertus «héroïques», avaient aussi choisi la mise en scène et la date de sa mort. Comme il ne les connaissait pas, il devait se méfier de tout le monde, de tous ces gens assis ou circulant autour de lui. Mais c'était absurde. On peut avoir peur quand on a une chance de rester en vie, or il ne se voyait pas la moindre chance. Il voulait juste faire durer un peu la partie, la rallonger d'un jour ou deux.

En outre, il était vexé que sa nécro ait été aussi mal écrite.

«Moi, j'aurais fait mieux», songea-t-il, mais il chassa aussitôt cette pensée indécente.

Et pourquoi ce texte n'évoquait-il pas Nina et Sonia? Pourquoi seulement le pingouin? Il devait sans doute y avoir quelqu'un qui connaissait Victor mieux que lui-même. Il était tout aussi évident que les hommes qui avaient fourni les éléments nécessaires à Kolia en savaient plus que lui, puisqu'ils pouvaient expliquer l'origine du cœur greffé à Micha.

« Le train en provenance de Lvov et à destination de Moscou va entrer en gare, quai numéro neuf », annonça un haut-parleur grésillant. Les femmes assises à côté de Victor se levèrent aussitôt, jetèrent de lourds paquets sur leurs épaules et empoignèrent d'énormes sacs.

Il se sentit mal à l'aise. Tout d'abord, il était au milieu et gênait ces femmes qui voulaient passer, et ensuite, une fois qu'elles auraient disparu, toute la rangée de fauteuils serait vide. Il se leva à son tour et prit la direction de la sortie.

Il arriva chez lui vers une heure du matin, referma doucement la porte et enleva ses chaussures.

Nina et Sonia dormaient.

Sans allumer, il alla s'asseoir à la cuisine, d'où il regarda l'immeuble d'en face. Une seule fenêtre était éclairée, au rez-de-chaussée, à côté de l'escalier 1. Sans doute le logement de la gardienne.

Il vit alors, relégué dans un angle, contre la fenêtre, un pot de mayonnaise avec une bougie. Cela lui rappela quelque chose. Il attrapa les allumettes près de la cuisinière, posa le bocal sur la table et enflamma la mèche.

Nerveuse, la flamme jeta une lueur dansante sur les murs. Victor la fixa un petit moment, comme subjugué. Puis il prit un papier et un stylo.

Nina chérie, commença-t-il. *Dans l'armoire, tu trouveras un sac qui contient les économies de Sonia. Prends soin d'elle. Je dois m'absenter provisoirement. Lorsque la poussière sera retombée, je réapparaîtrai* – cette phrase s'imposa d'elle-même, et il voulut la barrer, mais se contenta de la relire à plusieurs reprises. C'était une formule berçante. *Je suis de tout cœur avec toi. Victor.*

Il repoussa ensuite son petit mot et resta longtemps à contempler la bougie.

L'urne vert sombre, avec son couvercle, était toujours sur le rebord de la fenêtre. La flamme s'y mirait en une tache pâle.

« La classe… » Ce mot, l'un des préférés de Liocha, venait de lui revenir. « Je devrais peut-être m'inventer quelque chose de classe… Faire un truc original avant d'être suicidé… Aller là où je ne suis jamais allé… Mais au fait, personne ne viendrait me chercher dans un lieu où je n'ai jamais mis les pieds ! »

La bougie éclaira son sourire triste. Il se leva, gagna la chambre sur la pointe des pieds, ouvrit l'armoire, retira de la poche de sa parka une liasse de dollars amassés grâce à son travail et au pingouin. Il retourna à la cuisine, regarda dehors, pensa qu'il devait faire froid au creux de la nuit. Il fit une nouvelle incursion dans la chambre pour y prendre un pull, qu'il enfila sous son coupe-vent. Il glissa l'épaisse liasse dans sa poche et descendit.

76

Pour dix dollars, un taxi le déposa juste devant l'entrée du casino *Johnny*. Là, un videur carré en costume sombre lui barra le chemin. Étrangement, sa stature imposante et son agressivité préventive lui donnèrent envie de rire. Il lui montra la liasse de dollars, en retira un billet sans regarder sa valeur et le lui fourra dans la veste en guise de pochette. Le videur lui céda le passage.

Au guichet, une jeune femme sommeillait, le blanc immaculé de son chemisier rehaussé par son foulard bleu clair noué autour du cou. Victor trouva l'atmosphère trop calme pour un établissement censé abriter la vie nocturne. Dérouté, il regarda autour de lui. Il avait imaginé tout autre chose.

De l'index, il cogna à la vitre du guichet. La jeune femme ouvrit les yeux et examina, surprise, l'homme en coupe-vent qui lui faisait face.

Il lui tendit un billet de cent dollars.

Elle le gratifia d'un amas de jetons en plastique de toutes les couleurs.

– C'est la première fois que vous venez? lui demanda-t-elle en notant le regard suspicieux avec lequel il examinait les jetons. Ça remplace l'argent. Vous pouvez les utiliser pour payer vos consommations au bar ou pour effectuer vos mises...

Il tourna la tête à droite et à gauche.

– L'entrée est là! lui indiqua la fille d'un signe de tête en direction d'un lourd rideau vert.

Il le franchit et, cette fois, se retrouva vraiment dans un autre monde, qui correspondait un peu plus à ce qu'il avait envisagé, sans être aussi animé qu'il aurait cru. Il dénombra une petite dizaine de personnes en tout et pour tout. À une table de roulette, un homme jouait tout seul avec le croupier; l'autre avait attiré trois joueurs. Deux hommes s'affrontaient au poker. Une musique douce émanait on ne savait d'où.

Victor aperçut un couloir d'où sortit une jeune fille avec un verre de vin. Au-dessus, de fines majuscules en néon dessinaient le mot «bar».

Il se dirigea vers la roulette la plus proche, celle au joueur solitaire. C'était un Japonais ou un Coréen, qui misait avec une hargne tranquille.

Victor s'assit près de lui, l'observa quelques instants et posa enfin un jeton.

Après avoir longuement sautillé en cercle, la bille s'immobilisa, et le croupier poussa plusieurs jetons vers Victor. Celui-ci comprit qu'il venait de gagner.

Jusque-là, il n'avait vu de casinos qu'au cinéma, et ce qui lui arrivait maintenant semblait aussi faire partie d'un film. Saisi du démon du jeu, il déposa tous ses jetons sur le rouge. Qui sortit. Le Japonais coréen le regarda fixement, avec une incrédulité non dissimulée.

Il misa tout sur «pair» et gagna encore.

Cela commençait à l'ennuyer. Il fourra les jetons dans la poche de son coupe-vent et alla au bar, où il demanda cent grammes de cognac français. Il donna un jeton, on lui en rendit trois, d'une autre couleur.

«C'est Disneyland… De l'argent factice, des prix factices, des humains factices…»

Son verre à la main, il réintégra la salle de jeux, se rassit à la même table, déposa une poignée de jetons sur le noir et gagna une nouvelle fois.

«La chance sourit aux imbéciles», pensa-t-il, et il fit un signe d'assentiment à cette idée.

Le Japonais coréen avait disparu. Victor jouait désormais seul. Et gagnait sans cesse. Il sentait une montagne de plastique lester ses poches.

– Dis, s'enquit-il auprès du croupier, un très jeune homme en élégante chemise blanche et nœud papillon, ces jetons, après, je suis censé en faire quoi?

– Vous pouvez les changer en dollars.

Victor acquiesça et continua à gagner.

Après, il y eut le bar, le restaurant, une femme courtaude sans âge ni silhouette. Une chambre d'hôtel. Il ne garda en mémoire que la poigne solide de cette femme. Au matin, il se réveilla seul. Sa tête bourdonnait un peu. Il se leva, regarda par la fenêtre. Une place, familière, un petit marché.

« Non, je ne pars pas, se dit-il résolument. J'ai encore plein d'argent dont je n'aurai plus besoin par la suite… »

Un doute s'insinua alors dans son esprit. Il saisit son coupe-vent jeté sur la chaise et vérifia le contenu de ses poches. À son grand soulagement, la liasse de dollars était encore là, ainsi qu'une impressionnante quantité de jetons.

Il se lava, s'habilla, descendit au restaurant, où il prit un délicieux repas qui ne lui coûta qu'un peu de plastique coloré. Il but à nouveau, retrouva sa chambre et dormit jusqu'au soir, puis alla taquiner la chance au casino.

Cette seconde nuit lui rapporta encore plus que la précédente. Il gagnait à tour de bras et tout ce qui pourrait advenir lui était désormais égal. Il en arrivait à se dire que gagner ainsi n'était pas une bonne chose, mais ce pressentiment lui paraissait malgré tout curieux, puisqu'on ne joue quand même pas pour perdre.

Après un passage au bar, il se dirigea vers la caisse pour changer ses jetons. Il n'y avait personne, mais un garçon qui ressemblait au croupier de la veille dut l'apercevoir, car il prit aussitôt place au guichet. Il semblait avoir dix-sept ans et portait lui aussi chemise blanche et nœud papillon.

Victor commença à étaler les jetons que recelaient ses poches et remarqua une lueur apeurée au fond des yeux de l'adolescent. Il s'arrêta et le fixa. Le jeune homme eut un mouvement de tête à peine perceptible.

– Vous ne devriez pas changer tout ça d'un coup, lui chuchota-t-il. Vous ne sortirez pas d'ici vivant!

– Mais alors, je fais quoi?

– Continuez à jouer jusqu'à l'aube, puis appelez des amis pour qu'ils viennent vous chercher à la porte de l'hôtel...

– C'est le règlement qui veut ça? demanda Victor d'une voix aussi pâteuse qu'étonnée.

– Non. Le règlement est bien fait, mais tout le monde ne le respecte pas, expliqua l'adolescent en désignant de la tête le rideau vert qui masquait l'entrée du casino.

Abandonnant ses jetons au guichet, il alla regarder derrière. À quelques mètres de là, dans le hall de l'hôtel, quatre gaillards discutaient. L'un d'eux le vit et lui fit un clin d'œil joyeux.

Il alla récupérer ses jetons et continua à miser.

Au matin, il s'endormit dans un confortable divan en cuir noir. Vers neuf heures, quelqu'un le réveilla, fouilla ses poches, et, mettant enfin la main sur la clé de sa chambre accrochée au lourd porte-clés métallique de l'hôtel, l'accompagna jusqu'à son étage.

Au cours de sa troisième nuit de jeu, il sentit ses forces décliner. Son regard se troublait et il ne voyait plus très bien où il posait ses jetons. Mais cela ne l'empêchait pas de gagner. À la fin, il paniqua. Il se sentait dans la ligne de mire du croupier et des agents de sécurité, tous tirés à quatre épingles, les cheveux taillés au millimètre et les yeux terriblement froids, sans vie.

À l'aube, l'un d'eux vint le trouver.

– Vous souhaiteriez peut-être que nous vous ramenions chez vous? lui demanda-t-il avec un sourire qui se figea, comme celui d'une statue.

– Chez moi ?

Ces mots semblaient lourds de menace.

– Nous vous ramènerions en limousine, ne vous inquiétez pas, et si vous le désirez, nous pouvons même vous fournir un garde du corps. Vous pouvez changer vos jetons en dollars ou bien les laisser ici, à disposition pour une prochaine fois...

– On est quel jour ? s'inquiéta soudain Victor.

– Le 9 mai.

– Il est quelle heure ?

– Sept heures et demie.

Il s'absorba dans ses pensées. Le 9 mai... Ce n'était pas seulement l'ancien jour de la Victoire... C'était le jour du départ de Micha... Non, Micha ne partirait pas. Il était à Féofania, où un comité d'accueil devait attendre Victor avec impatience pour le tuer et lui mettre ensuite le Stetchkine entre les mains.

– Dites, vous pourriez m'emmener à l'usine d'aviation d'ici une heure ?

L'homme le regarda avec étonnement.

– Bien sûr. Avec une escorte ?

Victor acquiesça.

La limousine était immense. Il n'en avait jamais vue de pareille. Il lui semblait être dans un studio. Un garde du corps assis à ses côtés lui proposa obligeamment un gin-tonic. La limousine était équipée d'un petit réfrigérateur.

Ils avaient pris l'avenue de la Victoire. Les vitres étaient légèrement teintées, mais il distinguait bien les passants qui s'arrêtaient pour suivre la voiture des yeux.

Il souriait, satisfait. Il but un autre verre. Il était ivre. Il sortit de sa poche une poignée de jetons et les offrit au garde du corps, qui le remercia.

Lorsque la limousine arriva à destination, il se tourna vers Victor.

– Et maintenant, que dois-je faire?

– Trouvez-moi Valentin Ivanovitch, le président du Comité Antarctique, qu'il vienne me chercher en bas.

L'homme descendit du véhicule. Victor le vit traverser le hall d'un pas tranquille avant de disparaître. Personne ne chercha à l'intercepter.

Il revint au bout de quelques minutes.

– Valentin Ivanovitch vous attend.

– Merci, vous pouvez y aller, dit Victor en quittant la limousine.

Valentin Ivanovitch avait eu peur, mais il poussa un soupir de soulagement en apercevant Victor.

– Ouf! Je n'arrivais pas à comprendre qui voulait me voir… Et le pingouin, il est où?

– Le pingouin, c'est moi, laissa tomber Victor d'un ton morose.

Valentin Ivanovitch hocha la tête, pensif.

– Venez. On embarque…

Décembre 1995 – Février 1996

IMPRESSION : NORMANDIE ROTO S.A.S. À LONRAI (08-01)
DÉPÔT LÉGAL : MARS 2001. N° 47781-4 (02-0854)

Collection Points

DERNIERS TITRES PARUS

P422. Topkapi, *par Eric Ambler*
P423. Le Nouveau Désordre amoureux
par Pascal Bruckner et Alain Finkielkraut
P424. Un homme remarquable, *par Robertson Davies*
P425. Le Maître de chasse, *par Mohammed Dib*
P426. El Guanaco, *par Francisco Coloane*
P427. La Grande Bonace des Antilles, *par Italo Calvino*
P428. L'Écrivain public, *par Tahar Ben Jelloun*
P429. Indépendance, *par Richard Ford*
P430. Les Trafiquants d'armes, *par Eric Ambler*
P431. La Sentinelle du rêve, *par René de Ceccatty*
P432. Tuons et créons, c'est l'heure, *par Lawrence Block*
P433. Textes de scène, *par Pierre Desproges*
P434. François Mitterrand, *par Franz-Olivier Giesbert*
P435. L'Héritage Schirmer, *par Eric Ambler*
P436. Ewald Tragy et autres récits de jeunesse
par Rainer Maria Rilke
P437. Histoires pragoises, *par Rainer Maria Rilke*
P438. L'Admiroir, *par Anny Duperey*
P439. Une trop bruyante solitude, *par Bohumil Hrabal*
P440. Temps zéro, *par Italo Calvino*
P441. Le Masque de Dimitrios, *par Eric Ambler*
P442. La Croisière de l'angoisse, *par Eric Ambler*
P443. Milena, *par Margarete Buber-Neumann*
P444. La Compagnie des loups et autres nouvelles
par Angela Carter
P445. Tu vois, je n'ai pas oublié
par Hervé Hamon et Patrick Rotman
P446. Week-end de chasse à la mère
par Geneviève Brisac
P447. Un cercle de famille, *par Michèle Gazier*
P448. Étonne-moi, *par Guillaume Le Touze*
P449. Le Dimanche des réparations, *par Sophie Chérer*
P450. La Suisse, l'Or et les Morts, *par Jean Ziegler*
P451. L'Humanité perdue, *par Alain Finkielkraut*
P452. Abraham de Brooklyn, *par Didier Decoin*
P454. Les Immémoriaux, *par Victor Segalen*
P455. Moi d'abord, *par Katherine Pancol*

P456. Traité du zen et de l'entretien des motocyclettes
par Robert H.Pirsig
P457. Un air de famille, *par Michael Ondaatje*
P458. Les Moyens d'en sortir, *par Michel Rocard*
P459. Le Mystère de la crypte ensorcelée, *par Eduardo Mendoza*
P460. Le Labyrinthe aux olives, *par Eduardo Mendoza*
P461. La Vérité sur l'affaire Savolta, *par Eduardo Mendoza*
P462. Les Pieds-bleus, *par Claude Ponti*
P463. Un paysage de cendres, *par Élisabeth Gille*
P464. Un été africain, *par Mohammed Dib*
P465. Un rocher sur l'Hudson, *par Henry Roth*
P466. La Misère du monde
sous la direction de Pierre Bourdieu
P467. Les Bourreaux volontaires de Hitler
par Daniel Jonah Goldhagen
P468. Casting pour l'enfer, *par Robert Crais*
P469. La Saint-Valentin de l'homme des cavernes
par George Dawes Green
P470. Loyola's blues, *par Erik Orsenna*
P471. Une comédie française, *par Erik Orsenna*
P472. Les Adieux, *par Dan Franck*
P473. La Séparation, *par Dan Franck*
P474. Ti Jean L'horizon, *par Simone Schwarz-Bart*
P475. Aventures, *par Italo Calvino*
P476. Le Château des destins croisés, *par Italo Calvino*
P477. Capitalisme contre capitalisme, *par Michel Albert*
P478. La Cause des élèves, *par Marguerite Gentzbittel*
P479. Des femmes qui tombent, *par Pierre Desproges*
P480. Le Destin de Nathalie X, *par William Boyd*
P481. Le Dernier Mousse, *par Francisco Coloane*
P482. Jack Frusciante a largué le groupe, *par Enrico Brizzi*
P483. La Dernière Manche, *par Emmett Grogan*
P484. Les Lauriers du lac de Constance, *par Marie Chaix*
P485. Les Fous de Bassan, *par Anne Hébert*
P486. Collection de sable, *par Italo Calvino*
P487. Les étrangers sont nuls, *par Pierre Desproges*
P488. Trainspotting, *par Irvine Welsh*
P489. Suttree, *par Cormac McCarthy*
P490. De si jolis chevaux, *par Cormac McCarthy*
P491. Traité des passions de l'âme, *par António Lobo Antunes*
P492. N'envoyez plus de roses, *par Eric Ambler*
P493. Le corps a ses raisons, *par Thérèse Bertherat*
P494. Le Neveu d'Amérique, *par Luis Sepúlveda*

P495. Mai 68, histoire des événements
par Laurent Joffrin
P496. Que reste-t-il de Mai 68 ?,
essai sur les interprétations des « événements »
par Henri Weber
P498. Génération
2. Les années de poudre
par Hervé Hamon et Patrick Rotman
P499. Eugène Oniéguine, *par Alexandre Pouchkine*
P500. Montaigne à cheval, *par Jean Lacouture*
P501. Le Mendiant de Jérusalem, *par Elie Wiesel*
P502. ... Et la mer n'est pas remplie, *par Elie Wiesel*
P503. Le Sourire du chat, *par François Maspero*
P504. Merlin, *par Michel Rio*
P505. Le Semeur d'étincelles, *par Joseph Bialot*
P506. Hôtel Pastis, *par Peter Mayle*
P507. Les Éblouissements, *par Pierre Mertens*
P508. Aurélien, Clara, mademoiselle et le lieutenant anglais
par Anne Hébert
P509. Dans la plus stricte intimité, *par Myriam Anissimov*
P510. Éthique à l'usage de mon fils, *par Fernando Savater*
P511. Aventures dans le commerce des peaux en Alaska
par John Hawkes
P512. L'Incendie de Los Angeles, *par Nathanaël West*
P513. Montana Avenue, *par April Smith*
P514. Mort à la Fenice, *par Donna Leon*
P515. Jeunes Années, t. 1, *par Julien Green*
P516. Jeunes Années, t. 2, *par Julien Green*
P517. Deux Femmes, *par Frédéric Vitoux*
P518. La Peau du tambour, *par Arturo Perez-Reverte*
P519. L'Agonie de Proserpine, *par Javier Tomeo*
P520. Un jour je reviendrai, *par Juan Marsé*
P521. L'Étrangleur, *par Manuel Vázquez Montalbán*
P522. Gais-z-et-contents, *par Françoise Giroud*
P523. Teresa l'après-midi, *par Juan Marsé*
P524. L'Expédition, *par Henri Gougaud*
P525. Le Grand Partir, *par Henri Gougaud*
P526. Le Tueur des abattoirs et autres nouvelles
par Manuel Vázquez Montalbán
P527. Le Pianiste, *par Manuel Vázquez Montalbán*
P528. Mes démons, *par Edgar Morin*
P529. Sarah et le Lieutenant français, *par John Fowles*
P530. Le Détroit de Formose, *par Anthony Hyde*

P531. Frontière des ténèbres, *par Eric Ambler*
P532. La Mort des bois, *par Brigitte Aubert*
P533. Le Blues du libraire, *par Lawrence Block*
P534. Le Poète, *par Michael Connelly*
P535. La Huitième Case, *par Herbert Lieberman*
P536. Bloody Waters, *par Carolina Garcia-Aguilera*
P537. Monsieur Tanaka aime les nymphéas
par David Ramus
P538. Place de Sienne, côté ombre
par Carlo Fruttero et Franco Lucentini
P539. Énergie du désespoir, *par Eric Ambler*
P540. Épitaphe pour un espion, *par Eric Ambler*
P541. La Nuit de l'erreur, *par Tahar Ben Jelloun*
P542. Compagnons de voyage, *par Hubert Reeves*
P543. Les amandiers sont morts de leurs blessures
par Tahar Ben Jelloun
P544. La Remontée des cendres, *par Tahar Ben Jelloun*
P545. La Terre et le Sang, *par Mouloud Feraoun*
P546. L'Aurore des bien-aimés, *par Louis Gardel*
P547. L'Éducation féline, *par Bertrand Visage*
P548. Les Insulaires, *par Christian Giudicelli*
P549. Dans un miroir obscur, *par Jostein Gaarder*
P550. Le Jeu du roman, *par Louise L.Lambrichs*
P551. Vice-versa, *par Will Self*
P552. Je voudrais vous dire, *par Nicole Notat*
P553. François, *par Christina Forsne*
P554. Mercure rouge, *par Reggie Nadelson*
P555. Même les scélérats…, *par Lawrence Block*
P556. Monnè, Outrages et Défis, *par Ahmadou Kourouma*
P557. Les Grosses Rêveuses, *par Paul Fournel*
P558. Les Athlètes dans leur tête, *par Paul Fournel*
P559. Allez les filles !, *par Christian Baudelot et Roger Establet*
P560. Quand vient le souvenir, *par Saul Friedländer*
P561. La Compagnie des spectres, *par Lydie Salvayre*
P562. La Poussière du monde, *par Jacques Lacarrière*
P563. Le Tailleur de Panama, *par John Le Carré*
P564. Che, *par Pierre Kalfon*
P565. Du fer dans les épinards, et autres idées reçues
par Jean-François Bouvet
P566. Étonner les Dieux, *par Ben Okri*
P567. L'Obscurité du dehors, *par Cormac McCarthy*
P568. Push, *par Sapphire*
P569. La Vie et demie, *par Sony Labou Tansi*

P570. La Route de San Giovanni, *par Italo Calvino*
P571. Requiem caraïbe, *par Brigitte Aubert*
P572. Mort en terre étrangère, *par Donna Leon*
P573. Complot à Genève, *par Eric Ambler*
P574. L'Année de la mort de Ricardo Reis, *par José Saramago*
P575. Le Cercle des représailles, *par Kateb Yacine*
P576. La Farce des damnés, *par António Lobo Antunes*
P577. Le Testament, *par Rainer Maria Rilke*
P578. Archipel, *par Michel Rio*
P579. Faux Pas, *par Michel Rio*
P580. La Guitare, *par Michel del Castillo*
P581. Phénomène futur, *par Olivier Rolin*
P582. Tête de cheval, *par Marc Trillard*
P583. Je pense à autre chose, *par Jean-Paul Dubois*
P584. Le Livre des amours, *par Henri Gougaud*
P585. L'Histoire des rêves danois, *par Peter Høeg*
P586. La Musique du diable, *par Walter Mosley*
P587. Amour, Poésie, Sagesse, *par Edgar Morin*
P588. L'Enfant de l'absente, *par Thierry Jonquet*
P589. Madrapour, *par Robert Merle*
P590. La Gloire de Dina, *par Michel del Castillo*
P591. Une femme en soi, *par Michel del Castillo*
P592. Mémoires d'un nomade, *par Paul Bowles*
P593. L'Affreux Pastis de la rue des Merles
       par Carlo Emilio Gadda
P594. En sortant de l'école, *par Michèle Gazier*
P595. Lorsque l'enfant paraît, t.1, *par Françoise Dolto*
P596. Lorsque l'enfant paraît, t.2, *par Françoise Dolto*
P597. Lorsque l'enfant paraît, t.3, *par Françoise Dolto*
P598. La Déclaration, *par Lydie Salvayre*
P599. La Havane pour un infant défunt
       par Guillermo Cabrera Infante
P600. Enfances, *par Françoise Dolto*
P601. Le Golfe des peines, *par Francisco Coloane*
P602. Le Perchoir du perroquet, *par Michel Rio*
P603. Mélancolie Nord, *par Michel Rio*
P604. Paradiso, *par José Lezama Lima*
P605. Le Jeu des décapitations, *par José Lezama Lima*
P606. Bloody Shame, *par Carolina Garcia-Aguilera*
P607. Besoin de mer, *par Hervé Hamon*
P608. Une vie de chien, *par Peter Mayle*
P609. La Tête perdue de Damasceno Monteiro
       par Antonio Tabbuchi

P610. Le Dernier des Savage, *par Jay McInerney*
P611. Un enfant de Dieu, *par Cormac McCarthy*
P612. Explication des oiseaux, *par António Lobo Antunes*
P613. Le Siècle des intellectuels, *par Michel Winock*
P614. Le Colleur d'affiches, *par Michel del Castillo*
P615. L'Enfant chargé de songes, *par Anne Hébert*
P616. Une saison chez Lacan, *par Pierre Rey*
P617. Les Quatre Fils du Dr March, *par Brigitte Aubert*
P618. Un Vénitien anonyme, *par Donna Leon*
P619. Histoire du siège de Lisbonne, *par José Saramago*
P620. Le Tyran éternel, *par Patrick Grainville*
P621. Merle, *par Anne-Marie Garat*
P622. Rendez-vous d'amour dans un pays en guerre
       par Luis Sepúlveda
P623. Marie d'Égypte, *par Jacques Lacarrière*
P624. Les Mystères du Sacré-Cœur, *par Catherine Guigon*
P625. Armadillo, *par William Boyd*
P626. Pavots brûlants, *par Reggie Nadelson*
P627. Dogfish, *par Susan Geason*
P628. Tous les soleils, *par Bertrand Visage*
P629. Petit Louis, dit XIV. L'enfance du Roi-Soleil
       par Claude Duneton
P630. Poisson-chat, *par Jerome Charyn*
P631. Les Seigneurs du crime, *par Jean Ziegler*
P632. Louise, *par Didier Decoin*
P633. Rouge c'est la vie, *par Thierry Jonquet*
P634. Le Mystère de la patience, *par Jostein Gaarder*
P635. Un rire inexplicable, *par Alice Thomas Ellis*
P636. La Clinique, *par Jonathan Kellerman*
P637. Speed Queen, *par Stewart O'Nan*
P638. Égypte, passion française, *par Robert Solé*
P639. Un regrettable accident, *par Jean-Paul Nozière*
P640. Nursery Rhyme, *par Joseph Bialot*
P641. Pologne, *par James A. Michener*
P642. Patty Diphusa, *par Pedro Almodóvar*
P643. Une place pour le père, *par Aldo Naouri*
P644. La Chambre de Barbe-bleue, *par Thierry Gandillot*
P645. L'Épervier de Belsunce, *par Robert Deleuse*
P646. Le Cadavre dans la Rolls, *par Michael Connelly*
P647. Transfixions, *par Brigitte Aubert*
P648. La Spinoza connection, *par Lawrence Block*
P649. Le Cauchemar, *par Alexandra Marinina*
P650. Les Crimes de la rue Jacob, *ouvrage collectif*

P651. Bloody Secrets, *par Carolina Garcia-Aguilera*
P652. La Femme du dimanche
par Carlo Fruttero et Franco Lucentini
P653. Le Jour de l'enfant tueur, *par Pierre Pelot*
P654. Le Chamane du Bout-du-monde, *par Jean Courtin*
P655. Naissance à l'aube, *par Driss Chraïbi*
P656. Une enquête au pays, *par Driss Chraïbi*
P657. L'Île enchantée, *par Eduardo Mendoza*
P658. Une comédie légère, *par Eduardo Mendoza*
P659. Le Jardin de ciment, *par Ian McEwan*
P660. Nu couché, *par Dan Franck*
P661. Premier Regard, *par Oliver Sacks*
P662. Une autre histoire de la littérature française, tome 1,
par Jean d'Ormesson
P663. Une autre histoire de la littérature française, tome 2,
par Jean d'Ormesson
P664. Les Deux Léopards, *par Jacques-Pierre Amette*
P665. Evaristo Carriego, *par Jorge Luis Borges*
P666. Les Jungles pensives, *par Michel Rio*
P667. Pleine Lune, *par Antonio Muñoz Molina*
P668. La Tyrannie du plaisir, *par Jean-Claude Guillebaud*
P669. Le Concierge, *par Herbert Lieberman*
P670. Bogart et Moi, *par Jean-Paul Nozière*
P671. Une affaire pas très catholique, *par Roger Martin*
P672. Elle et Lui, *par George Sand*
P673. Histoires d'une femme sans histoire, *par Michèle Gazier*
P674. Le Cimetière des fous, *par Dan Franck*
P675. Les Calendes grecques, *par Dan Franck*
P676. Mon idée du plaisir, *par Will Self*
P677. Mémorial de Sainte-Hélène, tome 1
par Emmanuel de Las Cases
P678. Mémorial de Sainte-Hélène, tome 2
par Emmanuel de Las Cases
P679. La Seiche, *par Maryline Desbiolles*
P680. Le Voyage de Théo, *par Catherine Clément*
P681. Sans moi, *par Marie Desplechin*
P682. En cherchant Sam, *par Patrick Raynal*
P683. Balkans-Transit, *par François Maspero*
P684. La Plus Belle Histoire de Dieu
par Jean Bottéro, Marc-Alain Ouaknin et Joseph Moingt
P685. Le Gardien du verger, *par Cormac McCarthy*
P686. Le Prix de la chair, *par Donna Leon*
P687. Tir au but, *par Jean-Noël Blanc*

P688. Demander la lune, *par Dominique Muller*
P689. L'Heure des adieux, *par Jean-Noël Pancrazi*
P690. Soyez heureux, *par Jean-Marie Lustiger*
P691. L'Ordre naturel des choses, *par António Lobo Antunes*
P692. Le Roman du conquérant, *par Nedim Gürsel*
P693. Black Betty, *par Walter Mosley*
P694. La Solitude du coureur de fond, *par Allan Sillitoe*
P695. Cités à la dérive, *par Stratis Tsirkas*
P696. Méroé, *par Olivier Rolin*
P697. Bar des flots noirs, *par Olivier Rolin*
P698. Hôtel Atmosphère, *par Bertrand Visage*
P699. Angelica, *par Bertrand Visage*
P700. La petite fille qui aimait trop les allumettes
par Gaétan Soucy
P701. Je suis le gardien du phare, *par Eric Faye*
P702. La Fin de l'exil, *par Henry Roth*
P703. Small World, *par Martin Suter*
P704. Cinq photos de ma femme, *par Agnès Desarthe*
P705. L'Année du tigre, *par Philippe Sollers*
P706. Les Allumettes de la sacristie, *par Willy Deweert*
P707. Ô mort, vieux capitaine…, *par Joseph Bialot*
P708. Images de chair, *par Noël Simsolo*
P709. L'Œuvre de Dieu, la Part du Diable
scénario par John Irving
P710. La Ratte, *par Günter Grass*
P711. Une rencontre en Westphalie, *par Günter Grass*
P712. Le Roi, le Sage et le Bouffon, *par Shafique Keshavjee*
P713. Esther et le Diplomate, *par Frédéric Vitoux*
P714. Une sale rumeur, *par Anne Fine*
P715. Souffrance en France, *par Christophe Dejours*
P716. Jeunesse dans une ville normande, *par Jacques-Pierre Amette*
P717. Un chien de sa chienne, *par Roger Martin*
P718. L'Ombre de la louve, *par Pierre Pelot*
P719. Michael K, sa vie, son temps, *par J.M.Coetzee*
P720. En attendant les barbares, *par J.M.Coetzee*
P721. Voir les jardins de Babylone, *par Geneviève Brisac*
P722. L'Aveuglement, *par José Saramago*
P723. L'Évangile selon Jésus-Christ, *par José Saramago*
P724. Si ce livre pouvait me rapprocher de toi
par Jean-Paul Dubois
P725. Le Capitaine Alatriste, *par Arturo Pérez-Reverte*
P726. La Conférence de Cintegabelle, *par Lydie Salvayre*
P727. La Morsure des ténèbres, *par Brigitte Aubert*

P728. La Splendeur du Portugal, *par António Lobo Antunes*
P729. Tlacuilo, *par Michel Rio*
P730. Poisson d'amour, *par Didier van Cauwelaert*
P731. La Forêt muette, *par Pierre Pelot*
P732. Départements et Territoires d'outre-mort, *par Henri Gougaud*
P733. Le Couturier de la Mort, *par Brigitte Aubert*
P734. Entre deux eaux, *par Donna Leon*
P735. Sheol, *par Marcello Fois*
P736. L'Abeille d'Ouessant, *par Hervé Hamon*
P737. Besoin de mirages, *par Gilles Lapouge*
P738. La Porte d'or, *par Michel Le Bris*
P739. Le Sillage de la baleine, *par Francisco Coloane*
P740. Les Bûchers de Bocanegra, *par Arturo Pérez-Reverte*
P741. La Femme aux melons, *par Peter Mayle*
P742. La Mort pour la mort, *par Alexandra Marinina*
P743. La Spéculation immobilière, *par Italo Calvino*
P744. Mitterrand, une histoire de Français.
1. Les Risques de l'escalade, *par Jean Lacouture*
P745. Mitterrand, une histoire de Français.
2. Les Vertiges du sommet, *par Jean Lacouture*
P746. L'Auberge des pauvres, *par Tahar Ben Jelloun*
P747. Coup de lame, *par Marc Trillard*
P748. La Servante du seigneur, *par Denis Bretin et Laurent Bonzon*
P749. La Mort, *par Michel Rio*
P750. La Statue de la liberté, *par Michel Rio*
P751. Le Grand Passage, *par Cormac McCarthy*
P752. Glamour Attitude, *par Jay McInerney*
P753. Le Soleil de Breda, *par Arturo Pérez-Reverte*
P754. Le Prix, *par Manuel Vázquez Montalbán*
P755. La Sourde, *par Jonathan Kellerman*
P756. Le Sténopé, *par Joseph Bialot*
P757. Carnivore Express, *par Stéphanie Benson*
P758. Monsieur Pinocchio, *par Jean-Marc Roberts*
P759. Les Enfants du Siècle, *par François-Olivier Rousseau*
P760. Paramour, *par Henri Gougaud*
P761. Les Juges, *par Élie Wiesel*
P762. En attendant le vote des bêtes sauvages
par Ahmadou Kourouma
P763. Une veuve de papier, *par John Irving*
P764. Des putes pour Gloria, *par William T. Vollman*
P765. Ecstasy, *par Irvine Welsh*
P766. Beau Regard, *par Patrick Roegiers*
P767. La Déesse aveugle, *par Anne Holt*

P768. Au cœur de la mort, *par Lawrence Block*
P769. Fatal Tango, *par Jean-Paul Nozière*
P770. Meurtres au seuil de l'an 2000
*par Éric Bouhier, Yves Dauteuille, Maurice Detry,
Dominique Gacem, Patrice Verry*
P771. Le Tour de France n'aura pas lieu, *par Jean-Noël Blanc*
P772. Sharkbait, *par Susan Geason*
P773. Vente à la criée du lot 49, *par Thomas Pynchon*
P774. Grand Seigneur, *par Louis Gardel*
P775. La Dérive des continents, *par Morgan Sportès*
P776. Single & Single, *par John le Carré*
P777. Ou César ou rien, *par Manuel Vázquez Montalbán*
P778. Les Grands Singes, *par Will Self*
P779. La Plus Belle Histoire de l'homme, *par André Langaney,
Jean Clottes, Jean Guilaine et Dominique Simonnet*
P780. Le Rose et le Noir, *par Frédéric Martel*
P781. Le Dernier Coyote, *par Michael Connelly*
P782. Prédateurs, *par Noël Simsolo*
P783. La gratuité ne vaut plus rien, *par Denis Guedj*
P784. Le Général Solitude, *par Éric Faye*
P785. Le Théorème du perroquet, *par Denis Guedj*
P786. Le Merle bleu, *par Michèle Gazier*
P787. Anchise, *par Maryline Desbiolles*
P788. Dans la nuit aussi le ciel, *par Tiffany Tavernier*
P789. À Suspicious River, *par Laura Kasischke*
P790. Le Royaume des voix, *par Antonio Muñoz Molina*
P791. Le Petit Navire, *par Antonio Tabucchi*
P792. Le Guerrier solitaire, *par Henning Mankell*
P793. Ils y passeront tous, *par Lawrence Block*
P794. Ceux de la Vierge obscure, *par Pierre Mezinski*
P795. La Refondation du monde, *par Jean-Claude Guillebaud*
P796. L'Amour de Pierre Neuhart, *par Emmanuel Bove*
P797. Le Pressentiment, *par Emmanuel Bove*
P798. Le Marida, *par Myriam Anissimov*
P799. Toute une histoire, *par Günter Grass*
P800. Jésus contre Jésus, *par Gérard Mordillat et Jérôme Prieur*
P801. Connaissance de l'enfer, *par António Lobo Antunes*
P802. Quasi objets, *par José Saramago*
P803. La Mante des Grands-Carmes, *par Robert Deleuse*
P804. Neige, *par Maxence Fermine*
P805. L'Acquittement, *par Gaëtan Soucy*
P806. L'Évangile selon Caïn, *par Christian Lehmann*
P807. L'Invention du père, *par Arnaud Cathrine*

P808. Le Premier Jardin, *par Anne Hébert*
P809. L'Isolé Soleil, *par Daniel Maximin*
P810. Le Saule, *par Hubert Selby Jr.*
P811. Le Nom des morts, *par Stewart O'Nan*
P812. V., *par Thomas Pynchon*
P813. Vineland, *par Thomas Pynchon*
P814. Malina, *par Ingeborg Bachmann*
P815. L'Adieu au siècle, *par Michel Del Castillo*
P816. Pour une naissance sans violence, *par Frédérick Leboyer*
P817. André Gide, *par Pierre Lepape*
P818. Comment peut-on être breton?, *par Morvan Lebesque*
P819. London Blues, *par Anthony Frewin*
P820. Sempre caro, *par Marcello Fois*
P821. Palazzo maudit, *par Stéphanie Benson*
P822. Le Labyrinthe des sentiments, *par Tahar Ben Jelloun*
P823. Iran, les rives du sang, *par Fariba Hachtroudi*
P824. Les Chercheurs d'os, *par Tahar Djaout*
P825. Conduite intérieure, *par Pierre Marcelle*
P826. Tous les noms, par José Saramago
P827. Méridien de sang, *par Cormac McCarthy*
P830. Pour que la terre reste humaine, *par Nicolas Hulot, Robert Barbault et Dominique Bourg*
P831. Une saison au Congo, *par Aimé Césaire*
P832. Le Manège espagnol, *par Michel del Castillo*
P833. Le Berceau du chat, *par Kurt Vonnegut*
P834. Billy Straight, *par Jonathan Kellerman*
P835. Créance de sang, *par Michael Connelly*
P836. Le Petit reporter, *par Pierre Desproges*
P837. Le Jour de la fin du monde..., *par Patrick Grainville*
P838. La Diane rousse, *par Patrick Grainville*
P839. Les Forteresses noires, *par Patrick Grainville*
P840. Une rivière verte et silencieuse, *par HubertMingarelli*
P841. Le Caniche noir de la diva, *par Helmut Krausser*
P842. Le Pingouin, *par Andreï Kourkov*
P843. Mon siècle, *par Günter Grass*
P844. Les Deux Sacrements, *par Heinrich Böll*
P845. Les Enfants des morts, *par Heinrich Böll*
P846. Politique des sexes, *par Sylviane Agacinski*
P847. King Sickerman, *par George P. Pelecanos*
P848. La Mort et un peu d'amour, *par Alexandra Marinina*
P849. Pudding mortel, *par Margarety Yorke*
P850. Hemoglobine Blues, *par Philippe Thirault*
P851. Exterminateurs, *par Noël Simsolo*